湖
〈野生の犬〉のなわば
〈大地のうなり〉の裂《さ》け目
キャンプ場
森

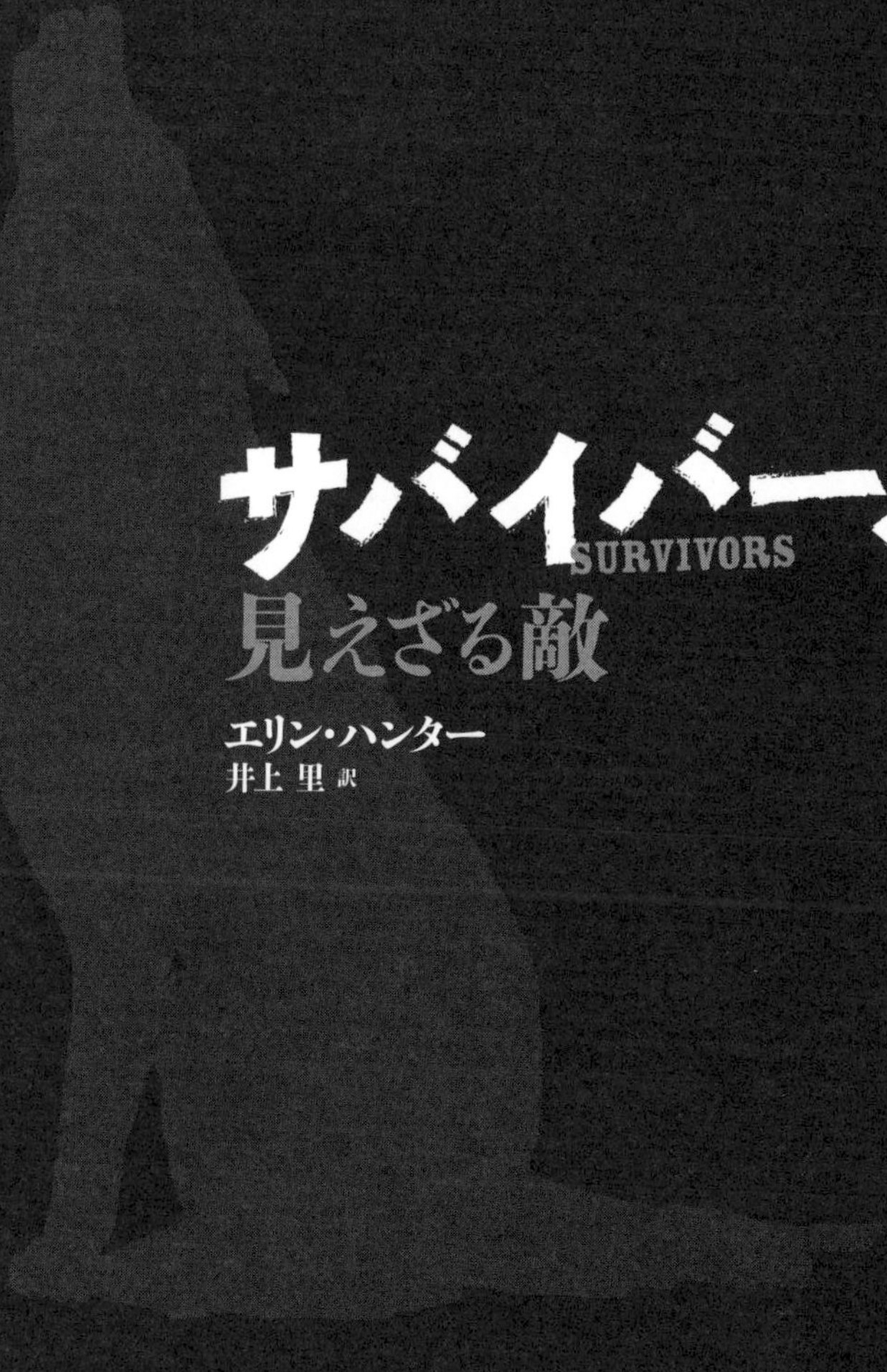

サバイバーズ
SURVIVORS

見えざる敵

エリン・ハンター
井上 里 訳

小峰書店

SURVIVORS 2
A HIDDEN ENEMY

by Erin Hunter

サバイバーズ　見えざる敵

目次

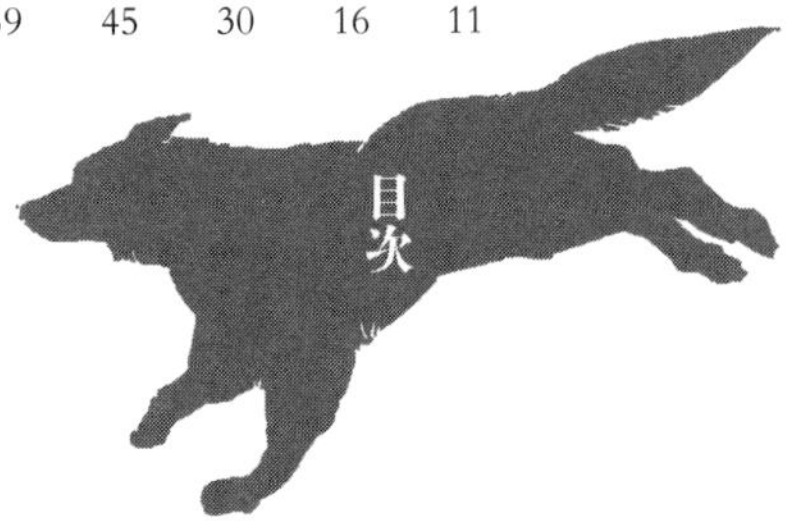

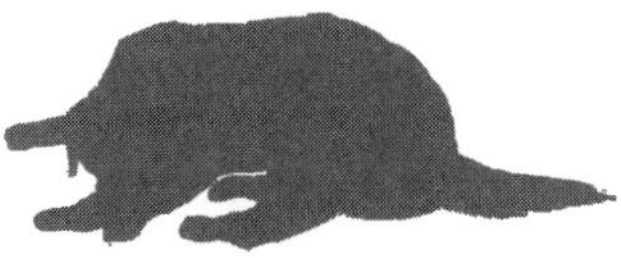

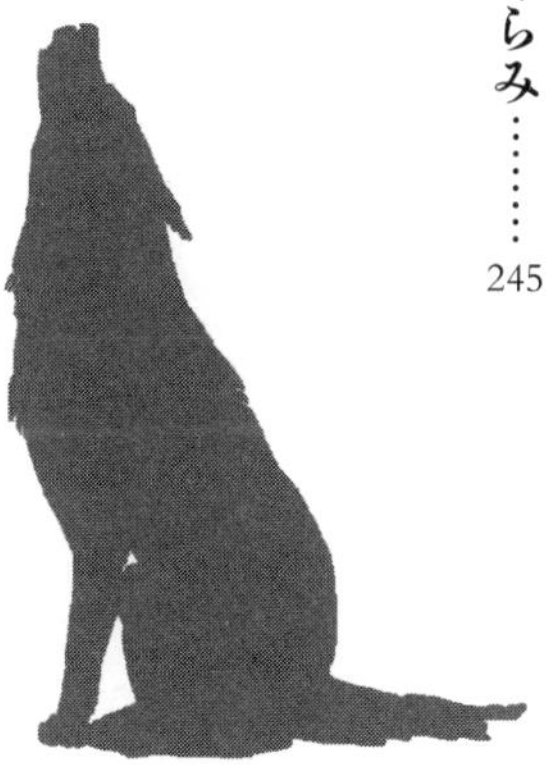

サバイバーズ
おもな登場キャスト

ラッキー（ヤップ）

シェットランド・シープドッグとレトリバーのミックスで、金色と白の毛並みをもつ。自立心が強く、狩《か》りが得意。

〈孤独の犬〉　オス

ベラ（スクイーク）

ラッキーのきょうだいだが、ニンゲンに育てられた。仲間おもいで、勇敢《ゆうかん》。犬の本能が目覚めはじめている。

〈囚われの犬〉　メス

デイジー

父犬はウェスト・ハイランド・ホワイト・テリア。母犬はジャック・ラッセル。短い足と毛むくじゃらの顔が特徴《とくちょう》。

〈囚われの犬〉　メス

ミッキー

白黒まだらの牧羊犬（ボーダー・コリー）。群れをまとめること、狩《か》りをすることに長《た》けている。

〈囚われの犬〉　オス

アルフィー

茶色と白の毛並み。小さくずんぐりとした体形。興奮しやすく、考える前に行動してしまうことも。

〈**囚われの犬**〉 オス

マーサ

黒くやわらかな毛並みの大型犬。ニューファンドランド。おだやかな気性で、いつも仲間を気にかけている。泳ぎが得意。

〈**囚われの犬**〉 メス

サンシャイン

白く毛足の長い小型犬。マルチーズ。陽気な性格のいっぽう、臆病《おくびょう》な一面も。鋭《するど》い嗅覚《きゅうかく》をもつ。

〈**囚われの犬**〉 メス

ブルーノ

母犬はジャーマン・シェパード。闘犬《とうけん》。長い鼻と硬《かた》い毛並みが特徴《とくちょう》。

〈**囚われの犬**〉 オス

アルファ

オオカミの血を引く大型犬。その姿は優《ゆう》雅《が》であると同時に力強い。規則を重んじ、野生の群れを厳しく統制している。

〈野生の犬〉　オス

ベータ（スイート）

短くなめらかな毛並みでほっそりとした体つき。足が速く、身のこなしが軽い。群れで生きることを大切と考えている。

〈野生の犬〉　メス

オメガ（ホワイン）

ずんぐりとした体躯《たいく》に、しわくちゃの顔と小さな耳。群れの最下位、弱き者として下働きを担当している。

〈野生の犬〉　オス

フィアリー

がっしりとした首と力強いあごをもつ黒い大型犬。猟犬《りょうけん》たちをまとめている。ムーンの子犬たちの父親でもある。

〈野生の犬〉 オス

ムーン

白黒まだらの牧羊犬。三匹《びき》の子犬の母親。敵の足跡《あしあと》をたどること、においをかぎつけることに長《た》けている。

〈野生の犬〉 メス

〈野生の犬〉

スナップ 褐色《かっしょく》と白の小さな猟犬《りょうけん》。メス

マルチ 黒く長い毛足、長い耳をもつ猟犬《りょうけん》。オス

スプリング 長い耳をした黒と褐色《かっしょく》の犬。トウィッチとはきょうだい。メス

ダート 茶色と白の小柄なやせた猟犬《りょうけん》。メス

トウィッチ 長い耳をした黒と褐色《かっしょく》の毛並みの犬。少し前足を引きずっている。オス

装画／平沢下戸
装幀／城所潤・大谷浩介（JUN KIDOKORO DESIGN）

プロローグ

ぼくから逃《に》げられると思うなよ！　ヤップはつやつやした緑色の昆虫《こんちゅう》を前足で追いつめた。獲物《えもの》が逃《に》げられる場所はどこにもない。ぼくは狩《か》りをするものヤップ、すばやきものヤップ、いさましきものヤップだ！　ライトニングと〈天空の犬〉とともにいる、強き戦士だ。

かくごしろ……。

ヤップはもがいて逃《に》げようとする昆虫《こんちゅう》を前足で押《お》さえつけ、あきらめるしかないんだぞと虫に思いしらせるために、せいいっぱい怖《こわ》い吠《ほ》え声を出してみせた。そのとき、気味の悪い遠吠《とおぼ》えがきこえてきた。首筋の毛が逆立つのを感じながら、ヤップは首をかしげた。全身に震《ふる》えが走る。

犬？　ほかの犬がいるのだろうか？

虫はすでに白い柵《さく》の下に逃《に》げこんでいたが、ヤップは気にしていなかった。急に、獲物《えもの》よりも庭から逃《に》げることのほうがずっと大事なことになった。あわてておちよち引きかえすと、芝《しば》地《ち》を駆《か》けぬけて小屋にとびこんだ。たちまち、ここちよく温かな空気とにおいに包まれる。きょうだいたちがきゅうきゅう鳴いてヤップにおかえりをいった。ヤップは子犬たちのあいだに体を押《お》しこみ、母犬の腹の下にもぐりこんだ。

母犬やきょうだいたちに鼻をすりつけられ、なめてもらっているうちに、どきどきしていた心臓の鼓動《こどう》がおさまりはじめ、ヤップは少しずつ勇ましい気分を取りもどしていった。

「さっきのこえは、なに?」ヤップはくんくん鳴いた。「きこえた? あのこえきこえた?」

「きこえた! きこえた!」

「あたしたちもきいた!」

「こわいいぬのこえ!」

「ほらほら、あなたたち」母犬は、子犬たちの顔を愛情をこめてなめた。「あれは犬の声ではないわ。オオカミの声よ。それに、オオカミはここにはこないわ」

オオカミ——ヤップはまた怖《こわ》くなって震《ふる》えはじめた。きょうだいたちも、自分と同じように不安そうに毛を逆立てている。〝オオカミ〟はいやな感じのする、怖《こわ》い言葉だ。

するとと母犬は、おだやかな声で、少しおもしろがるように続けた。「心配することないわ。

オオカミはわたしたちとたいして変わらない。足が四本あって、毛皮があって、牙《きば》があるのよ。すばやく強くたくましい。ただし、気性が荒《あら》く、ずる賢《がしこ》く、ぬけめがないの」

「あたしおおかみになんてまけない！」スクイークがきっぱりいった。

「いいえ、負けていいの！」母犬がいった。「犬はオオカミと戦うべきではないのだから。犬は賢《かしこ》いけど、ずるくはない。わたしたちは気高く、そして誇《ほこ》り高い。あなたたちもそのことを忘れないで」

「おおかみがとおぼえすると」スニップがおずおずといった。「いぬがとおぼえしてるみたい」

「スニップ、オオカミと犬はつながっているの。その絆《きずな》はずっとずっと昔から続いているものよ。でも、だからといってオオカミを信用していいわけではないわ。もしオオカミを見かけたら近づかないのが一番。危険を感じたら逃《に》げなさい」

「どうして？」ヤップはふしぎそうに首をかしげた。

「なぜって、オオカミはあなたが油断したとたんに、容赦《ようしゃ》なくかみついてくるからよ。絶対に近づいてはだめ。犬のナズルがいい例よ。あの話を覚えているでしょう？　ナズルは好奇心が強すぎていつも失敗していたの。それなのに、オオカミの遠吠《とおぼ》えをきさつけると、迷わずそのあとをつけていった。好奇心が強いだけじゃなくて勇敢《ゆうかん》でもあったから」

「あたしもゆうかん！」スクイークが横からいった。

「スクイーク、勇敢《ゆうかん》さがおろかさに変わってしまうこともあるの。野生のオオカミの群れは、一本松の根元でナズルを罠《わな》にかけて捕《つか》まえたの。リーダーのグレートファングは、自分たちをつけていた罰《ばつ》としてナズルを殺そうとしたわ。

でもナズルはライトニングの孫だった。ライトニングは、そのころすでに〈天空の犬〉とともに空で暮らしていたけど、いつも自分の親族を見守っていた。ナズルに危機が迫《せま》っているのを知ると、ライトニングは地上にとびおりて一本松とグレートファングの両方を燃やしてしまったの！　野生のオオカミたちはおびえて逃《に》げ、ナズルはぶじに成長して、強き戦士ワイルドファイヤーになったわ。でもわたしたちは、ライトニングの救いの手を期待するわけにはいかない。だから、ナズルの失敗に学ばなくてはいけないの」

遠くのほうから、こだまする遠吠《とおぼ》えがきこえてきた。子犬たちがぎゅっと身を寄せあうそばで、母犬は両方の耳をぴんと立てた。ヤップは自分がリラックスしているのを感じた。母犬のわき腹はとても温かく、耳のすぐそばで、とくんとくんというここちのいい鼓動《こどう》がきこえる。なにがあっても、きっと母犬が自分たちを守ってくれる。

ヤップは母犬の前足の下に体を押《お》しこんだ。「おおかみがきても、ぼくたちだいじょうぶでしょ?」

スクイークがばかにしたようにきゃんと吠《ほ》えた。

「ばかなことといわないで、やっぷ!　ままのはなしきいてたでしょ――おおかみは、ここにはこないの!」

「そのとおりよ」母犬が楽しげにのどを鳴らした。「オオカミはここにはこないわ。あなたたちはみんな安全なの。だからもうおやすみ」

ヤップは片方の前足の下に鼻先をさしこんだ。ここちよくくつろいではいたが、少しずつ消えていく物悲しい遠吠《とおぼ》えをきいていると、どうしても片耳がぴくぴく動いた。気をつけていよう、とヤップは考えた。ナズルのようなまねはしない。ぼくはオオカミたちには近づかない。

ヤップはきょうだいたちに囲まれ、安全で暖かい場所にいた――犬の暮らしはそうあるべきだった。荒野《こうや》から遠く離《はな》れ、オオカミたちからも遠く離《はな》れ、家族に守られているべきだ……。

1 野生の群れ

「ここはおれたちのなわばりだ！　おれたちのものだ！」

鳥たちがばさばさとびたって梢《こずえ》からうるさく鳴きたてた。ラッキーの足のまわりにも木の葉が舞《ま》いおちてくる。

ラッキーは震《ふる》えながら四肢《しし》をこわばらせて立ち、きた道をふりかえった。あの谷間には自分の群れがいる——いや、自分の群れではないが、仲間がいる。あのどう猛《もう》な吠《ほ》え声からわかることがひとつあった——仲間が恐《おそ》ろしい危険にさらされているということだ。

その危険から、ラッキー自身は離《はな》れている。戦う仲間に力をかすことができない。

ラッキーは苦しげにあたりをみまわした。日がのぼると同時に、あとは自力でがんばれと仲間たちのもとを去り、長い距離《きょり》を旅してきた。遠くに、霧《きり》に包まれた丘《おか》の影《かげ》がみえる。すでに、森全体を見晴らせるほど谷から離《はな》れていた。まわりの景色に駆《か》りたてられるように走ってきた。

まっすぐに、ただまっすぐに――しかしいま、ラッキーは立ちつくし、木のように身じろぎもしなかった。

仲間が自分を必要としているのだ。

心臓をどきどきいわせながら、ラッキーはきた道を全速力で駆《か》けもどった。

〈森の犬〉よ！　どうかみんなをお守りください！　ぼくがもどるまではどうか……。

ラッキーは谷をめがけて駆《か》けおりていきながら、枝や落ち葉をとびこえた。自分の直感を信じているべきだったのだ。心の奥底では群れを置きざりにしてはいけないとわかっていたが、それでも〈孤独《こどく》の犬〉らしくさっさと立ちさった。そしていま、仲間は襲《おそ》われようとしている。

ぼくがいかなければ、だれがみんなを守る？

怒《いか》りに満ちたうなり声や犬の吠《ほ》え声がきこえてくる。きょうだいのベラの声なのか、群れのほかの犬の声なのかは区別がつかない。

「おれたちのなわばり、おれたちの川だ！　出ていけ！」

「みんな離《はな》れないで！　わたしのそばへ！」

うしろ足を力強くけって、ラッキーはたちまち小さな丘《おか》のてっぺんについた。ラッキーはあわてて止まった。勢いにまかせて丘《おか》をくだるような危険は冒《おか》さない。

落ちつけ、ラッキー……とびこむ前に状況《じょうきょう》を読むんだ。

ラッキーは鋭《するど》いまなざしで谷を観察した。うすぐらい木立《こだち》のむこうに、広々とした緑の濃《こ》い草地がみえる。さっきまで、ここは〈囚《とら》われの犬〉たちにとって理想的なすみかに思えていた。ミッキーは狩《か》りができるし、マーサは泳げる。サンシャインとアルフィーとデイジーにはかくれ場所がたくさんあり、ブルーノとベラは冒険《ぼうけん》する場所にこと欠かない。少し考えれば、ほかの犬も同じことを考えるだろうとわかったはずだ。もちろん、ほかの群れが先にあの谷間をすみかにしていたのだ。そしていま、その犬たちがなわばりを守ろうとしている。

遠くで、なめらかな水面がきらりと銀色にかがやいた。ずっと先の森のすぐそばに川が流れている。最後に〈囚《とら》われの犬〉をみたのはその川辺だった。ラッキーはそこをめざしてはねるように丘《おか》を下りていった。

敵意をむき出しにした群れのうなり声や吠《ほ》え声をきくと、怒《いか》りと恐怖《きょうふ》で毛が逆立った。だが、明るく照らされたこの森で声をあげれば、すぐにみつかってしまうだろう。ラッキーは慎重《しんちょう》に進んでいった。

仲間と別れたときとくらべると、川のようすはどことなくちがっていた。変だ――ラッキーは考えた。ふと、破壊《はかい》された街の近くでみかけた小川や水たまりを思いだす。いまここにただよっている危険のにおいと、あの危険のにおいは同じだった。

ラッキーは立ちどまり、ぞっとして目をみひらいた。川の水面が、きみのわるい緑色に光っていたのだ。この川は安全なはずだった！　きれいだと思えたし、実際そうだった。川をみつけた昨日は、そう思ったのだ。

ところがいま、ラッキーは下流のほうの水面に、みるからに危険な染《し》みがひろがっているのを発見した。

自分は仲間を毒の川に導いたのか！

〈大地のうなり〉がもたらした毒から逃《のが》れる術《すべ》はないのだろうか。上流に近いこの川では、川岸の木々や茂《しげ》みはなかば枯《か》れているようにみえる。巨大《きょだい》な犬にかまれでもしたかのように、しなび、しおれている。小川と平行に丘《おか》の中腹を走りながら、ラッキーの心は重く沈《しず》んでいた。〈大地のうなり〉の病がこの場所さえも汚しているのなら、犬たちの行き場はどこにもないのかもしれない。安全な場所はないのかもしれない。

「失《う》せろ！」

鋭《するど》い吠《ほ》え声が宙を裂《さ》き、それに続いて、うろたえた犬たちがパニックを起こしてきゃんきゃん吠《ほ》える声や、苦しげな悲鳴がきこえてきた。ラッキーは岩の上で足をすべらせながら、丘《おか》の中腹を川と平行に走り、少しずつ下へ移動していった。厚い茂《しげ》みからとびだすと、とうとう犬たちの姿がみえた。

仲間たちは、敵の群れにくらべると小さく頼《たよ》りなくみえた――どう猛《もう》そうな大きな犬たちの群れが、足をふんばってうなっている。ときおり、群れの一匹《ぴき》が前にとびだして猛烈《もうれつ》に吠《ほ》えたてた。

「〈囚《とら》われの犬〉め、思いしらせてやる！」

ベラの声もきこえた――おびえた小さな声だが、それでも勇敢《ゆうかん》さは失っていない。「みんな、だいじょうぶよ。ひとつにかたまって。サンシャイン、ブルーノのうしろにかくれてなさい。マーサ、デイジーについていてあげて」

ラッキーは姿勢を低くして大きな岩の陰《かげ》までいき、しゃがみこんだ。敵の群れを数えてみると全部で七匹《ひき》の犬がいた。全身を血が駆《か》けめぐり、争いの場にとびこんでいきたいという強《きょう》烈《れつ》な衝動《しょうどう》を感じた。だが、街で暮らすあいだに研《と》ぎすまされた本能が、ラッキーを押《お》しとどめていた。いまのところ敵の群れは、ベラの群れをあざけったりさげすむような言葉を投げかけたりしているだけだ――ラッキーがとびだしていけば取りかえしのつかないことになるかもしれない。先に弱い犬たちを片づけてから、全員でラッキーの攻撃《こうげき》にかかる可能性がある。

そのとき、二匹《ひき》の大きな犬がざっと前にとびだし、小さなサンシャインとデイジーにかみつくようなしぐさをした。実際にかむことはしなかったが、子犬たちはおびえて小さく縮こまった。

「その調子だ」低いうなり声がきこえた。「スプリング、横にすきがあるぞ！」メスの野犬が右にとびだし、サンシャインの前に立ちふさがった。ブルーノのうしろからとびだして、下生《したば》えの陰《かげ》に逃《に》げこもうとしていたのだ。ラッキーは命令を下した犬を探したが、みつけられなかった。

ラッキーは気づいた。〈囚《とら》われの犬〉の中でも大きな犬がサンシャインやデイジーを守ろうとして出てくると、すぐに敵がとびだしてきて、守り手が疲《つか》れて耐《た》えきれなくなるまで、しつようにかみついたり攻めたてたりするのだ。いざ戦いがはじまり、爪《つめ》や牙《きば》を使って血を流すことになったとしても、そのころにはベラたちは疲《つか》れきっているだろう。ラッキーは以前、こんなふうに卑劣《ひれつ》で効果的な戦い方をみたことがあった。街で暮らしていたころは、こうした残忍《ざんにん》な集団には近寄らないようにしていた。

この野犬たちには奇襲《きしゅう》をかけなければならない。相手に負けないくらいずるい戦略を立てるのだ。〈森の犬〉のようにぬけめなく動かなくてはならない。

ラッキーは、木陰《こかげ》にかくれたまま敵に近づいていける位置にいた。風下から外れないように気をつける。木立《こだち》の中をすばやく進み、尾根《おね》のうしろからそっと顔を出したとき、ふいに敵の群れを率いている者の姿が目にとびこんできた。

敵のアルファだ。

灰色の毛皮の大きな犬で、しなやかで優雅《ゆうが》な姿をしているが、同時に力強かった。攻撃《こうげき》に加わることはないが、鋭《するど》い声で指示を出している。

「追いかけろ！　わたしたちのなわばりに侵入《しんにゅう》すればどうなるか、思いしらせてやれ！」そういうとぐっと上を向き、憎《にく》しみに満ちた長い遠吠《とおぼ》えをした。

ラッキーは恐怖《きょうふ》で毛が逆立ち、ゆっくりと前に進みながら、いやな予感に胃がしめつけられるのを感じていた。

あれは犬ではない……。

敵の変わった戦略がオオカミのように狡猾《こうかつ》なのも当然だった。犬の遠い親戚《しんせき》でもあるオオカミを近くでみたことは一度もなかったが、いまおぼろげにみえている姿と、母犬にきかされていた物語の記憶《きおく》とを合わせてみると、薄《うす》い色の目も、みるからに危険な牙《きば》も、剛毛《ごうもう》も、たしかにオオカミのものだ。ぞっとするような遠吠《とおぼ》えはききまちがえようがない――これとよく似た声を、ずっとむかしにきいたことがある。記憶《きおく》がさざ波のように体を走りぬけていった——目でみた記憶《きおく》ではなく、耳できいた記憶《きおく》だ。

このたくましい灰色の犬には、オオカミの血が流れているにちがいない！　ラッキーもそのような犬がいるということはきいたことがあった。だが、実際に目にするのははじめてだ。

敵の群れのうち二匹《ひき》が、〈囚《とら》われの犬〉の中でも体の大きな犬たちを見張っていた。ときおりリーダーのほうに視線をやっては指示をあおぐように鳴く。二匹《ひき》はこの厳しい〈野生の群れ〉の中で、アルファのすぐ下の地位についているらしい。一匹《ぴき》は黒い毛皮の大きな犬で、がっしりした首と力強いあごをしている。この犬はマーサから目をはなさなかった。ラッキーは、〈囚《とら》われの犬〉の中で一番大きいマーサが、すでに片方の足を引きずっているのに気づいた。黒い犬から遠ざかろうと歩くたびに、血の足跡《あしあと》が残る。

もう片方の犬はずっと細身の〈スウィフト・ドッグ〉で、争う犬たちのあいだでひらりと身をかわしたり、周囲を回ったりしていた。身のこなしがすばやいので、目で追うことさえむずかしい。きびきびした声で指示を出している。体は黒い犬よりも小さくきゃしゃだが、慣れたようすで格下の犬たちをまとめている。

似ているのはその姿と毛皮の色だけだったが、ラッキーはスイートを思いだして胸が痛んだ。

保健所からいっしょに逃《に》げた犬だ。あのとき、捕《と》らえられ、ケージに入れられていたほかの仲間たちは残らず死んでしまった。

だが、目の前の犬にはスイートのような優《やさ》しさはない。この犬は、アルファに命じられれば、〈囚《とら》われの犬〉を殺してカラスのえさにしてしまうだろう。

〈森の犬〉よ、どうかぼくに、あなたの力と賢《かしこ》さを授けてください……。

ラッキーは心を決めて前にふみだした。力をこめた筋肉が盛りあがっている。それでも、安全な風下からは出ていなかった。争いの場まであと数歩だが、相手にはまだにおいをかぎつけられていない。うまく奇襲《きしゅう》をかけられれば、〈囚《とら》われの犬〉たちが逃《に》げる時間をかせげるかもしれない――急いで駆《か》けぬけるだけでいい。ふいをついてとびこむだけで……。

そのとき、ラッキーは凍《こお》りつき、片方の前足をあげたまま立ちどまった。五歩と離《はな》れていないところで、胸板の厚い犬が一匹《ぴき》、争う犬たちの中を走りぬけていったのだ。ラッキーののどの奥で呼吸が止まった。

アルフィーだ！

若い〈囚《とら》われの犬〉は、大きなアルファの正面で足をもつれさせながら立ちどまった。腰《こし》のあたりが震《ふる》えているのをみればおびえていることはわかったが、毛は逆立ち、くちびるはめくれ、口からは挑戦《ちょうせん》的なうなり声がもれている。オオカミ犬は首をかしげ、激しく吠《ほ》えるアルフィーをにらみつけた。

「ぼくらにかまうな！　ぼくの仲間にかまうな！　ここがおまえらのなわばりだなんて、だれが決めたんだ！」

敵のアルファの顔に、さげすむような表情とおもしろがるような表情が同時によぎった。

アルフィーは勇ましく吠《ほ》えながら、頭を左右に激しく振《ふ》っていた。まるで、大きく動けば体も大きくみえ、相手を脅《おど》せるとでも思っているかのようだった。「ぼくたちはただ、きれいな水を探してただけだ。それなのに襲《おそ》うのか！　悪党め！」そのときアルフィーはふと視線をそらし、葉を厚く茂《しげ》らせた木立《こだち》の陰《かげ》にいるラッキーに気づいた。たちまち、よろこびで毛を逆立たせ、体が倍も大きくなったようにみえた。アルフィーは新たにわいてきた勇気に力をかりるように、さらに大きく激しく吠《ほ》えはじめた。ラッキーには、この小さな友だちの頭の中に駆《か》けめぐる声がきこえてきそうな気がした。

ラッキーがもどってきてくれた……もうぼくらはだいじょうぶだ……この戦いには勝てる！

ラッキーは体がぶるぶる震《ふる》えるのを感じた。自分のせいで、アルフィーはオオカミ犬に立ちむかえると思いこんでしまった。

アルフィーは鼻先にしわを寄せ、自分よりもはるかに大きな敵に向かって牙《きば》をむいてみせた。

まずい！

ラッキーは全身に力をこめてとびだしたが、遅《おそ》かった。アルフィーは自分の何倍もあるオオカミ犬に体当たりをしていた。アルファはびくともしなかった。がっしりした前足をひと振《ふ》りしただけで、勇敢《ゆうかん》な〈囚《とら》われの犬〉を地面にたたきつけた。アルフィーは一度転がり、そして止まった。気絶してぴくりとも動かない。わき腹に開いた大きな傷から、血が流れていた。

ラッキーは急いで止まった。怒《いか》りと苦痛で遠吠《とおぼ》えをしたかった。アルフィーが自分に気づきさえしなければ、オオカミ犬に向かっていく気など起こさなかったはずだ。

アルフィー、どうしてぼくに気づいたんだ？　どうして——。

足の下で地面がゆれるような感覚におそわれ、全身がぞくりとした。まるでラッキーの怒《いか》りに共鳴して、〈大地の犬〉が怒《おこ》ったかのようだった。

どさっ！　ラッキーは、バランスを崩《くず》して前に投げだされた。ふたたび世界がゆれている。よろめいて地面に体を打ちつけたが、どうにか立ちあがった。体中が震《ふる》えていた。

また〈大地のうなり〉だろうか？

戦いは中断され、どの犬も体を低くかがめてじっとしていた。野犬の群れは、そろってアルファのほうをみていた。少しのあいだ、アルファは震《ふる》える地面の上で足をふんばっていたが、やがて身も凍《こお》るような遠吠《とおぼ》えをした。

「また〈大地のうなり〉だ！　わたしについてこい！」

ラッキーのそばに生《は》えていた木がぎいときしみ、そしてゆっくりと倒《たお》れはじめた。ラッキーがあわててよけたつぎの瞬間《しゅんかん》、木は丘《おか》の中腹のかたい岩に激突《げきとつ》し、地面を転がりながらばらばらに裂《さ》けた。その地面も、ラッキーの足元で裂《さ》けはじめていた。たちまちあたりには、苦しげな木々の悲鳴が響《ひび》きわたった。あちらの木も、そしてこちらの木も、つぎつぎと倒《たお》れては雷《かみなり》が落ちるような音を立てて岩にぶつかる。

ラッキーはパニックを起こして走りだした。どちらに向かっているのかもわからない。気にする余裕《よゆう》さえない。

とにかく〈大地のうなり〉から逃《に》げたかった。

ところが、〈うなり〉はいたるところに、上にも、右にも左にも前にもうしろにも襲《おそ》いかかってきた。大地は危険なほどかたむいていた。だめだ、やめてくれ！　この場所まで〈大地のうなり〉に破壊《はかい》されたら……。

走りながらうしろをふりかえると、野犬も〈囚《とら》われの犬〉も恐怖《きょうふ》にわれを忘れて逃《に》げだしていた。大地は震《ふる》えながら裂《さ》け、谷間の中心にも深い傷がぱっくりと開いていた。視界のすみに白っぽい毛皮が映り、その影《かげ》が谷の裂《さ》け目に落ちていった。ラッキーは顔をそむけて右へ折れた。だれであれ、犬が死ぬところはみたくない。そのとき、ミッキーとブルーノが、ぐったりしたアルフィーの体を安全な場所まで引っぱっていこうとしているのがみえた。マーサは痛そうに足を引きずりながら、倒《たお》れていく木々から遠ざかろうとしている。

ぼくの群れだ！

本能が、みんなのあとを追えと駆《か》りたててくる。だが、すでに遅《おそ》かった。頭の上で太い木がきしみながら裂《さ》けている。まるで逃《に》げだそうとでもしているかのように、土の中から根がとびだしてきた。

ラッキーは土と根のかたまりからとびすさり、その拍子《ひょうし》にバランスを崩《くず》して地面に転がった。片方の前足に激しい痛みが走り、一瞬《いっしゅん》動けなかった。顔をあげると、倒《たお》れかけていたさっきの巨木《きょぼく》が、大きくゆれる地面の動きに合わせてラッキーとは反対のほうへ倒《たお》れていくのがみえた。助かった――と思った瞬間《しゅんかん》、ふたたび地面が盛りあがり、太く巨大《きょだい》なその木はラッキーのほうへ倒《たお》れてきた。

骨を切りさくような恐怖《きょうふ》が体に走った。わき腹を下にして横たわったまま、ゆれる太い幹をみあげる。頭の中には、死にかけた木の悲鳴が響《ひび》いていた。

ラッキーは体勢を立てなおし、はうように逃《に》げだそうとした。

だが、逃《に》げ場所はない。

〈大地の犬〉がぼくを捕《と》らえようとしている……ラッキーは、大きな木が倒《たお》れてくる音をききながら考えていた。今度は、逃《に》げられない。

2 つかのまの再会

木はまっすぐにラッキーめがけて倒《たお》れてきた。みしみしいう木の叫《さけ》び声がきこえ、木が起こす風を感じた——。

そのとき、上のほうに屋根のようにつきだしている鋭《するど》い岩がみえた。最後の力をふりしぼり、丸い岩の上からすべりおりると、その岩の陰《かげ》にとびこんだ。岩陰《いわかげ》で身を縮《ちぢ》め、母犬の下にかくれた子犬のように震《ふる》える。

きこえてくるのは、木が岩にぶつかるごう音、岩に当たった木の枝が裂《さ》けたり砕《くだ》けたりする音だけだった。小枝や、切れ切れに届いてくる吠《ほ》え声がまわりをとびかっている。木片がわき腹に当たって思わずびくりとしたが、声をあげてはいけないことはわかっていた。どれだけそうしたくても、絶対にここから出てはいけない。

お願いです、〈大地の犬〉。どうかお許しください。

木々が倒《たお》れる耳をつんざくような音は、こだましながらゆっくりと小さくなっていった。残ったのは、吹雪《ふぶき》のようにふりそそぐ松葉だけだった。ようやく、足元の地面は静かになっていった。〈大地の犬〉がうなるのをやめたのだ。

ラッキーは、震《ふる》えながらかくれ場所からはいだして、厚く積もった枝や葉の中を苦労して進んでいった。倒《たお》れた巨木《きょぼく》の幹はジドウシャほども大きかった。あと少しでこれに押《お》しつぶされるところだったのだと考えると、背筋が寒くなった。いまごろ死んでいたかもしれない……〈大地の犬〉のもとに召《め》されていたのかもしれない。

ラッキーは足をなめたが、うずくような痛みはすでに消えていた。けがをしていないとわかると、一気に緊張《きんちょう》が解けた。このまえの〈大地のうなり〉で負った傷がようやく治ったところだ。またけがをするわけにはいかない。

あたりをみまわすと、丘《おか》はいたるところに裂《さ》け目ができ、めちゃくちゃになっていた。まるで巨大《きょだい》な犬が前足で引っかいたかのようだった。ラッキーは息を飲み、でこぼこになった坂道を慎重《しんちょう》にくだっていった。走りたくても走ることができない。だが、犬たちが争っていた場所まではそれほど遠くない。まもなく平らな地面にたどりつくと、ラッキーは急いで駆《か》けだした。

空気にはさまざまなにおいが混じっていた——むき出しになった土の湿《しめ》ったにおい、根のにおい、血のにおい、裂《さ》けた木のにおい。中でも強烈《きょうれつ》なのは恐怖《きょうふ》のにおいだったが、ほかの犬たちはすでに争いの場から逃《に》げだしていた。ラッキーは両耳を立ててあたりをみまわし、仲間の群れのだれかが自分を探しにこないだろうかと願った。みんながどこにいるのかまったくわからない。自分に気づいた者はいるのだろうか。

かわいそうなアルフィーだけだろうか。

小さなアルフィーが血を流しながらぐったりしていた姿を思いだしていると、耳を刺《さ》すような鳴き声がきこえてきて、ラッキーははっと毛を逆立たせた。それは、苦しみ、傷を負い、動けずにいる犬の声だった。

ラッキーは険しい顔であたりをみまわした。あの声はどこからきこえてくるのだろう？　近くからきこえているようだが、だれの鳴き声なのかはわからない。

ふりかえってなおも探していると、大地に走る亀裂《きれつ》が目に入った。ぞっとして、全身に寒気が走る。裂《さ》け目に落ちていった白っぽい犬のことを思いだしたのだ。

〈大地の犬〉だ！　大地の犬がみせしめのために犬を飲みこみ、争いに腹を立てていることを示したのだ。ラッキーは体をこわばらせ、深い裂《さ》け目からじりじりとあとずさった。〈大地の犬〉が争う犬たちのことをそれほど怒《おこ》っているなら、つぎにどんなことをするのかまったく予想がつかない。今度はだれをみせしめにするのだろう？

この裂《さ》け目から、できるだけ遠ざからなければならなかった。苦しげにうめいている犬がだれなかのはわからないが、〈囚《とら》われの犬〉ではない――落ちていく姿を一瞬《いっしゅん》とらえただけだったとしても、仲間ならすぐに気づいたはずだ。哀《あわ》れなうなり声をあげているのはみしらぬ犬だった――敵の群れのだれかだ。

あの群れの犬なら信用はできない。敵を助ける理由がどこにある？

それでも、ラッキーは毛皮がざわつくのを感じていた。なにかが自分を引きとめる。あらがうことができないなにかだ。耳をまっすぐに立て、うなり声をきこうと集中する。必死に頼《たの》みこむような声が、ごく最近の記憶《きおく》をよみがえらせた。それにあのにおい……耐《た》えがたいほどなつかしいにおい。しかし〈大地のうなり〉によって、さまざまなにおいがただよっているいま、ひとつのにおいだけをかぎわけることはむずかしい。

ラッキーは激しく体を振《ふ》った。もちろん、危険な目にあっている犬を見捨てるわけにはいかない！　敵も味方も関係ない。悲運にみまわれた同族の者をみすてれば、犬としての資格はない。むかし、母犬はこんなふうにいっていた。犬は気高く、そして誇《ほこ》り高い生き物だ、と。犬の本能を裏切るわけにはいかない。

ラッキーは大きく息を吸うと、裂《さ》け目のふちまでゆっくり走っていった。中は真っ暗だったが、目が慣れていくにつれて、そこで震《ふる》えている生き物の姿がはっきりとみえてきた。

そこにいたのは一匹《ぴき》の〈スウィフト・ドッグ〉だった。

オオカミ犬を助けるために群れの中をすばやく動き、攻撃《こうげき》の命令を伝えていた犬だ。いま、その犬はせまい岩棚《いわだな》の上にうずくまり、おびえて震《ふる》えていた。岩棚《いわだな》のふちから鼻先を少し出し、目をみひらいて底なしの闇《やみ》をみつめている。ラッキーの前足が、もろくなっていたふちを引っかき、崩《くず》れた小石がいくつか穴の中に転がりおちていった。〈スウィフト・ドッグ〉が気づいて顔をあげ、ラッキーをみた。そして、凍《こお》りついた。

ラッキーははっとして一歩あとずさった。

スイート！

ケージに閉じこめられていた、ラッキーの友だちだ……保健所からともに逃《に》げてきた仲間だ……。

ラッキーは、スイートが群れを作る仲間を探すために自分のもとを去ったとき、生きのびることができるだろうかと心配したものだった。

スイートは生きのびていた——そして、〈野生の群れ〉の仲間になっていた！

いま、スイートはくんくん鳴きながら、上から降りそそいでくる強い日の光に美しい目をしばたたかせていた。相手がラッキーだとわかると、驚《おどろ》いて鋭《するど》い鳴き声をあげた。

「どうしてここに？」

二匹《ひき》は同時に同じ質問をして、しばらく口を開けたまま、たがいの顔をみつめていた。

ラッキーはぶるっと体を振った。

「スイート、話はあとだ。まずはそこから出るんだ」

スイートは岩壁《いわかべ》に体を押《お》しつけ、震《ふる》えながら答えた。「どうやって出ればいいのかわからないの」

ラッキーはためらいがちに一歩踏《ふ》みだし、裂《さ》け目のふちに両方の前足をかけた。身をかがめたとたん、足元から石がぼろぼろ崩《くず》れはじめた。小石がばらばらと雨のように闇《やみ》に向かって降っていく。危ない！　ラッキーは落ちる寸前であわててあとずさり、毛を逆立てた。

「きみがいるところはそんなに深くない。足の爪《つめ》をふちにかけて体を引っぱりあげることはできるかい？」

「むりよ」スイートがくんくん鳴いた。「そんなことして足をすべらせたら、わたし――」

「ぼくが助ける。勇気を出して！」

スイートはゆっくりと、おそるおそる立ちあがり、小さな岩棚《いわだな》の上で円をえがくようにして体の向きを変えた。ちょうど、眠《ねむ》る前に円をえがくのと同じように。しっぽはうしろ足のあいだにしっかりとはさみこまれ、なめらかな毛皮は恐怖《きょうふ》で震《ふる》えている。ぎこちない動きでうしろ足で立つと、穴のふちに前足の爪《つめ》をかけた。

「うしろ足でけるんだ。そして前足で体を引っぱれ！　だいじょうぶだ、スイート。前足に力を入れればいい」

スイートは、うしろ足をばたつかせながら、少しずつ切りたった岩壁《いわかべ》をよじのぼった。すべりおちそうになっておびえた鳴き声をあげたが、ラッキーがふちから身を乗りだしてスイートの首の毛皮を捕《つか》まえた。〈大地の犬〉に、どうかこの岩を崩《くず》さないでくださいと祈《いの》りながら。スイートにはげましの言葉をかけることもできなかった――もがくような動きを口の中に感じながら、その体を引きずりあげていった。

背後から、あの音がきこえてきた。不吉《ふきつ》なめりめりという音だ。ラッキーは必死でうなりながら足を引きずるようにしてあとずさり、スイートを力いっぱい引っぱった。スイートは、最後の力をふりしぼってうしろ足をけった。穴のふちに体を乗りあげると、ラッキーは肩《かた》を使ってスイートを安全なほうまで押《お》していった。その瞬間《しゅんかん》、裂《さ》けた木がうめき声のような音を立ててかたむき、すさまじい音を立てて地面に倒《たお》れた。

二匹《ひき》は立ちつくし、疲労《ひろう》と安堵《あんど》ではあはあ息をした。ラッキーは呼吸が落ちつくまで目をしばたたかせながらあえいでいた。胸の中では心臓が激しく脈打っていた。

やがて、二匹《ひき》はうれしそうにきゃんと吠《ほ》えると、だっと駆《か》けだして体をぶつけあい、もつれあうように転がった。よろこびに吠《ほ》えながら、相手をなめたり鼻をすりつけたりする。

「また〈大地のうなり〉を生きのびてやった！」ラッキーがいった。

「ほんと！　ああ、ラッキー、あなたってほんとうにラッキーな犬ね！」

「きみにまた会えるとは思ってなかった！」

「わたしだって、〈孤独《こどく》の犬〉にまた会えるとは思わなかったわ！」スイートは明るくいいながら、ラッキーの首を軽くかんだ。

「スイート……」ラッキーは少し体を引いた。さっきみたスイートの姿を思いだしたのだ。さっきは、あのどう猛《もう》な犬がスイートだとは気づきもしなかった。「どうしてきみの群れは……あの犬たちを襲《おそ》ったんだい？」

スイートはさげすむような鳴き声をあげた。「あの犬たちですって？　あんなのは犬でさえないわ。ちゃんとみたの？　ちぐはぐな雑種犬の集まりのくせに、わたしたちのなわばりを荒《あ》らそうだなんて、どういうつもりかしら」

「まあ——そうだね」ラッキーは目をそらして口のまわりをなめた。「戦い方もわかっていないみたいだった。きみの群れは」残酷《ざんこく》なほど戦いなれていた——ラッキーはそういいたいのをがまんして続けた。「容赦《ようしゃ》なかったね」

ラッキーは鳴き声をもらしそうになるのをこらえながら、どうして自分は、ベラたちのことを知らない振《ふ》りをするのだろうと首をかしげた。みんなのことを恥《は》じているのだろうか？

「あれは〈囚《とら》われの犬〉よ」スイートは牙《きば》をむいていった。「あんな犬たちがここでなにしてるのかしら。でも、これで二度とほかの犬のなわばりを侵《おか》そうとは思わないでしょう。これからはもう少し頭を使うはずよ」

自分はスイートのことを心配していたはずだ。生きのびるだけの力があるだろうかと案じていたはずだ。目の前のこの犬は、ほんとうに、死んだニンゲンをみて取り乱していた、あのスイートだろうか？

ラッキーの驚《おどろ》いた表情に気づくと、スイートは顔を近づけてくりかえした。「あれは必要な教訓だったのよ。〈囚《とら》われの犬〉は二度と同じあやまちを犯《おか》さないわ。それが、どちらにとっても一番いいことなのよ」

「そうかもしれないね」ラッキーは小さな声で答えながら、腹の中に焼けつくようなうしろめたさを感じた。こうなったのは自分のせいなのだ。

「もちろんよ」スイートはいった。「群れを探しにいったわたしの判断は正しかったわ。ラッキー、あなたのことはずっと恋《こい》しく思っていた……でも、求めていた群れをみつけることができたの。強くて、きちんとまとまっていて……」

スイートはふと言葉を切り、ふしぎそうに首をかしげた。「でも、どうしてあなたまで、街からこんなに遠いところにいるの？　絶対にあそこを離《はな》れないと思っていたわ」

「あそこにはいられなかった」ラッキーはいった。「危険すぎたんだ。きみが正しかったよ」

スイートは、からかうようにラッキーに鼻先をこすりつけた。「ほらね、わたしはいつだって正しいの」

ラッキーは愛情をこめてスイートのあごをなめた。「ぼくは、ひとつの群れとともに街を出たんだ」どんな群れなのかはいおうとしなかった。「ようやく独りにもどろうとしていたときに、きみたちが争う音に気づいた」ラッキーは頭をぐっと下げ、悲しげな鋭《するど》い鳴き声をあげた。「犬同士で争うなんて！　〈大地のうなり〉を生きのびたばかりだっていうのに！　ぼくには、なんというか……変に思えたんだ。だから、気になってもどってみた」ラッキーはだまりこんだ。よけいなことまでいってしまった。

スイートはぼう然としていた。「あなた、群れといたの？　群れなんてきらいだと思ってたわ！　だからわたしとはいっしょにいられないんだって」

「スイート、ちがうんだ」ラッキーは、どう説明しようかと迷いながら口ごもった。

スイートは少しのあいだだまり、前足のあいだに視線を落とした。ふたたび顔をあげたとき、その目には、怒《いか》りと強い苦しみが浮《う》かんでいた。「あなたは、自分は〈孤独《こどく》の犬〉だといったじゃない。だから、自由に、だれにも頼《たよ》らずに生きていたいんだって！」

ラッキーは後悔《こうかい》に胸がちくちく痛んだ。ショクドウでスイートにいったことを思いだしたのだ。あの日ラッキーは、スイートと旅をすることを拒《こば》んだ。

「群れの一員になったわけじゃない」ラッキーはいった。「そうじゃないんだ。たまたまだった。なりゆきだったんだよ。生きる方法をまったくわかっていなかったから、つきそうことになった。知らない犬ばかりだったけど、みんながぼくの助けを必要としていた。だから、助けた。相手がきみでもきっと同じことをしたと思う。きみがぼくを置いていかなければね」

「ほんとうは、そんなことしたくなかったのよ」スイートは小さな声でいった。「でも、あなたが街に残りたいといったの。そしてわたしには群れが必要だった。わかってほしいわ」

ラッキーは心の中で身もだえした。いいや、自分にはちゃんとわかっているのだ。スイートが考えているよりも何倍もわかっている。「そして、きみは群れをみつけた。きっと活躍《かつやく》したんだろうな。戦いのあいだ、みんながきみの指示をきいていた」

「ええ、あっというまに地位があがったの」スイートはひかえめにいった。「それが群れというものなのよ。それだけ。いろいろなことが変わるのよ」

ラッキーは顔をあげて風のにおいをかいだ。〈大地のうなり〉のあいだは静まりかえっていた風が、ふたたび起こりはじめていた。あたりに、かすかな生き物のにおいが――そして死のにおいが――広がりはじめている。

「スイート、もういくよ」

「また？　どこへいくっていうの？」

ラッキーは答えを考えながらだまりこんだ。ベラたちを探したくてたまらないことも、アルフィーがどうなったか確かめたくてたまらないことも、スイートに話すことはできないのだ。すでに、スイートが攻撃《こうげき》した〝雑種犬〟と自分はなんの関係もないのだというふりをしてしまった。いまさらその言葉を取りけすわけにはいかない。

スイートは鼻先でラッキーをつついた。「ラッキー、わたしといっしょにこない？　みんなに会ってちょうだい。きっと好きになるわ。あなたはわたしの命を救ってくれたんだから、きっとみんなもあなたのことを気に入るわ」

「どうかな……」

「ラッキー、独りで生きていくなんてむりよ。また〈大地のうなり〉が起こったとき、そばに助けてくれる仲間がいなかったらどうするの？　あなたがわたしを助けてくれたみたいに。それに、たくさんの川に毒が流れているのよ！　飲み水をみつけられないかもしれないわ。お願いだからいっしょにきて！」

全身に震《ふる》えが走り、ラッキーはそれを隠《かく》そうとしてぶるっと体を振《ふ》った。「スイート、残念だけど、ぼくはいまも〈孤独《こどく》の犬〉なんだ」

「こんなときは、どんな犬も力を合わせるべきよ」スイートはまっすぐに顔を起こしていった。「あなたは強い。そして賢《かしこ》い――その強さと賢《かしこ》さを、群れのためにつかうべきだわ。自分のためだけではなくて」スイートの声には怒《いか》りがにじんでいたが、それでも話し方はおだやかだった。「きっと後悔《こうかい》させないわ。約束する」

ラッキーは目をそらした。生まれもったがんこさが、腹の中で頭をもたげつつあった。

「いいや、独りでいればもっと後悔《こうかい》しない」

スイートは頭を低く下げた。「あなたの心を変えることはできないのね。じゃあ、元気でいることを祈《いの》っているわ。どうか気をつけてちょうだい」

「ああ、わかった」ラッキーは立ちさりながら、はっきりと後悔《こうかい》していた。どうしてもがまんできずに、最後に一度だけうしろを振《ふ》りかえった。

スイートは荒《あ》れた野原を駆《か》けていきながら、倒《たお》れた木々を優雅《ゆうが》な身のこなしでとびこえていた。記憶《きおく》がよみがえり、ラッキーの胸を鋭《するど》く刺《さ》した——スイートがショクドウの冷たい部屋からとびだしていったときのことを思いだしたのだ。あのときスイートは、死んだニンゲンにも荒《あ》れはてた街にもおびえていた。足の速さは変わらないが、あらゆる意味で、いまのスイートはあのときとはちがっていた。頭をまっすぐに起こし、両耳をぴんと立て、毛並みはなめらかで、筋肉は力強く盛りあがっている。

ラッキーは声をかけたくてたまらなくなった。もどってきてくれと呼び、自分とこないかと誘《さそ》いたくてたまらなかった。スイートがベラの群れに加わってくれればどれだけ助かるだろう。それに、もしこのまま二度と会えないとしたら、きっと恋《こい》しくなる……。

だが、遅《おそ》すぎた。スイートはすでに視界から消えた。もう追いつけない。ラッキーにできるのは、〈囚《とら》われの犬〉を探すことだけだ。

歩きながら、うずくような恐怖《きょうふ》を感じた。きっとみんなだいじょうぶだ——自分にいいきかせる。きっと、ぶじに〈大地のうなり〉を生きのびている。今度もきっと……。

3 別れの儀式《ぎしき》

ベラやほかの仲間たちのあとを追うのはむずかしくなかった。群れは荒《あ》れはてた谷間のずっと奥のほうへ逃《に》げていた。ラッキーはただ、アルフィーとマーサの残した血のあとをたどっていけばよかった。金臭《かなくさ》い血のにおいをかぐと、全身の骨と筋肉が冷たくなった。激しい不安にあおられるようにして、ラッキーは地面に口を開けている裂《さ》け目をとびこえ、散乱した大枝のあいだをくぐりぬけていった。

少なくとも、この谷はじき元にもどるだろう。倒《たお》れた木々のあとには若木が生え、大地の割れ目や根こそぎになった茂《しげ》みのあとには、コケや草や花が生《は》えてくるだろう。

街とはちがう。街は自分の力で回復することはできないのだ。

太い松の幹にとびあがると、むこうに流れる川がみえた。かなり近くまできている。街の近くを流れていた川と同じように、銀色の水面には虹《にじ》色に光る膜《まく》が張っていた。毒はこんなに遠くまで広がってきたのだ。ラッキーがベラたちのもとを離《はな》れてから、そう長い時間はたっていないというのに。ラッキーの気持ちは沈《しず》んだ。もしかすると、この谷間は思っているほどすぐには回復しないのかもしれない。

そのあたりで、尾根《おね》は急な傾斜《けいしゃ》をえがいて川のほうへ下っていた。木の根は水流に洗われてむき出しになり、土手の上へとびだしている。土手にとびおりてみると、根の下に砂でできた空洞《くうどう》があった。その中で、七匹《ひき》の〈囚《とら》われの犬〉が身をよせあい、おびえて首の毛を逆立たせていた。

「きっとよくなるわ」デイジーがいって、マーサの傷ついた足をなめていた。「でも動いちゃだめ」

ブルーノのすぐそばで、アルフィーが力なく横たわっていた。サンシャインは小さな仲間をみつめて震《ふる》えていた。

「獣医《じゅうい》さんにみせなきゃ！　みてもらわなきゃだめ！」サンシャインはくんくん鳴いた。「ニンゲンがいてくれたらいいのに」

「みんなそう思っているよ」ミッキーはなだめるようにサンシャインをなめたが、そのわき腹も震《ふる》えていた。

ふとデイジーが顔をあげ、ラッキーの影《かげ》に気づいた。大きく目をみひらき、おびえたようにきゃんと鳴く。仲間たちはその声をきいてはじかれたように立ちあがり、あわてたはずみにたがいの体の上に倒《たお》れこんだ。〈野生の犬〉がきたと思ったのか、とラッキーは気づいた。落ちつかせようとおだやかなうなり声をあげ、全員に自分の姿がみえるように、濃《こ》い影《かげ》の中から踏《ふ》みだした。

「ぼくだよ」ラッキーは吠《ほ》えた。

ほかの犬たちはぼう然としたまま毛を逆立てていたが、ベラだけは耳を立ててとびだしてきた。ラッキーのそばに駆《か》けよって、顔を押《お》しつける。

「もどってきてくれたのね」

「ラッキー！」ほかの犬たちもベラに加わり、くうくう鳴いたりラッキーをなめたりした。だがブルーノだけは、アルフィーを守るようにその場を動かなかった。ラッキーには、ブルーノがうなるようにつぶやくのがきこえた。「ヒーローを気取るわりには、もどってくるのが遅《おそ》いじゃないか」

サンシャインとデイジーはぴょんぴょんはねてラッキーの鼻をなめていたが、やがて、そのよろこびもしずまっていった。小さなほら穴には、悲しみが満ちていた。鼻をつく川のにおいくかすかだった。力なく地面に横たわり、なかば目を閉じ、弱々しくあえいでいる。上下するわき腹の動きもごくかすかだった。

「ラッキー」ミッキーが鳴いた。「わたしたちにできることはあるかい？」

息を詰《つ》める仲間たちの前で、ラッキーは小さな友だちの傷の具合を調べた。皮ふが大きく裂《さ》け、赤く光る肉がのぞいている。これと同じような傷を、手負いの獲物《えもの》にみたことがある。ラッキーは腹の中が冷たくなるのを感じた。

アルフィーはのどの奥を小さく鳴らしたが、顔をあげてラッキーにあいさつする力はなかった。体の下にはどす黒い血がたまっている。だが、血はすでに止まりかけていた。小さな滴《しずく》だけが少しずつ傷口から流れだしている。

ラッキーは一瞬《いっしゅん》目を閉じた――仲間にこんなことを伝えなければならないとは。

「もうあんまり血は出てないでしょ」そういったサンシャインの声には、小さな希望がにじんでいた。それをきいて、ラッキーの心臓はどくんと脈打った。

サンシャインの鼻先をなめ、そして口を開く。「サンシャイン。アルフィーのためにできることはなにもないんだ」

「でも……」デイジーは口ごもった。

ラッキーはデイジーの目をみつめた。心臓が石のように重い。「血があまり流れていないのは、〈大地の犬〉がアルフィーの血をほとんど取ってしまったからだ。目をみてごらん」

マーサがおずおずとアルフィーに近づいた。「すごくうつろだわ――もうみえてないみたい」

「アルフィーの魂《たましい》は、体の中からぬけだしていこうとしている。そして、もうすぐ、ぼくたちを囲むあらゆるものの一部になる」ラッキーは小さな仲間をみおろした。アルフィーの呼吸は弱々しくとぎれがちになり、わき腹はほとんど動いていなかった。

しん、と静かになった。マーサは腹ばいになり、アルフィーのそばに鼻先を寄せた。「ああ、小さなアルフィー。かわいそうに」

「こんなのおかしいわ！」サンシャインは頼《たの》みこむような目でラッキーをみあげながら、悲しげに叫《さけ》んだ。「どうしてこんなことになったの？」

ラッキーは顔をそむけたくなったが、それが許されないこともわかっていた。仲間たちが悲しんでいるのだ。気を強く保たなくてはならない。

ベラが鼻先をぐっと上げ、かん高く遠吠《とおぼ》えをした。すると、ミッキーとデイジーも、声を合わせて吠《ほ》えはじめた。むっつりと押《お》しだまっていたブルーノさえ、苦しげに声をあげた。

ラッキーは頭を下げて、アルフィーの顔を優しくなめた。

「まだほんの子犬なのに」マーサが小さな声でいった。

ラッキーは、友だちを少しでもなぐさめたい一心で、マーサの鼻をなめた。「ぼくたちにはただアルフィーの姿がみえなくなるだけだ。それだけなんだよ。アルフィーはずっとそばにいる。ぼくたちのまわりにいるんだ――空気に、水に、大地に」

サンシャインがさっと身を引き、ラッキーは驚《おどろ》いてまばたきをした。

「それがなんの役に立つの？」サンシャインは激しい口調でいった。「あたしはアルフィーにここにいてほしいの！　自分の体を持って、あたしたちといっしょにいてほしいの！」

ラッキーは、なにもいえなかった。魂《たましい》の話をして仲間をなぐさめようとしてはいたが、サンシャインの気持ちもよくわかったのだ。ふたたび辛《つら》い記憶《きおく》がよみがえってきた――アルフィーはもどってきたラッキーに気づいて勇気を得た。ラッキーにほめてもらいたくて、オオカミ犬に向かっていったのだ。命をかけて。

ああ、アルフィー――ラッキーはやりきれない思いでいっぱいになっていた。ぼくが近づいてさえいなければ。

もういちどアルフィーに向きなおり、身をかがめて仲間の鼻を優《やさ》しくなめた。その鼻からは、すでに息がもれていなかった。ベラがそばにきて、アルフィーの耳に鼻先をこすりつけた。ほかの犬たちもベラのまわりに集まってくる。

「アルフィー、あなたがいなくなったらさびしいわ」デイジーがつぶやいた。

「わたしたちみんながさびしくなる」ミッキーが鼻先でアルフィーのしっぽをそっとなでた。

「旅のぶじを祈《いの》っているよ」

「世界中を旅するのね」サンシャインがいった。深い悲しみに満ちた声だった。

ラッキーは少しうしろに下がり、仲間たちがさよならを告げるのをみまもった。アルフィーの魂《たましい》が体から離《はな》れるところをみたかった。魂《たましい》が木々の中へ、空へ、雲のあいだへとんでいくのがみえれば、きっとなぐさめられるだろう。旅立つアルフィーをみることができれば、仲間たちの心も少しは軽くなるはずだ。

だがみえるのは、乾《かわ》いた土の上に転がった生気のない小さな体だけだった。早くも死のにおいがただよいはじめている。アルフィーの体はすでにからっぽになっていた――呼吸も、魂《たましい》も、命もない。ラッキーはどさりと腹ばいになり、仲間に合わせて悲しげにきゅうきゅう鳴いた。

サンシャインの言葉は正しい――こんなのはおかしい。

スイートもまた、正しかった――ラッキーにはまだ、群れの生活についても、群れのならわしについても、知らないことがたくさんある。こういうときには儀式《ぎしき》のようなものをするにちがいないが、それがどんなものなのかも、どのような手順ですすめればいいのかもわからない。〈街の犬〉が死ぬとニンゲンたちがやってきて、その体を運んでいく。スイートに、このことをきいておくべきだったのだ。きいておくべきことはほかにもたくさんあった。

ラッキーはためらいがちに立ちあがった。「一番いいのは——一番自然なのは、アルフィーをここに残していくことだと思う。時がくれば〈大地の犬〉が受けいれてくれる」

「置いていく⁉」サンシャインがぞっとしたように叫《さけ》んだ。「置いていくなんていやよ！」

「絶対にだめ」デイジーが身ぶるいした。「そんなことしたら、カラスやキツネがきて、アルフィーを食べちゃうわ。アルフィーにそんな仕打ちできない！」

「デイジーのいうとおりだ」ミッキーがうなずいた。「〈囚《とら》われの犬〉が死ぬと、たいていのニンゲンはその体を埋《う》める。ときどきは、埋《う》めたあとの地面に花や石をかざる。それが正式なやり方なんだよ」

「正式なやり方じゃなくて、ニンゲンのやり方だろう」ラッキーはつぶやいたが、ごく小さな声だったのでだれにもきこえていなかった。いまなにより避《さ》けたいのは、仲間たちの心を傷つけることだ。この犬たちはいまも、なにかを決めるときには〈囚《とら》われの犬〉として考えることをやめられなかった。

「デイジーとサンシャインとミッキーのいうとおりよ」ベラは近くの岩に立って胸を張り、しっかりしたまなざしで仲間たちをみつめた。群れのアルファとしての風格は十分だった。「アルフィーを埋《う》めなくてはいけないわ。ニンゲンならきっとそうしたでしょう」

ラッキーは胸を打たれた。〈囚《とら》われの犬〉たちが、ほんの少し悲しみから立ちなおったのがわかったのだ。たがいにうなずきあい、体をぶるっと振《ふ》って顔をあげた。そうだ――ラッキーは考えた。大切なのは〈野生の犬〉としてどう行動するかではない。正しいと思うことをするべきだ。アルフィーは、ニンゲンに飼われることを恥《は》じてはいなかった。アルフィーを見送るのだから、そのやり方に従うべきだった。アルフィーが望んだであろうやり方に従うべきだ。

ラッキーはいま、〈精霊《せいれい》たち〉に怒《いか》りを覚えていた。

〈川の犬〉よ！　〈森の犬〉よ！　〈天空の犬〉よ！　なぜアルフィーを助けてくれなかったのですか？　なぜわれらが勇敢《ゆうかん》な仲間を、いまわしいオオカミ犬からお守りくださらなかったのですか。

アルフィーはあんなに小さかったのに……。

川岸から少し離《はな》れたところにやわらかい地面をみつけると、ラッキーは、ベラとミッキーとマーサを手伝って、懸命《けんめい》に穴を掘《ほ》りはじめた。アルフィーが入るくらいの穴を掘《ほ》るには、あまり長い時間はかからなかった。

マーサのいうとおりだ、とラッキーは考えた。焼けつくような悲しみで胃が痛かった。アルフィーはまだほんの子犬だったのだ。そして、子犬らしくむこうみずだった……。

その場所はアルフィーのお墓にぴったりだった。木々や、ひんやりした土や、静かな谷間の奥で魂《たましい》を休めることができれば、アルフィーもきっと幸せだろう。この川も、いつかきっときれいになるにちがいない。

「ボールも埋《う》めてあげられたらよかったのに」デイジーがささやくような声でいった。「アルフィーが持ってきてたあのボール……」

「ニンゲンの家が崩《くず》れたときにアルフィーが持ってきたボールのことね。あのときアルフィーはもう少しで死ぬところだったわ」ベラの目には涙《なみだ》が光っていた。「あのときは助けられたのに。ああ〈天空の犬〉よ、どうして今回は助けてくれなかったのです？」

「あのボールがないのは」ブルーノが低い声でいった。「ラッキーがニンゲンの形見を捨てろといったせいだ」それでも、ラッキーにはブルーノが本気で怒《おこ》っているようには思えなかった。

このたくましい犬はただ、深い悲しみをまぎらわそうとしているのだ。

ラッキーは罪悪感がうずくのを感じた。そのうずきに気づかないふりはしたくない。自分は正しいことをしたつもりだった。だが、ほんとうにそうだろうか？　「〈大地の犬〉はきっとアルフィーを大事に受けいれてくれる」ラッキーはいったが、その声はかすれていた。ラッキーの耳にさえ、口先だけの約束にきこえた。

マーサがアルフィーを――すでに痛みを感じなくなった体を――そっと口にくわえ、ゆっくり慎重《しんちょう》に持ちあげた。足を痛めていたマーサにさえ、アルフィーを運ぶのはほとんど苦にならなかった。マーサが、だらりとしたその体を静かに穴の中に横たえると、ほかの犬たちが前足やうしろ足を使って土をかけた。やがて、アルフィーの体は土の下に完全にかくれた。犬たちは静かに立ち、永遠の眠《ねむ》りについた仲間の寝床《ねどこ》をみつめていた。沈《しず》みかけた太陽が、最後の光を投げかけていた。

「ここに置いていくなんて、ひどいことするみたい」デイジーがくうくう鳴いた。

「わかるよ」ラッキーはいい、自分が心からそう感じていることに気づいてはっとした。

「じゃあ、もう少しここにいましょう」ベラがいった。「〈太陽の犬〉がもどってくるまでのあいだだけ」

「あの怖《こわ》い犬たちがもどってきたらどうするの？」サンシャインがいいながら、アルフィーを埋《う》めた土の小山にそっと前足を置いた。

ラッキーは首を振《ふ》った。「あいつらも、〈大地のうなり〉から逃《に》げていった。ぼくも、アルフィーといっしょにいたほうがいいと思う」

「いい考えだ」ミッキーが静かにいった。「暗いあいだは、アルフィーを守っていよう。そうやってお別れをするんだ」

ラッキーはうなずいた。のどの奥が奇妙《きみょう》に詰《つ》まったような感じがしていた。

「そうするのが正しい気がする」サンシャインはいって、年長の犬たちをみあげた。「そうよね？」

ミッキーは思いやりをこめてサンシャインの首をなめ、前足で土を三度引っかいた。それから、鼻先で大地に触《ふ》れた。「〈大地の犬よ〉、わたしたちの友だちを、あなたに託《たく》します」ミッキーは天をあおいで遠吠《とおぼ》えをした。

胸の張りさけるような声に、ラッキーは背筋が冷たくなった。ほかの犬たちもミッキーに加わり、上を向いて遠吠《とおぼ》えをはじめた。

「〈大地の犬〉よ、アルフィーをお守りください！」

「どうかわたしたちのかわりに！」

「アルフィーの魂《たましい》をお守りください！」

ラッキーは仲間に敬意を払《はら》い、ただだまってみまもっていた。こうした儀式《ぎしき》はみたこともなければ、うまく理解することもできなかった。きっと、これははじめておこなわれる儀式《ぎしき》なのだろう。きっとこの犬たちも、こんなふうに、変わりはてた世界の中で変わっていくのだ。

空はたちまち暗くなり、アルフィーの眠《ねむ》る小さな墓も闇《やみ》にまぎれていった。だが、悲しみに満ちた遠吠《とおぼ》えはいつまでも続いた。みたこともない奇妙《きみょう》な儀式《ぎしき》だったが、それでもラッキーは、少しだけ心が軽くなったことにも気づいていた。ベラとほかの犬たちも同じように感じているにちがいない。悲しみがいえたわけではないのだとしても。しかるべき手順を踏《ふ》んでアルフィーを〈大地の犬〉のもとに送る儀式《ぎしき》には、心をなぐさめるなにかがあった。

ラッキーは寝床《ねどこ》を定めるために円をえがき、腹ばいになって前足の上に鼻先を置いた。そして目を閉じた。遠吠《とおぼ》えをきいていると気持ちが安らいだ。

うとうとしかけた瞬間《しゅんかん》、はっと目が覚めた。毛が逆立っていた。

夢うつつに、なにかべつの声をきいたのだ。死を悼《いた》む遠吠《とおぼ》えではなく、死を思わせる遠吠《とおぼ》えを。はるか昔の記憶《きおく》がよみがえってくる。あの遠吠《とおぼ》えは……。

だが、それは仲間たちの遠吠《とおぼ》えだった。まだ、アルフィーの死を悼《いた》んでいるのだ。

ラッキーはふたたび目を閉じ、ゆっくりと押《お》しよせてくる眠気《ねむけ》に身をまかせた。

4 贈《おく》り物

ラッキーは背中に当たる太陽のぬくもりを感じていた。冷たい夜気にさらされたあとで、日の光の温かさがここちいい。

上流へ向かいながらベラと並んで歩いているところだ。川をみるたびに、二匹《ひき》の目には恐怖《きょうふ》が浮《う》かんだ――不吉《ふきつ》な色に染まった川面は、朝日に照らされるとふしぎに美しかった。

少し前、ラッキーが目を覚まして背中や首を伸《の》ばしていると、ベラが声をかけた。「あたりを調べてみましょう。〈野生の犬〉たちがもどってきていないか、確かめたいの」

それは賢《かしこ》い判断だったが、ラッキーにはベラがそれだけで自分に声をかけたわけではないとわかっていた。二匹《ひき》で話したいことがあるのだ。

争いのことを話したいのかもしれない。

「どうしてあんな争いが起こったのか教えてくれ」ラッキーは自分から切りだした。「ぼくは遠くできみたちの吠《ほ》え声をききつけたんだ」

ベラはため息をついた。「怖《こわ》かったわ。でも、争いを避《さ》ける方法があったとも思えない」

「だけど、どうしてあの犬たちを怒《おこ》らせた？　なにがきっかけだった？」

「異変に気づいたのはマーサだったわ」ベラは言葉を切り、汚《よご》れた川のほうをみて鼻にしわを寄せた。「泳ごうとして川に入ったんだけど、すぐにこの川も毒に侵《おか》されていると気づいたの。毒はもっと大きな範囲《はんい》に広がっていた。マーサはわたしたちに警告するために川をとびだした。すごく動揺《どうよう》してたわ。マーサは〈川の犬〉と強い絆《きずな》を感じているでしょう？」

ラッキーは、そのとおりだとうなった。「ぼくも川をみた瞬間《しゅんかん》に毒に気づいた。ベラ、あれは不吉《ふきつ》なしるしだ」

「ええ」ベラはため息をついた。「すぐに、ここにはいられないとわかったの。でも、谷はこんなに広いし、緑も豊かだし——近くにきれいな川があるかもしれないと考えた。それで、川を探しに出かけたの」

「みつかったのかい？」

「ここからあまり遠くないところに、水がたくさんある場所があったわ。あんなにたくさんの水、みたことがないわ。だれもみたことがないはずよ。ラッキー、すごく変だったの——公園の池に似ていたけど、もっとずっと大きくて、波も立っていなくて、すごく静かなのよ」

「それは湖だよ」ラッキーはいった。「それで、なにがあった？」

「その水を飲んでいいのかどうかわからなかった。〝みずうみ〟なんてみたことがなかったもの。でも、すごくのどがかわいてたの。マーサが最初に水の中に入って、それからブルーノが続いた。あとはもう、みんないっせいにとびこんで、夢中で水を飲んだの。これでもう、安心だって思った」

「ところが、きみたちはべつの犬たちのなわばりに入りこんでいた——」

「そのとおりよ」ベラはうなだれ、耳を垂れた。「見張りをしていた一匹《ぴき》に出くわすまで、気づきもしなかったの。相手は一匹《ぴき》だけだったし、仲間とは遠く離《はな》れてた。わたしたちに負けないくらい驚《おどろ》いてたみたいだった。長い脚《あし》をしていて、逃《に》げるのもあっというまだった。警告するような吠《ほ》え声がきこえたと思ったら、その犬が仲間を連れてもどってきたの」

「それで、きみたちを攻撃《こうげき》したのかい？　あんなふうに？」

「すぐに争いがはじまったわけじゃないわ」ベラは足を止めて腹ばいになり、辛《つら》そうな表情で片方の前足をなめた。「わたし、話してわかってもらおうとしたの。湖の水を飲んでいいかどうかきいてみたわ。ちょっと分けてもらえないかしらって頼《たの》んでみたのよ。あんなにたくさんあるんだもの。どんな犬だって飲みきれないくらいに！」

ラッキーは暗い顔で首を振《ふ》った。「そううまくはいかないんだ」

ベラはいらだたしげにうなった。「でもラッキー。引きかえすことはできなかったのよ。もどって川の水を飲めば死んでしまうにきまってた。だから、もういちど頼《たの》んでみたの。ほんとうに、できることはみんなしたのよ」

「ベラ、それはわかってるよ」ラッキーは、激しい怒《いか》りを感じた。犬は群れになると、仲間以外の犬に思いやりのかけらもみせなくなるのだ。

ベラのしっぽはゆっくりと地面を打っていた。「説得しようとして言葉を重ねれば重ねるほど、相手の犬たちは腹を立てるみたいだった。こっちが口を開くだけでいらいらしているみたいだった。とうとう、むこうのアルファが攻撃《こうげき》を命令して、敵の犬たちはいっせいに向かってきたの。はじめは逃《に》げたのよ。でも毒の川までもどってきたころには、もう走る力もなくなっていて……」

「そのときぼくが到着したのか」ラッキーはベラの鼻をなめた。「離《はな》れたところから戦いをみていたんだ。もっと遠いところからきみの声はきこえてた。助けたいのはやまやまだったけど、慎重《しんちょう》に動かなくちゃいけなかった。とびこめば、状況《じょうきょう》をもっと悪くするだけだったから。そのとき、アルフィーが……」ラッキーはあのときのことを思いだし、のどの奥で声がつかえたような気分になった。

あの場に残っていれば、みんなと戦っていれば、こんなことも起こらなかったのだろうか。アルフィーはまだ生きていたのだろうか？

どうしても、ああしていたらと考えずにはいられなかった。仲間とともに敵に立ちむかっていれば、ちがう結果が待っていたのだろうか。ラッキーなら、一度断られれば、オオカミ犬に食いさがるようなことはしなかった。ベラはひとまず引きさがり、別の戦略を考えるべきだったのだ。〈野生の群れ〉のアルファに挑《いど》むなんて、自分から災《わざわ》いにとびこんでいくようなものじゃないか。

おそらく、自分がもどってきたのは失敗だったのだろう。ベラたちがそんなふうに思っていないことはわかっていたが、それでも……。自分がいなくても、結局は〈大地のうなり〉が争いを止めていたのだ。ラッキーに気づかなければ、アルフィーもオオカミ犬に向かっていくようなむちゃなまねはしなかった。罪悪感が、ふたたびラッキーの胸を刺《さ》した。

「いこう」ラッキーは口を開いた。「みんなのところへもどったほうがいい」

ベラはゆっくりと立ちあがったが、しっぽと耳は垂れたままだった。

二匹《ひき》のきょうだいは、きた道をたどって急ごしらえの野営地へもどっていった。太陽のかがやきも、すっかりくすんでみえた。ラッキーは、戦いのことなんかをきくんじゃなかったと後《こう》悔《かい》していた。

残してきた犬たちが視界に入ったとたん、ラッキーはみんなとするべき仕事が山ほどあるのだと気づいた。この犬たちには、外で生きていく知恵《ちえ》に長《た》けた仲間がどうしても必要だ。ミッキーは、いつできたのかわからない水たまりからむさぼるように飲んでいた。ぬかるみの中にすわりこんでしまっている。ラッキーは年長の犬を鼻先でつついた。

「これは飲んじゃいけない」

ミッキーは、恥《は》ずかしそうに耳を垂れた。「ラッキー、新しい水がないんだ。毒の川から飲むよりは安全だろう？」

ラッキーは首をかしげて考えこんだ。たしかに、ミッキーのいうとおりだ。

「雨水も信用できない」ラッキーはそわそわと口のまわりをなめた。「雨水は〈大地の犬〉があっというまに飲んでしまう。残った水は悪くなってるよ」

「だけど、マーサはけがをしている」ミッキーはそういって、足の傷をなめているマーサのほうをみた。「遠くへはいけないんだ」

「いいこと考えた！」デイジーがうれしそうにとびあがり、しっぽを振《ふ》った。

「〈天空の犬〉にささげものをしたこと覚えてる？ 〈川の犬〉にも同じことをしましょうよ！ 贈《おく》り物をすれば、水をきれいにしてくれるかもしれない！」

デイジーは首をかしげ、舌を出してはあはああえいだ。ラッキーは、子犬が自分の思いつきに夢中になっているのをみると、そんなことはむりだと頭ごなしに否定することもできなかった。〈精霊《せいれい》たち〉は、それほど具体的な望みを、それほど早くかなえてくれるだろうか。それでも、窮《きゅう》地に追いこまれたいま、助けてもらえないだろうとはいえない。〈川の犬〉は贈《おく》り物をよろこんでくれるかもしれないし、慈悲《じひ》をかける相手がいるとすれば、それはまさにマーサだろう。水を愛し、水かきを持つマーサだ。

「そうだね」ラッキーはゆっくりといった。「試してみる価値はある。だけど、〈川の犬〉になにをあげればいいだろう？」

「食べ物！」サンシャインが興奮ぎみに吠《ほ》えた。「ウサギでもいいし、リスでもいいわ！」

ラッキーは疑わしげにサンシャインをみつめた。「食べ物？ 余分なたくわえでもあるのかい？」

サンシャインは耳を垂れた。「それは……」

「いいえ」ベラはとがめるようになった。「ないわ」

「狩《か》りをすればいいじゃない？」サンシャインはいったが、明らかに自信のなさそうな口ぶりだった。

デイジーは、サンシャインのふわふわした耳をなぐさめるようになめた。

「〈川の犬〉は、食べ物はあたしたちが生きるために食べればいいと思ってるはず。ほかの贈《おく》り物を考えましょう」デイジーは優《やさ》しくいった。サンシャインはきまりわるそうにうなだれた。

ラッキーはサンシャインの言葉を少し残念に感じていた。たとえ一瞬《いっしゅん》でも、あれほど気軽に食糧《しょくりょう》を分けてしまおうと思ったのだとしたら、生きのびるということを理解できるのはまだ先だろう。

ミッキーは腹ばいになり、街から運んできたニンゲンのグローブに頭をのせた。ふとグローブのにおいをかぎ、ぱっと顔をあげた。「わかった。犬が食べることと同じくらい好きなのはなんだろう？」そういって仲間の顔をみわたす。「遊ぶことだ！　わたしの小さなニンゲンは、いつもこのグローブをはめて、棒切れを投げてはわたしに取ってこさせる遊びをしていた」

「それがどうしたの？」ベラがたずねた。

「どんな犬も棒切れを取ってくるゲームは好きだろう？　だから、〈川の犬〉のために上等の棒を探してあげたらどうだろう！」

ベラは首をかしげて考えこみ、そしていった。「うまくいくかもしれないわね」

ラッキーは確信が持てなかったが、ミッキーは自分の思いつきに大よろこびしていた。

「じゃあ、やってみよう。きっと最高の一本がみつかる。棒をささげる前にマーサにみてもらって、〈川の犬〉がほんとうに気に入るかどうか判断してもらおう」

ベラは賛成してひと声吠《ほ》えた。

ラッキーには、ミッキーの考えが〈囚《とら》われの犬〉の理屈《りくつ》のようにしか思えなかった——なぜ〈川の犬〉が遊び道具をほしがるのだろう？　いっしょに遊んでくれるニンゲンを必要としているとでもいうのだろうか。しかし、それでみんなの気持ちが明るくなるなら、やってみる価値はある。贈《おく》り物にこめられた善意が、〈川の犬〉の心を動かすかもしれない。少なくとも、犬たちが努力したことをよろこんでくれるだろう。

ミッキーはさっそく、まばらに残った木々のあいだを走りながら、落ちている枝や小枝を探しはじめた。ほかの犬たちもそれに加わり、からみあうように生《は》えた草の中に鼻先をつっこんで探っていった。なにか前向きな目標ができて、みるからにうれしそうだ。仲間の興奮はラッキーにも伝染《でんせん》していた。自分もいっしょにきれいな棒を探しながら、希望がわいてくるのを感じていた。なにかに向かっていくのは、なにかから逃《に》げるよりもずっといい。

「これはどうだ？」ブルーノがカバノキの枝をくわえて、うなるようにいった。

仲間は探すのをいったんやめて、ブルーノがみつけたものを調べた。美しい形の枝だった。なめらかで丈夫《じょうぶ》だが、真ん中のあたりが曲がっていて、くわえるのにちょうどいい。枝をみせにいくと、マーサは首をかしげて、うすい銀色の樹皮のにおいをくんくんかいだ。

「きれいね」とうとう、マーサは口を開いた。「〈川の犬〉はとても気に入ると思うわ」

犬たちは、きゃんきゃん吠《ほ》えたりくうくう鳴いたりしながら、川辺へ向かっていっせいに駆《か》けていった。マーサは特別な枝をくわえ、片足を引きずりながら先頭を走っていた。ブルーノはそのわきについて走りながら、誇《ほこ》らしそうに頭をそらしていた。

崩《くず》れかけた川岸に着くと、マーサは前足に重心をかけて体を低くし、くわえていた贈《おく》り物をそっとはなした。群れの仲間たちはマーサを手伝って、鼻先で枝をつついて川のほうへ押《お》しやった。水に触《ふ》れてしまわないように気をつけている。枝は一度草むらに引っかかったが、最後にもうひと押《お》しすると岸から落ちて深い川に浮《う》かび、おだやかな流れの中でくるくる回った。

「〈川の犬〉よ！」マーサが声をあげた。「どうかわたしたちを助けてください。きれいな飲み水が必要なのです」

ほかの犬たちも声を合わせて鳴き、枝が岩のあいだをなめらかにすりぬけ、白く泡《あわ》立つ速い流れの中へ入っていくのをみまもった。枝が流れにもまれて浮《う》いたり沈《しず》んだりしているのをみて、サンシャインはよろこんできゃんきゃんと吠《ほ》えた。

「〈川の犬〉が棒で遊んでるわ！　みて！　ほんとに遊んでる！」

犬たちはうれしそうにはあはあえぎ、枝がよりおだやかな下流のほうへ流れていくのをみていた。枝はうすい緑色の水面に虹《にじ》色の渦《うず》を残していきながら、やがて視界から消えた。

マーサは耳を垂れた。「かわいそうな〈川の犬〉」静かにいう。「自分の川がこんなふうに汚《よご》れてしまうなんて、すごくいやだと思うわ。きっと悲しんでいるでしょうね」

「いまはただ、ささげものを気に入ってくれるように祈《いの》っていましょう」ベラはマーサの首筋に鼻先を押《お》しつけた。「いまできることはすべてやったわ。なにか変化があればすぐにわかるでしょう」

ラッキーはベラの視線をとらえると、いっしょに野営地のほうへもどっていった。ベラの顔には不安の色が浮《う》かんでいた。自分と同じように、ほんとうにうまくいくのか確信が持てないのだ。

それでも、ベラは群れの士気が下がらないよう努力しつづけている。ラッキーは、仲間たちが寝床《ねどこ》を定めるために円をえがき、〈天空の犬〉に祈《いの》りをささげるのをみながら幸せな気分になった。少し明るい気分になって眠《ねむ》る準備を整えると、ベラの温かなわき腹の上に頭を寝《ね》かせた。

少なくとも、犬たちは野生のやり方に合わせようとしている。このからっぽの荒《あ》れはてた世界で生きのびていくつもりなら、その世界について理解しようとしなければならない。かつてラッキーが街を理解し、街で生きのびてきたように。

時間はかかるだろう。それでも、しのびよってくる闇《やみ》の中で、ラッキーはかすかな希望を抱《いだ》いていた。

みんなならきっとできる——ラッキーは考えた。

なにかがぶつかるような音がして、ラッキーは深い眠《ねむ》りから目覚めた。首をすくめ、全身をこわばらせて毛を逆立てる。冷たい雨粒《あまつぶ》がばらばらと降りかかってくるのを感じた。耳をぴたりと頭につけて空をあおいだ瞬間《しゅんかん》、ライトニングのうしろ足が、まぶしい光を放ちながら真っ暗な闇《やみ》の中を切りさいていくのがみえた。〈天空の犬〉たちがふたたび吠《ほ》えた。

そばに寝《ね》ていたベラは、はねおきて震《ふる》えていた。ほかの犬たちも目を覚まし、雨が強まってくると、不安そうにきゅうきゅう鳴きはじめた。ラッキーも雨に打たれながら身をすくめていた。石が降っているかのように強い雨だ。数秒後には毛が全身にはりついていた。ふたたびライトニングがはね、同時に〈天空の犬〉たちが、耳をつんざくような吠《ほ》え声をあげた。

サンシャインがはじかれたように立ちあがってかん高い声で騒《さわ》ぎはじめると、ほかの犬たちもそれにつづいて騒《さわ》ぎはじめた。ラッキーは群れの真ん中で立ちつくし、混乱してぐるぐる走りまわる犬たちをみながらめまいを起こしそうになった。

「どうした？　やめろ！　落ちつくんだ！」

「ラッキー、嵐《あらし》よ！」サンシャインが吠《ほ》えた。「隠《かく》れなきゃ！」

ラッキーはだいじょうぶだと吠《ほ》えたが、だれもきいていなかった。いつもは感情を表に出さないブルーノでさえ、木から木へと走りながらくんくん鳴いている。

「ただの嵐《あらし》だ！」たしかに激しい嵐《あらし》だが、それでも、全員を落ちつかせなければならない。ラッキーはわざと明るい吠《ほ》え声を出した。「きみたちはりっぱな〈野生の犬〉じゃないか。ライトニングと〈天空の犬〉の争いなんかにおびえちゃだめだ」

「でも、サンシャインのいうとおりよ」マーサがきゃんきゃん鳴いて、しがみつくように地面に体を押《お》しつけた。そのあいだにも、ライトニングの電光が頭上の空でぱっとひらめいた。

「隠《かく》れるところなんてどこにもないわ！　どこへ逃《に》げればいいの？」

全員がパニックを起こしていた。ラッキーにはわかっていた――この犬たちはこれまで、どんな嵐《あらし》が起こってもニンゲンたちに守られてきたのだ。かごや犬小屋の中にいごこちよくおさまり、空を駆《か》けまわるライトニングからも、取っ組み合いをする〈天空の犬〉たちからも、遠く離《はな》れていた。前にも嵐《あらし》をやり過ごしたことはあったが、今回ほどは激しくなかった。〈囚《とら》われの犬〉たちは、ほんものの嵐《あらし》にあうことに慣れていないのだ。

「〈天空の犬〉たちの声をきいてみろ」ミッキーが、心細そうにいった。「あんなに怒《おこ》っているじゃないか！」

「ライトニングにうなっているだけだ！」ラッキーは吠《ほ》えたが、その声は〈天空の犬〉たちのとどろくような吠《ほ》え声にかき消されてしまった。

マーサは小さく縮こまり、大きな前足で耳をふさいでいた。「〈天空の犬〉たちは、大地を焼くためにライトニングを送りこんできたんだわ。きっとわたしたちに怒《おこ》ってるのよ！」

サンシャインはほとんど白い毛玉のようになって、全速力であちらへこちらへ駆《か》けまわり、おびえて鳴き、吠《ほ》えていた。やがてそれにも疲《つか》れてしまうと、マーサの足のあいだにもぐりこんでぶるぶる震《ふる》えた。

「これがずっと続くんだわ」サンシャインはきゅうきゅう鳴いた。「最初は〈大地のうなり〉。それからさっきみたいな怖《こわ》い戦いがあって、今度は〈天空の犬〉とライトニングがあたしたちをやっつけようとしてる！　どうしてこんなにひどい目にばかりあうの？　怖《こわ》いことばっかり！」

「落ちつくんだ！」ラッキーはそういうと子犬の黒い鼻をなめようとしたが、サンシャインは、マーサの毛皮に顔をうずめていた。そのマーサも震《ふる》えながらくんくん鳴き、サンシャインの恐《きょう》怖《ふ》をかきたてることしかできなかった。

ラッキーは、ほんとうの悲劇が起こる予感に胸騒《むなさわ》ぎがしていた。〈囚《とら》われの犬〉たちは自分で自分を怖《こわ》がらせ、自分の恐怖《きょうふ》にしがみついている。ミッキーはあとずさって恐《おそ》ろしげに空をみつめていた。マーサは立ちあがると、やみくもに川に向かっていった。傷ついた足で一歩進むたびに、いまにも倒《たお》れこんでしまいそうになる。サンシャインのことは忘れてしまっているようだった。そのサンシャインはいま、隠《かく》れ場所を失ったことに気づいて激しく吠《ほ》えている。ラッキーがべつのところに目をやると、ブルーノが開けた空《あ》き地のほうをめざして、めちゃくちゃに走っていくのがみえた。

みんな逃《に》げようとしている！　ラッキーはぞっとした。群れはいま、ばらばらになっていた。

その場でくるりと回ってはみたものの、どの犬から最初に追いかければいいのかわからない。

だれもが一目散に逃《に》げていき、みずから荒野《こうや》に迷いこもうとしていた……ライトニングが群れを焼きころしてしまう……。

そしていまも、敵の群れは近くにいるのだ！

5 嵐《あらし》がきた

ラッキーは全身ずぶぬれになっていた。首の毛を逆立ててぐっと頭を起こし、〈天空の犬〉のうなり声や吠《ほ》え声がとぎれる瞬間《しゅんかん》を待つ。一瞬《いっしゅん》静かになると、そのチャンスを逃《のが》さずせいいっぱいの大声をあげた。

「ぼくについてこい！　はやく！」

〈囚《とら》われの犬〉たちは静かになり、おろおろとあたりをみまわした。それから、少しずつラッキーのまわりに集まってきた。そのあいだも体の震《ふる》えは止まらなかった。ラッキーは、はげますように吠《ほ》えたりうなったりしながら、群れを連れて、葉を厚く茂《しげ》らせた木の陰《かげ》へ向かった。木が倒《たお》れてきたり枝が落ちてきたりする危険はあったが、〈囚《とら》われの犬〉たちがパニックを起こして開けた場所へ駆《か》けだせば、ライトニングの放つ電光に当たってたちまち死んでしまうにちがいない。サンシャインがためらっているのをみて、ラッキーはかみつくふりをした。子犬はとびあがってすぐについてきた。〈囚《とら》われの犬〉たちは頭を低くして足のあいだにしっぽをはさみこみ、ラッキーのあとについて、下生《したば》えが茂《しげ》る影《かげ》の中をはうように進んでいった。

あたりには木が密集して生《は》えていたが、しばらくいくとまばらになり、やがて空《あ》き地に出た。空《あ》き地には高い松の木が一本だけ生《は》えていた。ほかの木々とくらべるとはるかに大きい。ラッキーは、はげますようにくんくん鳴きながら、厚く茂《しげ》ったやぶのなかへ犬たちを導いていった。空《あ》き地からは、ラッキーが思いきり前にとびだしたくらいの距離《きょり》がある。理由はわからなかったが、そこにいるべきだという確信があった。〈天空の犬〉から隠《かく》れていたほうがいいと感じていた。

やぶの中にいると怒《いか》りに満ちた嵐《あらし》の声はやわらぎ、どしゃぶりの雨もあまり強くは当たってこなかった。ラッキーには、仲間たちの呼吸がおさまりつつあるのがわかった。きゅうきゅういう鳴き声も静まっている。自分を取りもどしつつあるのだ。ラッキーはほっとして息をついた。ミッキーは首を左右に振《ふ》りながらうなっていた。いまになって、自分がどれだけおろかなふるまいをしてしまったか気づいたようだった。だれもが不安げな面持ちで枝のあいだにのぞく空をみあげ、いつまた大騒《さわ》ぎがはじまるだろうかと息を詰《つ》めていた。

そのとき、空がぱっと明るくなった。ライトニングが大地に駆《か》けおり、目のくらむような電光をあとに残していった。ラッキーはぞっとして凍《こお》りついた。ライトニングのうしろ足が空《あ》き地の松をけったのだ。松は一瞬《いっしゅん》にして燃えあがり、その火は目を射《い》るほどまぶしかった。

つかのま、犬たちは、熱と光に圧倒《あっとう》されて静まりかえっていた。ごうごうと音を立てて燃える木がぎらつく光を放ち、あたりの闇《やみ》を払《はら》っていた。ラッキーは、安堵《あんど》と恐怖《きょうふ》からもれそうになる鳴き声をなんとかこらえていた。そうだ、思いだした！　いくつもの嵐《あらし》を経験したオールドハンターから、ほかの木からはなれて生《は》えている木は、いつもライトニングの標的になるのだときいたことがあったのだ。

「山火事だ！」ミッキーが、足のあいだにしっぽをはさんで遠吠《とおぼ》えをした。

「火事はいや！」少し落ちついていたサンシャインは、ふたたびおびえて苦しげな吠《ほ》え声をあげ、安全な木陰《こかげ》からだっと駆《か》けだした。

「サンシャイン！」ベラが吠《ほ》えた。「もどってきなさい！」

子犬の姿はあっというまに小さくなり、川辺へ向かってなおも遠ざかっていった。「〈川の犬〉！　〈川の犬〉！　あたしたちを守って！」吠《ほ》え声がきこえてくる。

「だめよ！」ベラがサンシャインのあとを追う。そのとき、ラッキーはあるものに目をとめた。まちがいなく、ベラも同じことに気づいていた。

サンシャインが近づいた川は、ラッキーがみたことのあるどんな川ともちがっていた。ふくれあがり、うねっているようにみえる。冷たい恐怖《きょうふ》が全身をつらぬく。ラッキーはベラのあとを追いながら、サンシャインに向かって、そっちへいっちゃだめだと叫《さけ》んだ。

サンシャインは二匹《ひき》が追ってくるのにも気づかず、うねる川に向かって死にものぐるいで走っていた。ライトニングが空を切りさいたその瞬間《しゅんかん》、ラッキーは、自分が感じた違和感《いわかん》の正体がはっきりとわかった。川の水位が岸より上がっているのだ。なぜそんなことが起こるのだろう？　川のふちは茶色く泡《あわ》立ち、それがこちらに向かって近づきはじめている。

そのときラッキーは、ライトニングが体の中を駆《か》けぬけていったような衝撃《しょうげき》を覚えた。川の水があふれはじめている！

ベラがサンシャインに追いついて上にとびのり、しっかりと押《お》さえつけた。ラッキーも急いで駆《か》けより、子犬を引きもどそうとするベラに手を貸した。ラッキーがサンシャインの片方の前足をくわえ、ベラが首輪をくわえる。それから二匹《ひき》はきた道を急いでもどり、迫《せま》ってくる川から離《はな》れた。サンシャインはきゃんきゃん鳴いた——痛みよりショックのほうが大きいようだった——が、されるがままに引きずられていった。

ふいに、川の水があふれるざあざあという音がきこえてきた。贈《おく》り物の木の枝を気に入ってくれたようには思えない――〈川の犬〉はいま、激怒《げきど》していた！

二匹《ひき》はやぶにとびこんだ。群れの犬たちは目をみひらいて川をみつめ、恐怖《きょうふ》にあえいでわき腹を上下させていた。サンシャインを投げだすように地面に降ろすと、ラッキーはさっと、うしろを振《ふ》りかえった。

川はだんだんラッキーたちのほうへ向かって流れてきている。透明《とうめい》だった水は茶色い濁流《だくりゅう》に変わっていた。〈川の犬〉は怒《いか》りの吠《ほ》え声をあげていた。水は逆巻きながら近づいている。波の先はきみの悪いクリーム色の泡《あわ》にふちどられていた。

「逃《に》げろ！」ラッキーは吠《ほ》えた。

二度いわれるまでもなかった。犬たちは、恐怖《きょうふ》に駆《か》られてきゃんきゃん吠《ほ》えながら、谷間の上へ向かって走りはじめた。恐《おそ》ろしい激流が、ほんの数秒前にいたやぶの中をごう音をあげながら流れていく。流れに打たれた木々が、折れたり裂《さ》けたりする音がきこえてきた。

「高いところへいくんだ！」ラッキーはくりかえし吠《ほ》えた。「とにかく上へ！」水は坂をのぼることはできない――それほど高くは。

ラッキーが坂を十分のぼったところで止まれと号令をかけるころには、群れの犬たちは苦しそうにあえいでいた。わき腹を大きく上下させながら、下の草地をおおいかくした茶色く波打つ水をみおろす。ほとんどの木々が半分ほど水につかり、小さな波がその幹を洗っていた。

ラッキーはちらりと空をみあげた。雲が割れ、そのすきまで〈月の犬〉がかがやいている。雨は霧雨《きりさめ》ほどに弱まっていた。空の戦いはすでに終わり、〈天空の犬〉のごろごろいううなり声も遠ざかっている。一本松からは鼻をつくにおいと蒸気がただよっていた。梢《こずえ》は黒く焦《こ》げ、幹の半分ほどが濁流《だくりゅう》の中に沈《しず》んでいる。上の方の枝では消えのこった小さな炎《ほのお》がちらちらゆれているが、大きな炎《ほのお》はすでに水に飲みこまれていた。

「終わったのね」マーサが息を切らしながらいった。「〈天空の犬〉が火事を食いとめてくれたわ」

「いまのところはね」サンシャインは震《ふる》えていた。「ラッキー、ごめんなさい。ベラ、ごめんなさい。どうすればいいかわからなかったの。すごく怖《こわ》くて……」

「そんなにおびえなくていい」ラッキーは少しそっけない声を出してしまったことを反省して、なだめるように子犬の耳を軽くなめた。「だけど、あわてちゃいけない。みんなのことを信じるんだ。いまのきみにとって、頼《たよ》れるのは群れの仲間なんだから」

そのあたりには身を隠《かく》す場所がほとんどなかったが、ラッキーは気にしなかった。下でぐずぐずしていれば、いったいどんな目にあっただろう。斜面《しゃめん》をさらにのぼりながら、なぎ倒《たお》された草や小山になった枝をかきわけていく。群れの犬には、それぞれの速度で歩かせておいた。ラッキーがもどってからというもの、この犬たちは叱《しか》られっぱなしだった。それに、いませかしたりあせらせたりすれば、暗闇《くらやみ》の中でけがをしてしまうかもしれない。どの犬も夜道を歩くことには慣れていない。

それでも、ラッキーが尾根《おね》の上で止まって片耳をぴんと立てたときには、群れの犬たちはそのすぐうしろについていた。そのあたりから地面はがくんと落ちこんでいたが、駆《か》けおりることができないほどではない。傾斜《けいしゃ》は下のほうで平らになり、〈囚《とら》われの犬〉の水飲み用のボウルに似たくぼみを作っていた。そこなら身を隠《かく》すことができそうだ。〈大地のうなり〉に荒《あ》らされたようすもない。

「ここで眠《ねむ》ろう」ラッキーはいった。

「ここ、安全？」デイジーはいった。震《ふる》えているが、半分は坂をのぼって疲《つか》れたせいでもあった。

ラッキーは子犬の耳をなめた。「だいじょうぶだ。このあたりだと、これ以上安全な隠《かく》れ場所はみつかりそうにない」

「ラッキーのいうとおりよ」ベラがいった。「デイジー、心配しないで。みんなであなたを守るわ」

ラッキーは愛情をこめてベラをみた。ベラは、アルフィーにあんなことが起こってからというもの、これまで以上に子犬たちの安全に気を配っているようだった。「そろそろ明るくなるころだけど、もしできるなら、少し遅《おそ》くまで眠《ねむ》っていましょう」

ラッキーはくたくたになっていて、寝床《ねどこ》を定めるために円をえがくこともできなかった。群れから離《はな》れたところで丸くなってみたが、しっぽの先は落ちつきなくゆれていた。ほかの犬たちは疲《つか》れきっていたため、すぐに眠《ねむ》りこんだが、ラッキーだけは眠《ねむ》れなかった。

体をそわそわ動かして眠《ねむ》れそうな姿勢を探してみたが、ぬれた毛皮や体に当たる小石や小枝が気になって落ちつかなかった。立ちあがってもういちど体を振《ふ》ってもみたが、役にはたたなかった。ぬれた体を夜気が冷やした。耳もしっぽも汚《よご》れて重かった。

ふたたび丸くなると、前足の上に頭を寝《ね》かせてむりやり目を閉じた。〈月の犬〉よ、お願いです――ぼくに安らぎを与《あた》えてください……。

6 毒の水

ラッキーはいつのまにか眠《ねむ》っていたようだった。つぎにはっと目を開けたときには、〈太陽の犬〉が空の高いところにのぼっていた。起きあがり、眠《ねむ》れたことに感謝しながら体をのばして大きく振《ふ》った。毛皮もようやく乾《かわ》いていた。体は温まり、気分もずっとよくなっていた。ほかの仲間たちは丘《おか》を少し下ったところにいて、新たにできた川岸に沿ってうれしそうに駆《か》けていた。ラッキーは目をみはった。あふれた川の水が湖を作っていたのだ。夜のあいだに水は大きく引き、日の光に照らされて銀色にかがやきながら、草や木の幹におだやかに打ちよせていた。

デイジーがラッキーに気づき、うれしそうに吠《ほ》えた。「おはよう！」丘《おか》を駆《か》けのぼってくると、ぴょんぴょんはねながらラッキーの鼻先にじゃれついた。

「いっしょにこっちにきて。すごいものみつけたんだから！」

「デイジー、なにをみつけたんだい？」ラッキーは、自分が優《やさ》しい声を出していることに気づいた。子犬が元気を取りもどしたことがうれしかった。デイジーはしっぽを振《ふ》りながら、先に立って丘《おか》を駆《か》けおりていった。ラッキーは、デイジーが水にとびこんでしまうのではないかと思ってはっとした。だが、デイジーは新たにできた川岸の手前で止まった。川岸はその部分で、陸のほうに大きく湾曲《わんきょく》している。デイジーはうれしそうにはあはああえぎながら、ふたたびラッキーを振《ふ》りかえった。

ラッキーはデイジーの肩《かた》ごしにのぞきこみ、首をかしげた。「それで？」

ブルーノがとなりに近づいてきた。「ちがうんだ、ラッキー、そこだ、岸の下だ。川の水がゆるくなっていた土を押《お》しながしたにちがいない。なにが出てきたかみてくれ！」

ラッキーは半信半疑のまま、岸の下に広がった平らな砂地にそっととびおりた。目をこらしてみる。ブルーノのいうとおりだった――あふれた水が岩や根や土を押《お》しながし、岩肌《いわはだ》にできたいくつもの深い洞《どう》くつをあらわにしていた。

「すごい」ラッキーは洞《どう》くつに近づき、穴の中のにおいをかいだ。まるで巨大《きょだい》な犬が、土手に穴を掘《ほ》ったかのようだった。ラッキーは顔をしかめて考えた――もしもほんとうにそうなら、ずいぶん慎重《しんちょう》な犬だったにちがいない。どの洞《どう》くつもそっくりにみえた。どの穴も成長した二ンゲンが入れるくらい高さがあり、壁《かべ》はなめらかな石で、乾《かわ》いていてきれいで……

……不自然だった。

記憶《きおく》が頭をよぎり、わき腹がちくちく痛んだ。保健所での不愉快《ふゆかい》な記憶《きおく》だ。あの場所でも、ケージが並んでいたのは細長く冷たい部屋だった。だが、この洞《どう》くつはあそこよりもっと小さく、そしてもちろんケージが並んでいるわけではない。

身を隠《かく》す場所としてはぴったりに思えた。

「〈川の犬〉がこの洞《どう》くつを作ってくれたんだわ」マーサがいった。「きっと、ゆうべは怒《おこ》っていたわけじゃなかったのよ。わたしたちの贈《おく》り物にこたえて、隠《かく》れるための穴を掘《ほ》ってくれたのね。ミッキー、あなたの思いつきは正しかったんだわ！」

「ありがとう、マーサ」ミッキーは少し恥《は》ずかしそうにいった。

「あたしたち、〈川の犬〉にきれいな水をくださいってお願いしたでしょ」サンシャインがいった。「そしたら、それもくれたの！」

ラッキーは驚《おどろ》いて首をかしげ、ブルーノが水辺に近づくのをみまもっていた。ブルーノはぐっと頭を下げておいしそうに水を飲むと、鼻先から水をしたたらせながら顔をあげ、誇《ほこ》らしげにラッキーをみた。

「ほんとうにだいじょうぶなのか？」ラッキーはためらいがちに水に近づき、においをかいだ。「たしかに、においはましになってる」しかし、ほんとうに川がきれいになったのかどうか確信が持てなかった。嵐《あらし》がおさまったいま、あたりは一面水浸《びた》しになっている。もしかしたら、毒はどこかに隠《かく》れていて、忘れたころに襲《おそ》いにくるつもりではないのだろうか？

ラッキーは、いまのところは自分の疑いを口に出さないことにした。あれほど嵐《あらし》におびえていた〈囚《とら》われの犬〉たちが、元気と自信を取りもどしたのがうれしかったのだ。〈川の犬〉が助けてくれたと信じることで、群れの雰囲気は明るくなっていた。

マーサは湖にとびこんで肩《かた》まで水の中につかり、うれしそうに泳ぎながら、けがをした足を洗った。デイジーとサンシャインは、浅瀬《あさせ》から楽しそうにマーサをみまもっていた。水にとびこむ気にはなれないらしい。いせいよく水をかけあったり、ぴちゃぴちゃなめたりする二匹《ひき》をあとに残して、ラッキーは洞《どう》くつのほうへもどっていった。

ベラは静かにラッキーのそばに近づくと、並んで洞《どう》くつのにおいをかぎ、注意深く調べはじめた。「役に立ちそうだわ」小声でつぶやく。「でも、長くいたいとは思えない」

「ちょうど同じことを考えてたよ」ラッキーはいった。「また川があふれないともかぎらないんだ。もしそうなれば、中にあるものは残らず押《お》しながされてしまう」

「ここにあった泥《どろ》が流されてしまったようにね」ベラが身ぶるいしていった。

「だけど、仮の野営地としてはちょうどいい」ラッキーは洞《どう》くつのひとつをみてまわり、前足でそっと壁《かべ》に触れた。壁《かべ》には軽い引っかき傷が残った。「ここならみんなも、少し体を休められる」

「そうね」ベラはそういうと、ふと目をそらした。「〈天空の犬〉たちの戦いのとき、あんなことになってしまってごめんなさい。わたしたち……ううん、わたし、とりみだしてしまっていたわ」

ラッキーはだまってうなずいた。なんと答えればいいかわからなかったのだ。ベラは、やみくもに騒《さわ》ぐことがどれだけ危険なのかはっきりと理解している。つぎに同じことが起これば、落ちついて行動できるはずだ――いや、落ちついて行動してほしい。「だけどベラ、きみたちはこれからどこへいくつもり……」ラッキーはそういいかけて凍《こお》りついた。恐《おそ》ろしい鳴き声がきこえてきたのだ。なにかを苦しげに吐《は》いているような、ぜえぜえいう呼吸の音がまじっている。ラッキーとベラが振《ふ》りかえった瞬間《しゅんかん》、またしゃがれた鳴き声が耳にとびこんできた。だれかが激しく吐《は》いているらしい。

「いったい――」

「ブルーノよ！」ベラが悲鳴をあげた。

急いで駆《か》けもどってみると、ブルーノは体を大きく波打たせて、いやなにおいのするどろりとしたかたまりを吐《は》きだしているところだった。それから地面に倒《たお》れこみ、足を弱々しくばたつかせた。ラッキーは、まわりに集まっていた仲間を肩《かた》で押《お》しのけてブルーノに近づいた。すぐそばに立ち、ぞっとしてブルーノをみおろす。くちびるからは血の気がなくなり、ぜえぜえ息を吐《は》く口のまわりにむかつくようなにおいのするかたまりがこびりついている。口のはしからは、悪臭《あくしゅう》を放つ泡《あわ》が垂れていた。呼吸の音だけをきいていると、まるで、のどがねじれてつかえているかのように思えた。

体の中が腐《くさ》ってるんだ！　ラッキーはそう考え、焼けつくような恐怖《きょうふ》を感じた。生ごみを捨てるごみ箱のように、体の中が腐《くさ》っている。ブルーノは生きているというのに！

なにをすればいいのかはわかっていたが、実際にやるのははじめてだ。ラッキーは苦しんでいる犬のもとに駆《か》けより、相手の波打つ腹に自分の頭を打ちつけた。まわりの犬たちが止めるより早く、同じことをもういちどする。すると、仲間たちは前足でラッキーを捕《つか》まえようとしながら、きゃんきゃん鳴いたり吠《ほ》えたりした。

「ラッキー、やめろ！」

「そっとしておいてあげて！　どうしてそんなことするの？」

ラッキーは仲間を振《ふ》りはらい、うなりながら、ふたたびブルーノに頭を打ちつけた。そのたびに、ブルーノは身をよじりながらもがく。ラッキーはなんどもなんどもブルーノの腹を打ち、やめてくれというまわりの声には耳をかさなかった。

やがて、ブルーノはひときわ激しく吐《は》き、口からいやなにおいのするかたまりを吹《ふ》きだした。吐《は》いたものが雨のように散らばるわきで、ブルーノはぐったりと頭を地面に寝《ね》かせた。

ラッキーは震《ふる》えながらうしろに下がった。ブルーノのうつろだった目には生気がもどっていたが、それでも起きあがることはできなかった。弱々しい呼吸は、苦しげにかすれている。

「いまのはなに？」ベラが消え入りそうな声でいった。「ラッキー、なにをしたの？」

ラッキーは首を振《ふ》った。「ブルーノの体の中から病気を出さなくちゃいけなかったんだ。そのためにはああするしかなかった。オールドハンターが内緒《ないしょ》で教えてくれた方法だけど、いままで実際にやったことはなかった」

デイジーはぼう然としていた。「でも、その――その病気って、ブルーノをどうしちゃうの？」

「殺してしまうこともある」ラッキーはいった。「だけど、吐《は》きだしてしまえばだいじょうぶだ。きいたことがないのかい？」

　犬たちがきまりわるそうに視線を交《か》わすのをみて、ラッキーはため息をついた。「そうか。きみたちは、ニンゲンに連れられて、〝ジュウイ〟のところへいけばよかったんだから。それは治療《ちりょう》をするニンゲンのことかい？」

「ああ、そうなんだ」ミッキーは答えたがショックからまだ立ちなおっていなかった。「ラッキー、きみがいてくれてよかったよ」

　ベラは感謝をこめてラッキーに鼻先を押《お》しつけた。「ほんとうに。あなたがいなかったら、ブルーノのことも、アルフィーといっしょに〈大地の犬〉に託《たく》すところだった」

「ブルーノはまだまだ危険な状態だ」ラッキーがいうそばで、ブルーノは頭を持ちあげようとしたがあきらめた。「しばらくはぼくたちで看病しないといけない」それから、今度はベラに向かって小さな声でつけ加えた。「マーサの足もまだ治っていない。どのみち、むりして旅を続けるのはやめておいたほうがいい」

　ベラは賛成して鳴いた。「そうね。でも、どうしてブルーノは病気になってしまったの？」

「水を飲んだせいだと思う」

「心配はしていたのよ」ベラは一瞬《いっしゅん》うなだれたが、いつまでも落ちこんではいなかった。すぐに顔をあげ、群れに向かって呼びかけた。「みんな、川の水は飲んじゃいけないって覚えておいて。まだ安全じゃないの」

群れの犬たちは重い足どりで散らばり、新しい野営地を確かめにいった。ラッキーは、みんなを元気づけるようなことをいいたかった。だが、いったいなにがいえるだろう？ 自分がいなければこの犬たちはとうてい生きていけないだろう。群れに必要とされるかぎり、ここにとどまらなければいけない。

どれだけ長くかかろうと、みんなのもとにいよう――ラッキーは胸の中で決心した。

「ラッキー！ ベラ！」

デイジーはブルーノの苦しむ姿をみないように離《はな》れていたが、いま、せっぱつまった声で吠《ほ》えていた。

今度はどうしたんだ？ ラッキーは、ぞっとして体が冷たくなった。敵が攻めてきたのだろうか？ ブルーノが弱り、マーサもけがをしているこのときに。もしそうなら、大変なことになる……。

7　ベラの計画

ラッキーはこわばった体から安心して力をぬいた。振《ふ》りかえると、デイジーが洞《どう》くつのひとつから顔をのぞかせているのがみえたのだ。興奮してはいるが、おびえてはいない。

「ここにきて！　早く！」デイジーは吠《ほ》えた。「ブルーノも連れてきて。きれいな水があるの――ほんとうにきれいな水よ。岩がおわんみたいになっていて、雨水が集まっているの」

「デイジー、よくみつけたわ」ベラがいった。「さっそくブルーノを洞《どう》くつに運びましょう。マーサ、あなたもいっしょに。足を休めなくちゃ」

ラッキーとベラは、ぐったりしたブルーノの大きな体を苦労して洞《どう》くつの中に運びこんだ――ブルーノは洞《どう》くつの床《ゆか》を引っかいて力をかそうとしていたが、ほとんど役に立たなかった。二匹《ひき》はいったん中に入ると、きれいな雨水を飲ませるために、ブルーノをうつぶせにした。ブルーノとマーサが十分に飲みおえると、ほかの犬たちは一列に並んで順番に水を飲んだ。

ミッキーは白黒まだらの鼻先を洞《どう》くつの外にのぞかせた。そのとたん、興奮したように耳をぴんと立てた。「ラッキー、こっちにきてくれ！」

ラッキーがなんだろうといぶかしがりながら駆《か》けていくと、ミッキーは地面に転がった小さなものを鼻先でつついていた。ベラが近づいてくる足音がした。

ミッキーは目をかがやかせていた。「わかるかい？」

「さあ」ラッキーは自分もよろこべたらいいのにと思った。群れの全員にとって、今日という一日がもっと明るいものになればいいと願っていたのだ。だが、ねじれた金属のかけらを前足でつついても、首をかしげるしかなかった。「これはなんだい？」

「ベラ、きみならわかるだろう？」ミッキーは石でできた入れ物を鼻でつつき、ベラの足元へ転がした。「ニンゲンの持ち物だよ！」

ベラは首をかしげてうれしそうに吠《ほ》えた。「ほんとだわ！　みて、こっちには足を守るカバーが片方あるわ。ニンゲンたちはうしろ足にこれをかぶせて散歩に出かけるの」

ベラはそのカバーをそっとくわえ、ラッキーにみせた。

「だから、どうだっていうんだい？」ラッキーは面食らってたずねた。「街からそう離《はな》れてないんだから……」

「わからないのかい?」ミッキーはかん高い声で鳴いた。「水が泥《どろ》を押《お》しながして、隠《かく》れていたものをみせてくれた。助けてくれたのは〈川の犬〉じゃなかったんだ。ニンゲンだったんだよ。いまもわたしたちを見守ってくれているんだ!」

ラッキーは賛成できずに小さくうなった。自分もつねに〈精霊《せいれい》たち〉と強い絆《きずな》を結んでいるわけではなく、ときどきは十分な敬意を払《はら》わないこともある。だが、ミッキーの言葉は〈川の犬〉に対するあきらかな侮辱《ぶじょく》だった。

しかし、ほかの犬たちはそれに気づいたようすもなく、ミッキーのまわりに集まりはじめた。マーサは、傷ついた足をかばいながら、できるだけ急いで駆《か》けてきた。しばらくニンゲンの残したものに鼻を近づけてにおいをかいでいたが、やがて、ラッキーが考えていたとおりのことを口にした。

「ミッキー、〈川の犬〉のことを疑うなんてだめよ。わたしたちを助けてくれたじゃない」

「だけど、〈川の犬〉のせいでブルーノはあんなことになった」ミッキーは低い声でいったが、マーサからは目をそらしていた。

「あたしはよくわかんない」デイジーはぺたんとすわりこみ、ミッキーがみつけたものをしげしげとみつめた。「あたしたちのニンゲンが近くにいるなら、どうして迎《むか》えにきてくれないの？」

「きっと、そうしたくてもできないんだ」ミッキーはそういって、ニンゲンの物を大事そうにかき集めた。ラッキーも気づかないうちに、その小山の中にはミッキーのグローブも加えられていた。「きっとこれがニンゲンのやり方なんだ。たとえいっしょにはいられなくても、まだみんなのことを気にかけているよと伝えてくれているんだ。だから、すみかと水を与《あた》えてくれた！　そうだろう？　床《ゆか》のあのくぼみだって、ニンゲンが水を飲ませてくれたボウルにそっくりだ！」

「そんなばかな話、きいたこともない」ラッキーはつぶやいたが、サンシャインとデイジーはあやふやな表情を浮《う》かべていた。

「わたしはそれでも〈川の犬〉を信じてるわ」マーサがきっぱりといった。

それをきいても、ミッキーの確信は少しもゆらがないようだった。「ニンゲンはわたしたちを守っている。わたしたちを見守っててくれている。だから、きっともどってきてくれる！」

「ああミッキー、ほんとにそう思う？」サンシャインがきゃんきゃん吠《ほ》えた。

デイジーは夢中で吠《ほ》えた。「そうよ！　ニンゲンたちは、いまもあたしたちを守ってくれてるのかもしれない！」

ラッキーは首を振《ふ》り、二匹《ひき》の子犬がとびはねながらはしゃいで吠《ほ》えるのをみていた。二匹《ひき》は、ミッキーの言葉を信じたいのだろう。ニンゲンが遠くから自分を守っていると思いたいのだ。ラッキーは小さくため息をついた。この〈囚《とら》われの犬〉たちに、もうだれも頼《たよ》れないのだといくらいってもむだだろう。ラッキーは口を開こうとしたが、声を出すよりも早くベラが肩《かた》をついた。

「いっしょにきてちょうだい」静かにいう。「みんなが気づかないうちに。みてほしいものがあるの」

ラッキーはベラについて洞《どう》くつに背を向けると、群れの野営地から遠ざかった。川辺から少しいったところに、雑木がまばらに生《は》えた林があった。あたりの地面はやわらかく湿《しめ》っている。「これよ」ベラは立ちどまるとすわりこみ、地面の上を頭でさしてみせた。深刻な顔はおびえているようにもみえた。

ラッキーが土の上に鼻を近づけると、そこに足跡《あしあと》がついているのがわかった。寒気が走って思わず身を引く。だが、ふたたびにおいをかいでみた。

ゆいいつの救いは、足跡《あしあと》が小さな犬のものであるということだ。だが気がかりなのは、それが新しいものだということだ。ほんの数時間前につけられた跡《あと》にちがいない。ところが、ラッキーがどれだけ集中してみても足跡《あしあと》のにおいをかぐことができなかった。川の水のにおいしかしないのだ。鼻から思いきり息を吸ってみたが、それでも、なにひとつわからなかった。ラッキーの群れのものではないことはたしかだ。わかるのはそれだけだった。まるで、犬の幽霊《ゆうれい》でも通っていったかのようだった。しかし、幽霊《ゆうれい》なら土に足跡《あしあと》を残すはずがない。ラッキーは首を振《ふ》り、いらだたしげにうなった。相手が近くにいるのか、すでに遠ざかっているのか、それさえわからない。

このあたりでぐずぐずしていないほうが、いいのかもしれない。

「ラッキー、わたし怖《こわ》いわ」自分の考えを読みとったかのようなベラの言葉をききながら、ラッキーは首筋に冷たいものが走るのを感じた。

「ほかの犬が近くにいるんだ。それはまちがいない」

「ブルーノは毒にあたって、マーサはまだけがが治っていない。頼《たよ》りになる犬が二匹《ひき》とも弱っているなんて。それに、川の水を飲まないようにしたって、飲むものがなにもなければ結局は弱ってしまう！　洞《どう》くつの水も十分ではないわ——今夜雨が降らなければ、また振《ふ》りだしにもどるだけよ。しばらく狩《か》りもしていない。食糧《しょくりょう》もすぐに必要になるのよ！」

ベラは、ただ嘆《なげ》くためにこんな話をはじめたわけではないらしい。その目には、なにかを思いついたような光が浮《う》かんでいる。ラッキーはいやな予感がして口のまわりをなめた。「なにがいいたいんだい？」

ベラは腹ばいになって前足に頭を寝《ね》かせ、決意を目に浮《う》かべてラッキーをみあげた。「敵の群れの湖にいかなくちゃいけないわ。そして、水を分けてもらうの。わたしたちには水が必要だし、それに、この谷で狩《か》りをすることも許してもらわなくちゃ！」

ベラが得意な考え方だ――ラッキーは感心するのと同時に、激しいいらだちも覚えていた。ベラはいつも実現不可能なことをやりたがり、そしていつも、強い意志の力があればやりとげられると信じている。ラッキーは時間をかせごうとして、もういちど足跡《あしあと》のにおいをかいだ。

今度も、なにもにおわない。

「ベラ」ラッキーは、できるかぎり落ちついた声でいった。「アルフィーがどうなったのか忘れたのかい？」

「まさか！」

「じゃあわかるだろう！」ラッキーは声をあげた。「ぼくたちの仲間が倒《たお》れたからって、あの群れの犬たちが考えなおすはずがない！　あいつらはただ、戦う相手が一匹《ぴき》減ったと思うだけだ！」

ベラは、だれか近づいてきた者がいないか確かめるように、肩《かた》ごしにうしろをみた。向きなおったベラの目には、あのがんこな光が浮《う》かんでいた。ラッキーのいやな予感は当たったのだ。

「だからこそ、湖の水を分けてもらって、狩《か》りをさせてもらうように説得するのよ」

「いいや——だからこそ、ここを離《はな》れなくちゃいけないんだ。あの群れは残忍《ざんにん》で容赦《ようしゃ》ない。説得してなわばりを使わせてもらおうだなんて、むちゃな話だ。これが〈野生の群れ〉のやり方なんだ。きみだって、勝ち目のない戦いをふっかけてもむだなことくらい、わかってるだろう」

ベラは牙《きば》をむき出した。「おとなしく追いだされるなんていやよ。わたしたち、こんなに長く荒野《こうや》で生きぬいてきたわ。世話をしてくれるニンゲンもいなかったのに！　いまあきらめるつもりはないわ。きっとできるもの」

「だけど、意地をはる必要はない！」ラッキーはベラを相手に腹を立てたくなかった。そこで、少しのあいだ、砂を引っかいてふしぎな足跡《あしあと》を消すことのほうに意識を集中させた。群れの犬が足跡《あしあと》をみつけてしまえば、パニックを起こすだろう。「追いだされると考えるからいけないんだ。ただ避《さ》けて通ればいい。そうすれば、きみも仲間も殺されることはない。きみなら賢《かしこ》い選択《せんたく》ができるはずだ」

「いやよ」ベラは強情《ごうじょう》にいった。子犬のころによくみた表情にもどっている。「今度は前とちがうの」

ラッキーは声をあげた。「どうちがうんだ？」

ベラはラッキーの目をまっすぐにみすえていった。「今度はちゃんと計画があるもの。このあいだは、敵のアルファと落ちついて話すことができなかった。でも、今度はこちらの言い分を通すことができるはずよ」

「あのアルファが耳を貸すもんか」ラッキーは牙《きば》のあいだからうなるようにいった。「ひと言もいわずに追いかえすに決まってる。質問もなければ答えもなし。出会いがしらに殺されなければ運がいいほうだよ」

「いいえ」ベラは体を起こし、ラッキーを真正面からにらみつけた。「計画があるっていったでしょ。うそじゃないわ。きっとうまくいく」

「いいかげんに——」

「わたしたちの仲間がむこうの群れに潜入《せんにゅう》すればいいのよ」ベラはラッキーをさえぎっていった。「中にまぎれこめば、群れの一員としてわたしたちをかばうことができる。これでわかった？」

その声に勝ちほこったような響《ひび》きをききとって、ラッキーは小さくうなった。

「むこうの犬はだれもあなたの顔をみていない。争いの場にいなかったから」ベラはいったん言葉を切り、ラッキーをみて目を細くした。「だって、あなたはわたしたちのもとを去ったんだもの」

ラッキーはぎりっと歯を食いしばった。ラッキーの罪悪感を利用するベラに腹は立ったが、その言い分は正しかった。なにより、ラッキーには秘密があった。敵の一匹《ぴき》に顔を知られていることを、どう説明すればいいのだろう。その犬はラッキーのことをよく知っているのだ。ベラと同じくらい知っている。

いまその話をすれば、当然、いくつもの質問をされるだろう。その問いに答えられる自信はない。もっと早く打ちあけていれば話はべつだった。ベラたちを川辺でみつけたときに話しておけばよかったのだ。しかし、いまはどうだろう？

とても話せない。

ラッキーは矛盾《むじゅん》するふたつの忠誠心のあいだでゆれてだまりこんだが、ベラはそれに気づいたようすもなかった。みるからに自分の計画に興奮している。しっぽはせわしなく地面を打っていた。

「あなたがむこうの群れと友だちになるの」ベラは話を続けた。「そして信頼《しんらい》させるのよ。あなたを気に入らない犬はいないもの。いったん仲良くなったら、わたしたちと水を分けあうように仕向けてちょうだい。うまくいかなくてもだいじょうぶ。あなたなら、敵に気づかれないようにわたしたちを湖に導く方法を思いつけるわ！　ラッキー、いい考えでしょう？」

「いい考えなもんか」ラッキーは低い声でいった。「いつまでぼくにスパイをさせるつもりなんだ？」

「そうね……わたしたちの群れが元どおりになるまでかしら」ベラはこともなげにいった。「マーサの足が治って、ブルーノが元気になって、また旅をはじめられるようになるまで――むこうの群れが、そのころもわたしたちを追いだそうとしていたら、どこかよそへいきましょう。ラッキー、少しのあいだだけよ。わたしたちがどんなに困ってるか知ってるでしょう。お願いだから引きうけて」ベラは頼《たの》みこんだ。

どうすればいいのだろう？　ラッキーはベラの考えが気にいらなかった。スパイになんかなりたくない。自分以外のだれかの振《ふ》りをするなんて、まったく気が進まない。だが、頼《たの》みを断れば、ベラやみんなの信頼《しんらい》に背《そむ》くことになる。

頼《たの》みをききいれれば、スイートをだますことになる。

ベラのいうとおりだった。マーサやブルーノには、食糧《しょくりょう》と水と休息できる場所が必要だ。それを手に入れる方法がほかにあるだろうか。そしてまた、こんなことができるのは自分しかいない。敵に顔を知られていないというだけではなく、作戦を成功させることができるのはラッキーだけだ。

ラッキーはぬけめない〈街の犬〉なのだから。

ラッキーはため息をつき、耳を垂れたますわった。「わかった。やるよ。ぼくが引きうけることはわかってたんだろう」

「よかった！」ベラはいった。「あの群れに攻撃《こうげき》される前に、ある場所をみつけていたの。谷のずっと上にいくと――ウサギ狩《が》りの距離《きょり》でいうと五つか六つぶんね――ニンゲンのキャンプ場があるのよ。わたしもそういう場所には何度か連れていってもらったことがあるけど、そことよく似ていたわ。ニンゲンはキャンプ場へいって、遊んだり食事をしたりするの――ほら、そういうところには、犬がボール遊びをする場所や、木のテーブルや、火を起こすための大きな穴があるでしょ？」

「ぼくにはわからないよ」ラッキーはそう答えながら、街の公園で遊んでいたニンゲンたちのことを思いだした。小さいニンゲンたちもいっしょにいて、バスケットに入ったものを食べたり、ボール遊びをしたりしていた。そこへいけば、ニンゲンに出くわす危険があるのだろうか。

街を離《はな》れたあとに会ったのは、黄色い服に身を包んだニンゲンだけだ。彼《かれ》らは犬になんの関心も払《はら》わなかった。

「ああ、そんなに怖《こわ》い顔しないで！」ベラがいった。「そこは長いあいだ使われていないのよ」

ラッキーはいぶかしげに首をかしげた。「どうしてわかる？」

「あのあたりは、最初の〈大地のうなり〉でめちゃくちゃになっていたし、だれかが修理をしにきたようすもなかったの。みればすぐにわかるわ。古いたき火のにおいや、食べ物の焼けるにおいや、ニンゲンのにおいがすると思う。わたしは〈月の犬〉が空にのぼったらすぐにそこへいって、月が頭のてっぺんにくるまであなたを待つ。あたりが暗くなって安全だと判断したら、群れからぬけだしてわたしに会いにきてちょうだい。そして、わかったことをみんな話してほしいの」

ラッキーは、わかったというしるしにゆっくりと頭を下げた。ベラはこのとっぴな計画をどうしても実行するつもりでいる。たしかに、これが一番安全な方法にも思えた。「わかった。暗くなったら、そこでぼくを待っていてくれ。できるだけ急いでいく」

ベラはラッキーの鼻をなめた。「ありがとう、ラッキー！　きっと助けてくれると思ってたわ」

そういうなり、口のはしから舌を垂らしたままくるりと背を向け、野営地のほうへ駆《か》けていった。顔はまっすぐに前を向き、しっぽはぴんと立っている。ベラはほんもののアルファらしくみえた。問題なのは、アルファとして必要な知恵《ちえ》も、策略を立てる力も足りていないことだ。あるのはただ、衝動《しょうどう》的に思いつく計画だけだった。だがラッキーにはベラを責めることができなかった。せいいっぱいやっているし、そもそもこんな暮らしには慣れていないのだから。それでも、ベラはそう遠くないいつか、大きなトラブルに自分からとびこんでいってしまうかもしれない。

ラッキーはため息をついてベラのあとを追った。いやな予感で腹の中がうずいている。ラッキーは賢《かしこ》い犬だ。ぬけめがなく、策略を立てるのがうまく、悪知恵《わるぢえ》も働く――母犬がいまの自分をみればなんというだろう? そう考えるといごこちが悪くなった。しかし、街で生きることと、ここのような荒野《こうや》で生きることとは、まったくわけがちがう。街にいたころは、ニンゲンから食糧《しょくりょう》を盗《ぬす》もうとすれば追いはらわれた。ぶじに逃《に》げきりさえすれば、自由で安全な暮らしにもどることができた。ニンゲンはそのうちあきらめ、自分たちの家に帰っていった。

もし、オオカミ犬に群れをだまそうとしていることがばれれば、追いはらわれるだけでは絶対にすまない。そのときには、ほんものの危険が待っている。

8 群れを離《はな》れて

「みて！　ネズミ！」デイジーは小さなネズミを追って駆《か》けだし、そのままのいきおいで上にとびのった。ぱくりとかみつくと、ぐったりした獲物《えもの》を宙に投げあげて口で受けとめ、それをくわえたまま誇《ほこ》らしげにラッキーのもとへもどってきた。

「すごいじゃないか、デイジー！」デイジーは、持って生まれた才能を発揮しつつあった。だがこの朝は、全体的に狩《か》りの成果がとぼしかった。ラッキーは、〈大地のうなり〉を生きのびた小動物たちも、激しい嵐《あらし》のさなかにおぼれ死んだり逃《に》げたりしたのだろうかと怪《あや》しんでいた。

〈太陽の犬〉は、雨に洗われた青空のてっぺん近くまで駆《か》けあがっていた。狩《か》りに最適な時間は過ぎたということだ――だがラッキーは、切りあげて洞《どう》くつにもどる気にはなれなかった。

すでにデイジーは三匹《びき》目のネズミを捕《つか》まえ、ミッキーは低い枝でまどろんでいた太った茶色い鳥をしとめていた。だが、もう少したくわえがほしいところだ。そしてラッキーは、そのこととはべつの理由で、狩《か》りの時間を引きのばそうとしていた。〈太陽の犬〉が空のてっぺんに上がれば、ラッキーは仲間のもとを去り、敵の群れにうまくもぐりこまなければならない。もういちどスイートに会えると思っても、気持ちは晴れなかった。

鳥が一羽、松の木の梢《こずえ》近くから、犬たちを責めるように鳴きたてた。反撃《はんげき》するには遠すぎる。ラッキーにできるのは脅《おど》かすようににらみつけることだけだった。じきに、獲物《えもの》は昆虫《こんちゅう》や地虫だけになる。そうなればもう、狩《か》りを言い訳にはできない。空気のにおいをかぎながら左に目をやると、ミッキーが姿勢を低くして木々のあいだを慎重《しんちょう》に進んでいるのがみえた。全身に、群れに対する誇《ほこ》りがさざ波のように駆《か》けめぐる。

「みて！」デイジーが声をあげた。ミッキーの足元の草むらから、ウサギが一匹《ぴき》とびだし、パニックを起こしてラッキーのほうへ走ってくると、ぶつかる寸前でわきへよけた。サンシャインが行く手をさえぎってラッキーのほうへ追いもどす。だがミッキーが横からすばやく駆《か》けてきてウサギを捕《つか》まえ、音を立てて背骨に牙《きば》を立てた。

「すごい、ミッキー！」サンシャインは叫《さけ》んでとびはね、はしゃいでくるくる回った。

「サンシャインもよくやった！」ラッキーはそういって、子犬の耳をなめた。「群れのチームワークは完ぺきじゃないか！」

子犬は誇《ほこ》らしさで、はちきれんばかりになっていた。ラッキーは以前のサンシャインを思いだしておかしくなった。あんなに狩《か》りをきらい、美しい毛が枝にからまるのをいやがっていたというのに。いまでは汚《よご》れ、毛はからまりほうだいだ。それでもうれしそうに駆《か》けまわっている。

これ以上時間を引きのばしてもしかたがない。日が高くのぼったいまは狩《か》りに不利な時間帯だ。それにしては収穫《しゅうかく》は十分すぎるほどだった。ラッキーは吠《ほ》えてみんなを集めると、獲物《えもの》を持ってマーサとブルーノとベラが待つ洞《どう》くつへ向かいはじめた。

川や洞《どう》くつが少しみえてきたところで、ふとラッキーは足を止めた。においがただよってきたのだ。首の毛を逆立たせて全身をこわばらせ、静まりかえったあたりのにおいをかぐ。

「ラッキー？　どうしたの？」サンシャインがネズミを地面に置いて、ふしぎそうにラッキーをみあげた。

「いや、だいじょうぶだと思う」ラッキーは小さくうなった。「きみたちは先にいってくれ。このへんをざっと調べていく」

サンシャインは不安そうな顔をしたが、おとなしくネズミをひろい、ミッキーとデイジーといっしょに洞《どう》くつへ駆《か》けていった。

仲間たちがゆるやかな坂の上に姿を消すと、ラッキーは地面に鼻先を近づけた。危険を感じて、全身の毛が逆立っていた。ほかの犬にはまだ話したくなかったが、確信があった……。〈フィアース・ドッグ〉がこの道を通ったのだ。

オオカミ犬に率いられた群れの犬ではない。あの群れに、黒くなめらかな毛並みの〈フィアース・ドッグ〉はいなかった。そして、このにおいには覚えがある。ラッキーは鼻いっぱいににおいを吸いこみながら、ある光景を思いうかべていた。あの奇妙《きみょう》な基地だ。あそこで〈囚《とら》われの犬〉たちは捕《つか》まえられ、凶暴《きょうぼう》な〈フィアース・ドッグ〉に閉じこめられた。もし、自分が助けにいかなければどうなっていただろう。ラッキーはそう考えて身ぶるいした。ベラもデイジーもアルフィーも、ずたずたに引きさかれていたはずだ。

ラッキーの口から不安そうな鳴き声がもれた。あの犬たちがこんなところまで追いかけてきたのだろうか？　傷つけられたプライドを抱《かか》えて、仕返しをするために追いかけてきたのだろうか？　ブレードというメスのアルファは、群れの中でもとくにごう慢《まん》で残忍《ざんにん》だった。しかし、基地の安楽な暮らしを捨ててまで、ちっぽけな〈囚《とら》われの犬〉の群れを追ってくるだろうか。

ラッキーにはわからなかった。ある意味では、はっきりした脅威《きょうい》におびえるよりも、こんなふうにあいまいな脅威《きょうい》におびえるほうがずっと気分が悪い。

時間をかけて木立《こだち》のにおいをかいでまわり、石や枝を鼻先でかきわけて調べた。最後には、少しだけほっとしていた――においは古く、持ち主が最近もどってきたようすもない。どの〈フィアース・ドッグ〉であれ、ここを通りすぎただけだったのだろう。それでも、仲間を追って洞《どう》くつへもどるあいだ、落ちつかない気分は消えなかった。このあたりには危険の気配も敵の気配も多すぎる。ベラの群れは、ただ前に進みつづけるしかない。引きかえすわけにはいかない――ふたつの敵の群れにはさまれているのだから。

みんなに必要なのは、自分たちのなわばりをみつけることだ。ここではないどこかに。

群れの犬たちはラッキーを待ちかまえていた。おいしい食事を前にうれしそうにはしゃいでいるのをみて、ラッキーは自分の不安を話すのはやめておくことにした。いまはまだ、正体不明の〈フィアース・ドッグ〉の危険なにおいに気づいたことも、話さないほうがいいようだ。そして、どんな不安を抱《いだ》いているにせよ、それは食欲にまぎれてしまった。澄《す》んだ空気の中で狩《か》りをしているうちに、食欲はいっそう増していた。ラッキーは自分の取り分の肉に思いきりかぶりついた。

食事が終わると、〈太陽の犬〉が投げかける光と熱を浴びながら地面に横たわった。おなかはいっぱいで、耳には仲間たちのおだやかな呼吸や満足そうなうなり声がきこえてくる。やがてラッキーは立ちあがって伸《の》びをし、頭からしっぽまでぶるっと体を振《ふ》った。どれだけそうしたくても、これ以上先延ばしにする意味はない。ほかの犬たちはラッキーがベラのほうへ近づいていくのに気づいてはっと顔を上げ、一匹《ぴき》また一匹《ぴき》と立ちあがると、おずおずとまわりに集まってきた。

「そろそろいかなくちゃ」ラッキーは、ベラの耳に鼻をこすりつけた。腹を立てたままでいたかったが、これからベラが恋《こい》しくなることはわかりきっていた。ちぐはぐなこの群れが与《あた》えてくれる安心感も、仲間のぬくもりも、きっと恋《こい》しくなるだろう。ラッキーは危険な任務のために、みんなから離《はな》れなければならない。

「いってほしくない」デイジーがいった。

「もどってきてくれたばっかりなのに」サンシャインもきゅうきゅう鳴いた。「あの犬たち、すごく怖《こわ》かった。ほんとにだいじょうぶ？」

ラッキーはサンシャインの黒いボタンのような鼻をなめた。「こうするのが一番いいんだよ。きみはベラとぼくを信頼《しんらい》しなくちゃいけない。群れは仲間に対する信頼《しんらい》でなりたっているんだから」ラッキーはそう話す自分の声をききながら、自分の言葉にせめて半分でも確信を持てればいいのにと思っていた。「すぐにもどってくるし、そのときにはきれいな水を飲めるようになっているはずだ。きみたちみんなのために全力でがんばってくる」

「ああ、きみならきっとそうしてくれる」ミッキーは、そういってラッキーの首筋に鼻を押《お》しつけた。「どうか……気をつけて」

ラッキーは体が震《ふる》えそうになるのをこらえながら、元気よくしっぽを振《ふ》ってみせた。「もちろん、気をつけるよ」振《ふ》りかえり、最後にもういちどベラをみる。

ベラは黒い瞳《ひとみ》に真剣《しんけん》な表情を浮《う》かべてラッキーをみていた。日を追うごとに、ベラは群れのアルファとしての役割に慣れてきていた。いっぽうラッキーは、ベラこそアルファにふさわしいと確信が持てる日を心待ちにしていた。愛情のこもったしぐさでその鼻をなめて顔をこすりつけ、それから、むりやりみんなに背を向けて出発した。

ラッキーはうしろを振《ふ》りかえらずに、谷の急な傾斜《けいしゃ》を駆《か》けのぼっていった。気温は急速に上がりつつあった。ラッキーは疲《つか》れてはあはあ息を切らしたが、なるべく高いところを選んで湖までいきたかった。そうすれば敵にいきなり襲《おそ》われる心配もない。

おなかが満たされているのはありがたかった。目の前のことに神経を集中させ、獲物《えもの》に気を取られる心配がない。獲物《えもの》のほうでもそれを知っているかのようだった――小鳥たちはすぐそばで楽しげにさえずり、一匹《ぴき》のネズミは目の前を堂々と横切って丸太の下に走りこんでいった。

ラッキーは、自分がなぜ不安なのかよくわからなかった。敵が待ちかまえているからなのか、もういちどスイートと会うからなのか。

見張り番をしている敵の犬にみつかってしまいたいとさえ思っていた。そうすれば、これ以上心配せずにすむ。土地はしだいに平らになっていった。低い丘《おか》のひとつにのぼっていくと、だんだん、湖がみえてきた。水面が〈太陽の犬〉の光をまぶしいほどに照りかえしている。そのとき……。

きた！　激しい吠《ほ》え声にぱっと顔をあげたとたん、目の前に三匹《びき》の犬がとびだしてきた。反射的に首の毛を逆立てながら、ラッキーは奇妙《きみょう》に安堵《あんど》してもいた。

「ここでなにをしている？」茶色と白のやせたメスの猟犬《りょうけん》が立ちはだかり、牙《きば》をむいた。背格好は、小型の〈スウィフト・ドッグ〉に似ている。「ここはわたしたちのなわばりよ！」

『わたしたちのなわばり』ラッキーは、アルフィーが死んだあの日、同じ言葉をきいたことを思いだした。『ここはおれたちのものだ！』

「とっとと失《う》せろ」長い耳をした黒と褐色《かっしょく》の犬がうなった。「後悔《こうかい》することになるぞ」

ラッキーは逃《に》げだしたいのを必死でこらえていた――背を向ければ最後、この犬たちは追いかけてきてラッキーをこてんぱんに打ちのめすだろう。いや、もっとひどいことになるかもしれない。ラッキーは姿勢を低くして腰から下を高く上げ、前足をぐっと前に伸《の》ばした。弱々しくしっぽを振《ふ》り、相手のなわばりの中で抵抗《ていこう》するつもりはないと示す。

「〈森の犬〉の名において、きみたちのアルファと話をさせてほしい！」ラッキーは吠《ほ》えた。

茶色と白の犬は、さもさげすむように鼻先にしわを寄せた。「なぜ？」

ラッキーは深く息を吸い、ぐっと頭を低くした。この犬たちを相手にへりくだるのは気が進まない。この犬たちが自分の仲間を攻撃《こうげき》し、そのうちの一匹《ぴき》を殺したのだ！　しかし、こうするほかはない。それ ばかりか……。

「〈スウィフト・ドッグ〉のスイートがきみたちの群れにいるはずだ。ぼくたちはともに街で暮らし、〈大地のうなり〉を生きのびた仲間なんだ」

「それがどうしたっていうの？」長い耳のメス犬がいった。先ほどのオス犬とよく似ていたので、ラッキーは、きょうだいなのだろうかと考えた。

ラッキーは片耳を立てて、舌を垂らしてみせた。ショクドウのニンゲンにはこの表情で訴《うった》えかけることができた。この犬たちにも少しは効果があるかもしれない。「ぼくはきみたちの群れに入れてもらいたいんだ。スイートのところに連れていってくれれば、よそものじゃないことがわかる」

「なぜおまえを群れに入れる必要がある？」茶色と白の犬が、ばかにしたようにいった。

「ぼくは狩《か》りができる」ラッキーは答えた。「きっときみたちの役に立つ」

「ゴミあさりが好きな〈街の犬〉なんか要《い》らないわ。狩りができるなんてただのかんちがいよ」長い耳のこのメス犬のしぐさのなにかが、ラッキーの記憶《きおく》をよみがえらせた――争いのあいだ、アルファの指示に従って動いていた犬だ。オオカミ犬はスプリングと呼んでいた。

ラッキーはうなり声をこらえて歯を食いしばった。どれだけ腹が立っても、挑発《ちょうはつ》に乗ってはいけない。「ぼくは役に立てる。ぼくを仲間に入れれば群れのためになるはずだ」

長い耳のオス犬が、茶色と白の猟犬《りょうけん》をためらいがちにみあげた。「ダート、どう思う？　スイートを知ってるのなら……」

「トウィッチ、わたしには信じられない」ダートはうなり、ラッキーに向きなおった。「おまえの体からは街のいやなにおいがするわ。狩《か》りができるといったって、なにを捕《つか》まえる気？　食べ物の包み紙じゃないでしょうね」

三匹《びき》はあざけるように笑った。ラッキーは、図星をつかれたことを顔に出さないようにつとめていた。どちらにしても、街で暮らした日々にはいろいろなことを学んだのだ。また内心では、街のにおいが残っているときいてひそかによろこんでいた。ラッキーはまだ、むかしと変わらない〈街の犬〉であり、〈孤独《こどく》の犬〉なのだ。

ラッキーはいまもラッキーだった。

だが、その小さなよろこびも、敵がふたたび向かってくるのをみると粉々に砕《くだ》けた。それでも引きさがるつもりはない。ぐっと姿勢を低くしたが、こらえきれずに牙《きば》をむいた。むこうがどうしても攻撃《こうげき》してくるつもりなら、こちらも反撃《はんげき》するしかない。しかし、不利な状況《じょうきょう》に追いこまれることはわかりきっている。

まだぼくの体から街のにおいがするのだとしても――ラッキーは絶望的な気分で考えた。だとしても、ここは街から遠く離《はな》れている。そして、仲間もいない……。

敵の犬たちは引きさがるつもりはないらしい。どうせやられてしまうなら、おとなしくしていても意味はない。ラッキーは脅《おど》すように牙《きば》をむき出しにすると、はじかれたようにとびおき、足をふんばってまっすぐに立った。

簡単にやられると思うなよ……。

トウィッチと呼ばれた黒と褐色《かっしょく》のオス犬は、少し足を引きずっていた。そして、ラッキーはどの犬よりも体が大きい。それでも、どう猛《もう》な犬を三匹《びき》いっぺんに相手にすれば勝ち目はない。

「スプリング、かかれ！」

黒と褐色《かっしょく》のメス犬がラッキーに向かってきながら、首をねらって頭を低くした。思いもよらない速さで近づいてきたので、ラッキーはわきによけるだけでせいいっぱいだった。しかし、よけた先にはダートが待ちかまえていて、ラッキーの首にとびかかってきた。牙《きば》が肉に食いこむのを感じ、ラッキーはかん高い声で吠《ほ》えた。そこをトウィッチが襲《おそ》い、片方の前足にかみつく。ラッキーは身をよじってダートを振《ふ》りはらい、トウィッチに向かって激しく吠《ほ》えた。

だが、そのときスプリングが近づいてきた。ラッキーの首の毛をくわえ、思いきり引っぱる。ぼくを殺すつもりなのだろうか――そこまでするとは思えなかったが、深手を負わせるつもりでいることはまちがいない。ラッキーが逃《に》げだして、二度ともどってこないように。そして、もしこのどう猛《もう》な敵に勝つことができなければ、群れに迎《むか》えてもらうことはできない。残りの犬たちも、絶対にラッキーを受けいれてくれないだろう――スイートでさえ。

鋭《するど》い牙《きば》がわき腹につきささり、ラッキーは痛みと怒《いか》りに激しく吠《ほ》えた。体をねじって敵にかみつこうとしたが、耳をかすっただけだった。そのとき、黒と褐色《かっしょく》のオス犬がラッキーの耳にかみついて引きさいた。ラッキーは鋭《するど》い痛みを覚え、温かな血が頭の上に広がるのを感じた。スプリングはまだ首の毛をくわえている。少しずつ、その牙《きば》が肉のほうにまで食いこみはじめていた。

ラッキーは、怒《いか》りよりもパニックがしのびよってくるのを感じていた。一刻も早くダートを振《ふ》りきらなければ、大けがをしてしまうかもしれない。

「そこまでよ！　離《はな》れなさい！」

激しい吠《ほ》え方だったが、その声にはききおぼえがあった。ふいに、ラッキーはよろめいた。首に感じていた敵の体の重みと痛みがいきなり消えたのだ。敵の三匹《びき》はうなりながら、あとずさったが、首の毛は逆立ち、牙《きば》はむき出しになっていた。

ラッキーはあえぎながら挑《いど》むようなうなり声を返したが、いっぽうで四匹《ひき》目の犬を探してせわしなくあたりを見回していた。よく知るあのにおいに、鼻の中がうずく。呼吸が落ちつくにつれて、心臓の鼓動《こどう》もゆるやかになっていった。

「スイート」ラッキーは息を飲んでいった。

スイートはあいさつをしに駆《か》けよってくることもなく、その場に立ったまま頭を高く起こし、にらみつけるようにラッキーをみつめていた。両耳を前にかたむけ、格下の者を前にしたような態度で、ラッキーの周囲のにおいをかいでいる。

「この犬がなわばりに入ってきたのよ！」ダートが吠《ほ》えた。

「ええ、わかってる」スイートは静かに立ったまますかに首をかしげた。ラッキーから目をそらそうとはしない。

「だから、おれたちで追いだそうとしたんだ」足を引きずっていたオス犬がいった。トウィッチという名の犬だ。

「とどめを刺《さ》していいでしょう？」ダートがいった。

「いいえ」スイートはうなった。「わたしはこの犬を知っているのよ」

ダートは頭を下げ、しっぽを垂れた。スイートの言葉に従いはしたものの、気が進まないようだった。

「この犬をアルファのもとへ連れていくわ。文句があるものは？」スイートはそういって群れの仲間をみわたしたが、反論を受けいれるつもりはなさそうだった――そして、反対するものはだれもいなかった。「仲間に加えてはどうかと、いってみるつもりよ。貴重な仲間になるでしょうから」

「わかったよ、ベータ」そう答えた犬たちの声には敬意がこもっていたが、ラッキーをみる目は鋭《するど》かった。

ベータだって？　ラッキーは声に出さずにつぶやいた。〈野生の群れ〉がアルファに率いられていることは知っている。最下位の犬が、オメガと呼ばれていることも知っている。だが、ベータとはなんだろう？　スイートはこの群れの中でどのような地位にいるのだろう。しかし、いまは質問をしている場合ではない。「スイート、助かったよ」ラッキーは、ふらつく足で立ちあがりながら口を開いた。「ぼくは――」

「だまって」スイートの目には親しさのかけらもなかった。ラッキーは体中の骨が不安に震《ふる》えるのを感じた。

「スイート、悪かったよ――」

「いいからついてきて。それから、わたしの名前を呼ばないでちょうだい。いいえ、もう口を開かないで」

9 アルファとベータ

スイートは、ラッキーを連れて湖を回りこみ、うっそうと茂《しげ》る森に囲まれた平地へ入っていった。枝の陰《かげ》はひんやりと涼《すず》しく、緑色の木漏《こも》れ日が降りそそいでいる。土の地面は足の裏にやわらかかった。谷を照らすまばゆいほどの光に慣れていたラッキーは、木陰《こかげ》の暗さに慣れるのに少し時間がかかった。スイートのきゃしゃなうしろ姿をみながら、二列に並んだまっすぐな木々のあいだを進んでいった。

木立《こだち》がとぎれたところに、浅いくぼみになった空《あ》き地が広がっていた。スイートはそこで足を止めた。〈太陽の犬〉の光が松葉のあいだから射《さ》しこみ、かすんだ光の矢をいくつも草深い地面に投げかけている。ラッキーは、ねぐらの穴がいくつもあるのに気づいた。穴にはやわらかそうな葉やコケがしきつめられている。きちんとした寝床《ねどこ》、ていねいに整えられた犬たちのすみかだ。ラッキーたちが急ごしらえに作った野営地とはまったくちがう。

しかし、この野営地の優《すぐ》れたところはいごこちの良さだけではなかった。まわりを厚いいばらの茂《しげ》みに囲まれているため、大きめの動物がこの野営地に入ってこようとすれば、かならず犬たちに感づかれてしまうだろう。デイジーのような子犬でも、とげだらけの下生《したば》えをすりぬけるのはむずかしいはずだった。ラッキーはスイートのとなりにいきたかったが、分をわきまえていることを示すために、体ひとつ分うしろに下がっていた。うしろには三匹《びき》の犬がひかえ、ラッキーの逃《に》げ道をふさいでいる。光の柱のひとつが、緑地のほぼ中心にある大きな一枚岩を照らしていた。その上で、大きなオオカミ犬が、日射《ひざ》しを浴びながら眠《ねむ》っている。一番暖かなとっておきの場所は、残忍《ざんにん》なアルファのためのものなのだ。

ラッキーはかたずを飲んだが、スイートはこともなげにしっぽを振《ふ》った。新たに三匹《びき》の犬が近づいてきてスイートにあいさつし、うさんくさそうにラッキーのにおいをかいだ。ラッキーは、そのうちの黒い大型犬を戦いでみかけたことを思いだした。マーサと同じくらいの大きさだが、あんなに優《やさ》しい顔はしていない。二匹《ひき》目は褐色《かっしょく》と白の小さな犬、三匹《びき》目は耳が長く、ふさふさした黒い毛並みをした犬だ。三匹《びき》目は、悲しげで暗い目つきをしていた。

「こいつは？」大きな黒い犬が鼻をふんふん鳴らしながらうなった。「みじめな〈囚《とら》われの犬〉のお仲間じゃないだろうな」

ラッキーはこの侮辱《ぶじょく》に毛を逆立たせたが、おとなしくしていた。こんな状況《じょうきょう》で短気を起こせば、〈森の犬〉はラッキーのことを、守る価値もないおろかな犬だと考えるはずだ。だからといって、この犬たちにへつらうつもりもない。こんなふうにごう慢《まん》で強い犬は、相手が必要以上にへりくだれば面白半分に殺してしまう。

自分の二倍近い大きさの犬を前にしても、スイートはまったくひるまなかった。見下すように鼻先にしわを寄せる。「フィアリー、この犬はわたしが連れてきたの。なにか問題でもある？　気に食わないならアルファにいってちょうだい」

黒い犬はうなったが、アルファと争う気にはなれないようだった。フィアリーが反論するより先に、そばの下生《したば》えががさがさ音を立ててゆれた。

ラッキーは、反射的にわきへ下がった。白黒まだらのメスの牧羊犬が——ミッキーとは似ていない——茂《しげ》みから鼻をつきだしたのだ。「なんの騒《さわ》ぎ？　子犬たちが起きてしまうじゃない」

「ごめんなさい、ムーン」そう答えたスイートの声には、むかしと同じおだやかさがもどっていた。母犬に鼻先を近づけて続ける。「子犬たちのところへもどってちょうだい。静かにするから」

「悪かったよ、ムーン」ラッキーは、屈強《くっきょう》なフィアリーがすなおにあやまるのをきいて、耳を疑った。この母犬は、群れの尊敬を一身に集めているらしい。

「いいえ、ここにいるわ……」ムーンは前足を地面について伸《の》びをした。ふわりと、温かいミルクと子犬のにおいがただよう。「おなかがぺこぺこなの。子犬たちはすごい勢いで大きくなるんだもの。だれか食べ物を取ってきてくれないかしら」

スイートはさっと振《ふ》りかえり、緑地のはしでこそこそしていた小さな犬に向かって吠《ほ》えた。

「オメガ！ すぐムーンに食べ物を持ってきて！」

その小型犬は、おどおどしたようすで木陰《こかげ》から走りだした。ずんぐりしたぶかっこうな犬で、小さな耳としわくちゃの顔をしていた。ふと立ちどまり、小さな黒い目で、うさんくさそうにラッキーをみる。そのずるそうな顔をみて、ラッキーは体中の骨に不安が走るのを感じた。

「すぐに、といったのよ」スイートが脅《おど》すようにいうと、オメガは大急ぎで緑地を走っていった。

スイートはラッキーを群れに紹介《しょうかい》する手間ははぶき、前に出なさいとあごで示した。

「ほら。あなたをアルファに紹介《しょうかい》するわ」

スイートは歩きはじめた。自信に満ちているが、アルファに対する敬意も感じられる。ラッキーはおずおずとあとに続きながら、みなれない風景に目を配った。この群れはベラの群れよりも大きい。屈強《くっきょう》な犬が少なくとも八匹《ぴき》はいて、さらにムーンと子犬たちもいる。内心、ラッキーは取りみだしていた。強みは数の多さだけではない。この犬たちは、安全な野営地でとても快適に暮らしているようにみえた。すぐそばにはきれいな湖があり、木立《こだち》からただよってくるにおいから判断するかぎり、そこには捕《つか》まえきれないほどの獲物《えもの》がいる。

ベラの群れが元の強さを取りもどしたとしても、この群れにはとうていかなわない。十分な食糧《しょくりょう》に恵《めぐ》まれ、よく統制され、そして強い。アルファの説得に失敗して湖を共有できなかったら、逆にベラを説得してどこか別の場所へ移ることになるだろう。

「ここで待っていて」耳慣れないスイートの命令口調がきこえ、ラッキーはわれに返った。

「アルファにいわれるまでは絶対に前に出ないでちょうだい」

ラッキーはオオカミ犬をみつめた。岩の上で長々と寝《ね》そべり、しっぽの先をかすかにゆらしている。夢をみているのかもしれないし、眠《ねむ》っている振《ふ》りをしているだけかもしれない。案の定、スイートが近づいていくと、アルファは冷ややかな黄色い目を片方ぱちりと開けた。

二匹《ひき》の話し声はきこえなかったが、スイートはリーダーの前に立っても堂々としていた。敬意は払《はら》うが、へつらいはしない。スイートは静かな声で話し、アルファは灰色の耳を立てて、じっときいていた。しばらくすると、アルファは振《ふ》りかえり、刺《さ》すような目でラッキーをみた。

スイートも振《ふ》りかえり、そしていった。「ラッキー、ここへ」

オオカミ犬の冷ややかな視線を浴びながら、ラッキーはゆっくりと前に進みでた。腹の中には怒《いか》りがうずまいていた。この残忍《ざんにん》なケダモノが、アルフィーを殺したのだ。牙《きば》をむいてうなり、罵声《ばせい》を浴びせてやりたかった。許されるならとびかかってかみつき、どれだけ苦しいか思いしらせてやりたかった。しかし、そんなことをすれば命はない。アルフィーの体から、命がゆっくりとぬけていったときのことを思いだした。〈大地の犬〉がその魂《たましい》を召《め》したとき、あの小さな体は冷たくなり、そして動かなくなった。

ぼくがここにいるのは、アルフィーの仲間を助けるためだ。あんな最期《さいご》から守るためだ。それを忘れてはいけない。

近づいてみると、アルファは思っていた以上に大きくどう猛《もう》で、その目はみたこともないほど残忍《ざんにん》だった。片方は黄色く、片方は冷たい青だ。前足はがっしりしていて爪《つめ》は鋭《するど》く、マーサと同じように水かきがついている。だが、その残忍《ざんにん》そうな顔は、マーサのものとは似ても似つかない。これこそ――と、ラッキーは考えた。これこそ、〈野生の群れ〉のアルファにふさわしい。

「それで」オオカミ犬はうなった。「おまえはわたしの群れに加わりたいのか」

あざけるような声だったが、ラッキーは目をそらさず、ひるんだようすもみせなかった。「そうです」ラッキーは答えた。「ぼくは群れの役に立つ。それはスイートが保証してくれるはずです」

「ああ。ベータはそう話していた」

また、ベータだ。それに、ほかの犬たちはスイートの言葉に従っている。スイートは、この屈強《くっきょう》なオオカミ犬のつぎに地位が高いのだろうか。

アルファは退屈《たいくつ》そうにいった。「この群れにはもう新しい犬は必要ない」

ラッキーは、この犬に泣き落としは通用しないと直感した。弱さや従順さに価値をみいださないタイプの犬だ。だからといって、気軽な言葉で話しかけて挑発《ちょうはつ》するわけにもいかない。

ラッキーはしっぽを垂れ、いたずらっぽく首をかたむけた。「ありきたりな犬なら必要ないと思います。だけど、ぼくみたいに強くてすばやい犬なら、ちがうでしょう？　太ったウサギだって捕《つか》まえてみせます」

アルファは歯という歯をみせて大きなあくびをした。「それならマルチにもできるし、ベータならシカを一頭しとめられる。いや、こんなことはおまえも知っているだろう。ベータとは長いつきあいだからな」

オオカミ犬は、はっきりと脅《おど》すような目つきをしていた。ラッキーはごくりとつばを飲み、そして口のわきから舌を垂らしてみせた。「この群れの戦力は十分でしょう。だけど、ぼくには知恵《ちえ》があります。街の生活でつちかってきた知恵《ちえ》が。そして、この荒野《こうや》でも、同じように生きぬく自信があるんです。〈森の犬〉がぼくを守ってくれています」

「ほんとうか？」アルファは前足を岩についたまま体を伸《の》ばし、丈夫《じょうぶ》そうな筋肉を波打たせた。

ラッキーはオオカミ犬の声の調子には気づかない振《ふ》りをした。

「ぼくなら絶対に役に立てます。ぼくの長所は……新しい物の見方です。ものごとをちがった角度からみることができる。この群れの役に立つはずです」

「このわたしに、群れに必要なものを教えようというのか」アルファはかみつくようにいい、ラッキーは一歩あとずさった。もっと慎重《しんちょう》に言葉を選ばなくてはならない。

「まさか」ラッキーはひかえめな口調でいった。「ぼくはただ……自分にできることを話しているだけです。この群れのためにできると思うことを話しているんです。あなたの群れは優《ゆう》秀《しゅう》だ。ぼくはその一員になりたいんです」

アルファはわずかに表情を和《やわ》らげたが、長い耳を持った黒犬は反対してかん高い声で吠《ほ》えた。

「アルファ、こんなやつは追いだせ！　こいつは信用ならないにおいがする。ニンゲンと、石と、金属のにおいがぷんぷんしてる。放りだしてくれ！」

アルファは、冷ややかな目で黒い犬をみた。「マルチ。おまえ、このわたしに指図《さしず》する気か？」

フィアリーが、太い前足でマルチの頭を激しく打った。

マルチは、きゃんと鳴いて身をかわし、うしろに引きさがった。「もちろん、そんなつもりじゃない。おれはただ――」

「それなら口を閉じておけ。さもないとフィアリーに命じて相応の罰《ばつ》を与《あた》えさせるぞ」

ラッキーはまわりに集まっていた犬たちをみまわした。アルファの怒《いか》りにおびえているのはマルチだけではない。どの犬もすくみあがって口をつぐんでいた。全員がアルファを恐《おそ》れているようだ。顔には、うかがうような、張りつめた表情が浮《う》かんでいる。

平然としているのは、凶暴《きょうぼう》なフィアリーと、そしてスイートだけだった。

マルチが逃《に》げようとしないのをみて、ラッキーはこんなことは珍しくないのだろうと考えた。オオカミ犬がどれだけ辛《つら》くあたろうと、犬たちは本気で群れを離《はな》れようとはしない。群れに対するむかしからの嫌悪《けんお》感が、またしても頭をもたげてきた。〈囚《とら》われの犬〉たちがいっしょにいるのは、そうしたいからだ――たがいのことを知り、たがいのことが好きだからだ。

この群れを結びつけているものはなんだろう？

そのとき、ラッキーの考えは、石を打つ雨のように細かく砕《くだ》けちった。スイートがしなやかにはね、アルファの立つ岩の上にとびのったのだ。アルファはスイートを追いはらうことも、叱《しか》りつけることもしなかった。スイートはアルファのすぐわきによりそい、臆《おく》するようすもみせずに堂々と立っていた。どちらかというと、アルファのほうが少し背が高い。

ラッキーは、動揺《どうよう》と嫉妬《しっと》で胃がねじれそうだった。スイートはオオカミ犬の連れ合いなのだろうか？

いやな気分はすぐに消え、かわりに感謝の気持ちがわいてきた。スイートはこう語りはじめたのだ。

「わたしは街で暮らしていたころのラッキーを知っているわ。保健所から逃《に》げだしたときにはこの犬だけがゆいいつの仲間だったし、ラッキーがいなければ死んでいたと思う。何度も危ない目にあったの」スイートは言葉を切り、仲間たちが自分の言葉を十分に理解するまで待った。「ラッキーは誠実で勇敢《ゆうかん》で、強くて賢《かしこ》い犬よ。この群れに加われば、きっといい働きをしてくれる。じつをいうと、少し前に仲間になってくれるように頼《たの》んでいたの。そのときは断られた」スイートは表情を変えずにラッキーをみた。「考えを変えたのなら、わたしたちにとってありがたいことだわ。優秀《ゆうしゅう》な犬は迎《むか》えいれるべきだと思う」スイートはさげすむように鼻にしわを寄せてマルチをみた。「放りだすのではなくて」

アルファはそっけなくうなずいた。「ベータ、この犬はたしかに優秀《ゆうしゅう》なのだろうが、わたしの群れは十分に強い。数を増やす必要はない」

「少なくとも、これから〈月の犬〉が地球をひとめぐりするまでは、ムーンは子犬たちの世話に追われるでしょう。優秀《ゆうしゅう》な戦士が一匹《ぴき》足りていないということよ。ラッキーならムーンの代わりにパトロールができるし、そうすればスプリングは狩《か》りにもどれる。あなたはそのあいだ、ラッキーがどう役に立つのか自分の目で確かめればいいでしょう」

アルファはゆっくりとうなずいた。「ベータ、おまえはいつも理にかなったことをいう」スイートが感謝のしるしに頭を下げるそばで、アルファは続けた。「おまえがこの〈街の犬〉の能力を保証するのなら、しばらく置いてやってもいいだろう」アルファは氷のような目をラッキーに向け、くちびるをめくりあげて牙《きば》をむいた。「だが、この犬は自分の力を自分で証明しなくてはならない。もしできなければ、そのときは放りだす――図々しさにみあうだけの罰《ばつ》を与《あた》えてからな。おまえたち、なにかいいたいことはあるか?」

ラッキーは、〈野生の犬〉たちがアルファの決定にどう反応するか見守った。ダートとトウイッチには、さっきまでのどう猛《もう》さはかけらもみえなかった。たがいに目を合わせ、賛成のしるしにしっぽを軽く振《ふ》っている。

「パトロールのできる犬が一匹《ぴき》増えるってことだな」トウィッチがいった。

スプリングはラッキーにきこえない声でなにかいい、小さく首を振《ふ》った。

「わたしは歓迎《かんげい》するわ」褐色《かっしょく》と白のメス犬が、フィアリーの横でいった。

「スナップ、よくいった」トウィッチがいった。

フィアリーはだまっていたが、顔をみれば納得していないことはひと目でわかった。マルチは目をそらしている。口を開けばまたフィアリーからなぐられると心配しているらしい。

ラッキーは息をついた。この草地についてから、はじめてまともに息をしたような気がしていた。深く頭を垂れていう。「アルファ、感謝します」

「おまえはほかの犬と同じ地位から出発することになる――おまえより下の犬はオメガしかいない。直接のボスはトウィッチだ」オオカミ犬は、足を引きずっている黒と褐色《かっしょく》の犬をあごでさした。トウィッチの顔に誇《ほこ》らしげな表情がよぎった。

「わかりました、アルファ」ラッキーはさらに頭を低くして、感謝しているふりをした。低い地位を与《あた》えられるとは思っていたが、まさか最下位だとは――オメガのひとつ上の地位だとは

——思っていなかった。

思わずスイートのほうをみた。この友だちをベータとしてみなすのはむずかしかった。何年も前から、群れのしきたりについてはたくさんのことを学んできた。荒野《こうや》で暮らす犬たちが、ときおり街にまぎれこんできたからだ。だが、まだまだわからないことばかりだ。ふしぎな気分だった。〈囚《とら》われの犬〉といっしょにいたときは、野生の生き方について知っているゆいいつの犬としてみられることに慣れていた……しかしラッキーは、いまも〈街の犬〉だった。序列や地位のことなど一度も考える必要がなかった。

だが、自分の低い地位のことはどうにかできるだろう。ラッキーはトウィッチより賢《かしこ》い——そしておそらくマルチよりも。いくらもしないうちに、もっと上の地位に上がれるはずだ。

スイートに近い地位に。

「集まっているうちにいっておくが」アルファは淡々《たんたん》といった。「あのみすぼらしい〈囚《とら》われの犬〉には注意しておけ。また攻撃《こうげき》をしかけでもしてきたらめんどうだ。みかけたら追いはらうんだ。いうことをきかなければ、殺せ。わかったな？」

「わかりました、アルファ」かん高い鳴き声や吠《ほ》え声がいっせいにあがった。

「それからおまえ、ラッキー。ここへくる途中《とちゅう》で〈囚《とら》われの犬〉の群れをみたか？」

ラッキーは犬たちの視線が自分に集まるのを感じた。急に鼓動《こどう》が早くなる。〈囚《とら》われの犬〉に会ったと話すほうがいいだろうか？　街にいたころから知っていると話したほうがいいのだろうか？　どちらもうそではない。いまのスイートは新たな自信と称号《しょうごう》を得てはいても信用していいような気がしていた。それでも、アルファの片割れだ……。

「どうでしょうか」ラッキーは、どうかこのうそが、ほんとうらしくきこえますようにと祈《いの》った。自分の耳にはうそをついているようにしかきこえない。「いや、みたような気がします──役立たずのペットの寄せあつめでしょう？　だけど、どこへ向かっているかはわかりませんでした」

「近くにいるなら探しだせ」アルファはうなった。「あいつらはわたしたちの水を盗《ぬす》もうとした。あんなことは二度と許すな。ラッキー、おまえはトウィッチとダートについていき、この群れのやり方を教えてもらえ。さあ、いけ」

そういうなりオオカミ犬は岩の上に身を投げだし、にらむように目を細めて、犬たちが去っていくのをながめた。ラッキーは肩《かた》ごしに振《ふ》りかえり、あの青と黄色の目がまだ自分をみているのに気づいた。うずくような不安が皮ふの上を走り、ぞわりと毛が逆立った。

〈囚《とら》われの犬〉と逃《に》げてきたことがアルファに知れれば、どんなことになるだろうか。自分のうそをどう説明すればいいだろう。〈森の犬〉に授《さず》かった狡猾《こうかつ》さを総動員させなければならない。それでもまだ安全とはいえない……。

つぎの瞬間《しゅんかん》、ラッキーはもっと恐《おそ》ろしいことに気づいて、ぞっとした。スイートは群れの前で、自分の能力と価値を保証してくれた。その群れで、スイートは高い地位についている。アルファがラッキーのうそに気づき、スイートがだまされていたことに気づいたら、どうなるだろう？　いや、スイートが自分をわざとだましていたと考えたら、どうなるだろう？

街にいたころから知っている犬と手を組んでいたと考えたら？

ラッキーは、アルファが裏切り者にどんな仕打ちをするのか、考えたくもなかった。危険を冒《おか》すことには慣れている――街で暮らしていたころには、ずっとそうしてきた。

だが、だれかを危険にさらすつもりにはなれない。

10 パトロールの仕事

「早くしろ、ラッキー」トウィッチが吠《ほ》え、足を引きずりながら先を急いだ。

ラッキーはむっとした。立ちどまっていたのは、空洞《くうどう》になった丸太のにおいをかぐためだった。あたりに注意を払《はら》っていただけだ——トウィッチやダートよりもずっと注意深く動いていた。トウィッチがこれほど横柄《おうへい》にふるまうことにも合点がいかない。群れの序列が絶対的なものでないなら、ラッキーがトウィッチの上になる日がくるかもしれない。だから、トウィッチがいまいばりちらすのはあまり賢《かしこ》いとはいえない。

「心配しなくてもついていくよ。疲《つか》れてるなら休んだらいいだろう」ラッキーはそういって口をつぐんだが、ほんとうはこう続けたかった——引きずっているその足がいうことをきいてくれないんだろう？

トウィッチはうなった。「口の利《き》きかたに気をつけろ。この群れでは相手への敬意が大事なんだ」

それなら——ラッキーは考えた——もう少しぼくにも敬意を払《はら》ってくれたっていいじゃないか。

岸辺に降りていた朝霧《あさぎり》はいつのまにか晴れ、きらきらかがやく湖面があらわになっていた。遠くの岸辺には松の木々が影《かげ》になって並んでいる。このあたりには豊かな森があった。それは豊かな獲物《えもの》にも恵《めぐ》まれているということだ。またしても、この〈野生の群れ〉の不公平さに腹が立ってくる。なぜ食べきれないほどの食糧《しょくりょう》を独り占《じ》めしようとするのだろう。もし分けてくれていれば、ラッキーもスイートたちをだますためにこんなところまでくる必要はなかった。

密集した松林に分けいっていきながら、ラッキーは、危険と獲物《えもの》にも目を配っていたが、べつのものも探していた。ベラと仲間たちが身を隠《かく》すための場所だ。自分があたりをかぎまわっていることを不審《ふしん》に思わないのだろうかとラッキーは首をかしげたが、ほかの二匹《ひき》はなにもいわなかった。トウィッチも、茶色と白のメス犬のダートも、払《はら》うべき注意を払《はら》っていない。

ラッキーにはそのほうが都合がよかった。

いまのところ、ベラがこの群れからほしいものを楽々と奪《うば》うことのできる道はみつかっていない。だが、まだ一度目のパトロールだ。あたりをこっそり調べる時間はたっぷりある。それでも、任務を早く終わらせられれば、それに越《こ》したことはない。いつまでもスパイをしていたくはない。

ラッキーは平らな岩のにおいを注意深くなんどもかいだ。目立ちすぎて隠《かく》れ場所としては使えそうになかったが、この岩が〈野生の群れ〉にとってどれくらい危険なのか調べるつもりだった。トウィッチとダートのほうをちらりとみて、軽べつをこめたうなり声をもらしそうになるのをこらえる。

トウィッチは、ぼくがあたりをかぎまわっていることを不審《ふしん》に思うべきなんだ。それなのに、気にもとめていない。だが、むこうがどんなに不注意だとしても、チャンスは無限にあるわけではない。

「もういい、ラッキー。よくやった」トウィッチがかん高い声で吠《ほ》えた。

ラッキーはわれに返り、両耳をぴんと立てた。トウィッチとダートは、格下の者に許しを与《あた》えるような目つきでラッキーのほうをみていた。うぬぼれた顔をみていると毛が逆立ったが、同時に安心もしていた。トウィッチの敵意は明らかに和《やわ》らいでいる。その理由はよくわからなかったが、それでもこれで、自分に課せられる任務はぐっと軽くなるだろう。

森が開け、ふたたび湖が現れた。〈太陽の犬〉のもとで、まばゆい銀色にかがやいている。

ラッキーは、魅入《みい》られたように湖をみつめた。

「毒はここまで広がってこなかったのか」ラッキーはいった。

「川の毒のことね」ダートがいった。「いいえ。なんにしても、よっぽど大量の毒がなければ、こんなにたくさんの水が飲めなくなることはないわ」尊大な調子の物言いをきいて、ラッキーは顔をあげた。

「〈囚《とら》われの犬〉が必死になるのも当然だ」小さな声でいう。

「そうそう」ダートは声をたてて笑った。「でも、それはあっちの問題よ。あなたが気の毒に思う必要なんてないわ」

「あいつらは家でニンゲン相手に芸でもしてりゃよかったんだ」トウィッチがさげすむようにいった。「ラッキー、おまえは〈街の犬〉だが、少なくとも犬の生き方ってやつをわかってる。荒《あ》れ地で生きていくことも、自分の知恵《ちえ》に頼《たよ》って生きていくことも、生きのびるということがどういうことかも、わかっているだろう。あの犬たちには、生きのびる資格なんかない」

ラッキーはどう答えればいいのかわからずに、冷たく新鮮《しんせん》な水の上にかがみこみ、時間を稼《かせ》ぐために長々と水を飲んだ。これまでは、きれいな水に心から感謝することはなかった。だが、いまでは世界は変わってしまい、危険になった。今日のように太陽の照りつける暑い日には、ただの水がたとえようもなくおいしく感じられる。

ダートとトウィッチは、ベラの群れのことで冗談《じょうだん》をいいながら、二匹《ひき》でじゃれあっていた。

「とにかく、あの群れもどこかにいったでしょ。賢明《けんめい》な判断をしたならね」そういうと、においをかぎながら岸辺を歩きはじめたが、ふと振《ふ》りかえって、ぞっとしたような声をあげた。

「ラッキー！　パトロール中にそんなことしないで！」

ラッキーは面食らって、水をしたたらせながら鼻先を上げた。

「許されているのは、急いでひと口飲むことだけだ」トウィッチが厳しい声でいった。「アルファは、パトロール中に食べたり飲んだりすれば、まわりがしっかりみえなくなると考えている。自分の食欲を満たそうとすることは、義務をおろそかにするということだ」

義務をおろそかにするだって？　ラッキーは心底驚《おどろ》いていた。この犬たちはどうしてこんな考え方をするようになったのだろう。

だが、反論するつもりはない。ラッキーはおとなしく湖から離《はな》れ、ふたたび二匹《ひき》のあとをついていった。アルファが規律を重んじているのはまちがいない――そしてラッキーにも、アルファが正しいことはわかっていた。たしかに、新鮮《しんせん》なおいしい水がのどを通っていく感触を楽しんでいたとき、背後には気を配っていなかった。危険が迫《せま》っていたとしても気づかなかったはずだ。

「最近、仲間の一匹《ぴき》がその教訓を学んだばかりよ」ダートがいった。「パトロール中にウサギの死体をみつけて、自分だけで食べてしまったの」

トウィッチは身ぶるいした。「アルファはそれを良しとしなかった」

ラッキーは、自分まで皮ふがあわ立つのを感じた。「どの犬のことだい？」

「その犬の名はいわないことになってるんだ」

ダートは不安そうな顔になり、ぶるっと体を振《ふ》ると走りはじめた。ラッキーは、名なしの犬がだれであれ、もうあの群れにはいないのだろうと思った。

「ラッキー、あの低い丘《おか》を調べてこい」トウィッチが命令した。「あそこなら犬が三匹《びき》は隠《かく》れられる」

ラッキーは、いわれなくてもそうするつもりだったが、だまって命令に従った。実をいうと、名前のない群れの一員の話をきいたいま、二匹《ひき》と離《はな》れてひと息つけるのはありがたかった。自分が非常に危険なゲームをしているという思いは、片時も頭から離《はな》れなかった。くぼみのにおいをかぎ、前足で長い草をかきわけるあいだも、背筋は恐怖《きょうふ》で冷たくなったままだった。だが、すぐそばに敵がひそんでいて、いまにも襲《おそ》ってくるかもしれない。アライグマの強いにおいがして、ラッキーははっと体をこわばらせた。しかし、ウサギ狩《が》りひとつかふたつ分の距離《きょり》を追ってみると、においはすでに古くなったもので、心配する必要はなかった。

ラッキーはトウィッチとダートのほうを振《ふ》りかえった。違和感《いわかん》が毛皮をちくちくつついていた。あの二匹《ひき》の犬たちは、空中をかいでも地面をかいでも、しっぽをだらりと垂らしたままだ。どんなにおいをかぎつけても、興奮するということがない。それでも、古かろうが新しかろうが、アライグマのにおいには気づいているはずだった。だが、さっきと同じように落ちつきはらっている。

どういうことだろう。

ラッキーは軽く駆《か》けながら二匹《ひき》のもとにもどった。「なにか探しているものでもあるのかい？　においも足跡《あしあと》もいくつもある……」

「アルファは、群れをおびやかすものをみつけろと指示している」トウィッチが答えた。「ほかの犬はもちろんだけど、キツネやアライグマも油断できない。ときどきはシャープクロウもやってくる。あいつらはこっそりしのびこんでくるのがうまい」そういって身ぶるいした。むかし攻撃《こうげき》されたときのことを思い出したのだろう。ラッキーもシャープクロウの恐《おそ》ろしさはよく知っていた。あの鋭《するど》い爪《つめ》でつけられた傷はなかなか治らない。

「敵がみつかったとしても、パトロールに出ている者だけでどうにかできるなら、自分たちでなんとかするわ」ダートはうなるようにいった。「助けが必要なら野営地へもどって、猟犬《りょうけん》たちを呼んでくる。だからパトロールには最低でも三匹《びき》必要なのよ。一匹《ぴき》が仲間を呼んでくるあいだ、二匹《ひき》は敵の相手をしていなくちゃいけない。わたしたちの群れには、これが一番いい方法なの。ムーンが自分の子犬の世話に追われるようになってから、スプリングがわたしたちとパトロールをするようになってたわ。でも、あんたがきたから、スプリングは狩《か》りにもどれる。これで食糧《しょくりょう》も増えるはずよ」

「ラッキー、それはおまえのおかげだ」トウィッチがいった。ラッキーにも確信は持てなかったが、雑種犬の目には好意的な表情が浮《う》かんでいた。「おまえの調査の仕方は……ほんとうにていねいだった」試されていたことに気づいて、ラッキーは不愉快《ふゆかい》な気分になった。そのとき、はっとあることに思いあたった。トウィッチが、厳しいと同時に寛大《かんだい》な母犬のようにふるまう理由がわかったのだ。

ラッキーは、群れの序列の一番下にいたトウィッチの地位を引きついだのだろう。

この群れにおいて序列の下層にいれば、ただでさえ厳しい野生の暮らしはさらに厳しくなる。ラッキーは、ベラのちぐはぐな群れが恋《こい》しくなった。たしかにあの犬たちには、荒野《こうや》で生きていくために学ばなければならないことがまだまだある。だが〈囚《とら》われの犬〉たちは、生きのびるためにおたがいに助けあっている。協力しあうのは、おたがいのことが好きだからだ。食糧《しょくりょう》も仕事も平等に分けあう。相手のことを自分と同じ仲間だと考え、けっして順位を争うライバルや、地位をおびやかす敵だというふうには考えない。ラッキーは、トウィッチとダートにこういってやりたい衝動《しょうどう》に駆《か》られた。きみたちが強《し》いられている厳しいルールは、生きていくためにほんとうに必要なものなのか、と。きみたちのやり方は決して正解ではない。空腹に苦しんでいた仲間があやまちを一度犯《おか》したくらいで、追放したり殺したりする必要はないのだ、と……。

だが、ラッキーは口を閉じていた。頼《たの》みこんで群れに加えてもらったばかりだというのに、アルファのやり方に口をはさむわけにはいかない。

頼《たの》んで加えてもらっただけではない――ラッキーはうそをついてもいた。自分はこの犬たちをだましているのだ――自分の母犬なら、こんなやり方をきらっただろう。

ラッキーに、友情や正直さについてダートやトウィッチに説教する資格はない。

少し先では、ダートが岸辺を調べおえたところだった。いまは岸に流れついた大きな丸太のにおいをかいでいるが、どこか上の空にみえた。口ではあんなことをいっていたが、二匹《ひき》の調査は少し詰《つ》めが甘《あま》かった。ダートは丸太を最後まで調べおわる前にとびおり、小さな岬《みさき》の上の松林めざしてまっすぐに駆《か》けていく。トウィッチは林のはしをぬうように進んでいたが、ラッキーの目には、道順を正しくなぞることにばかり気を取られていて、あたりを正確に調べていないように映った。

ラッキーは土手の下の岩を注意深く調べると、ふたたび上にあがり、トウィッチについてつぎの木立《こだち》に入っていった。「このパトロールをまとめていたのは、ムーンなんだろう？」ラッキーはたずねた。アルファは、ムーンは子犬の世話があるからパトロールができないのだと話していた。ほかの犬たちがあれだけ敬意を払《はら》っていたのをみると、あの母犬の地位はトウィッチやダートより上なのだろう。

「ああ」トウィッチが答えた。「ムーンはパトロールをするとなにひとつ見逃《のが》さない。狩《か》りをやらせてもうまいが、敵の足跡《あしあと》をたどること、そしてにおいをかぎつけることにかけちゃ、群れの中で右に出る者はいない」トウィッチの声には、うやまうような響《ひび》きがあった。ラッキーはその話しぶりをきいて、ムーンの地位の高さをはっきりと知った。「だがもちろん、ムーンには子犬たちの世話がある――ムーンとフィアリーの子犬だ。あの二匹《ひき》は強いし、経験も豊かだ。もうずっと前から、アルファとともに群れを作ってきた」

ラッキーはトウィッチのそばを歩きながら首をかしげた。「スイートも――ベータも――アルファとのつきあいが長いのかい？」ラッキーは知りたくてたまらなかった。街で別れて以来、スイートになにがあったのだろう。

「ベータか？　いや、ベータはこの群れの中では一番の新参者だ！」トウィッチは、丸い目をいっそう丸くしていった。「スイートが群れに加わったのは、〈大地のうなり〉のあと、〈月の犬〉が地球を半周めぐったときのことだった。だが、スイートは足が速くて賢《かしこ》くて、そして感情に流されることもない。大変な早さでベータになったんだ！」

「それは……すごいね」ラッキーはいいながら、腹のずっと奥のほうが奇妙《きみょう》にねじれるような感じを覚えた。

「おしゃべりはそこまでよ」ダートがいって、一本の木に両方の前足をかけ、幹に開いた穴のにおいを注意深くかいだ。「この境界線は、ムーンがしてるように注意深く調べなきゃ。さもないと、あとで叱《しか》られるわ」

ラッキーは考えこんで首をかしげた。なぜムーンに、ダートたちが仕事をちゃんとこなしたかどうかがわかるというのだろう。必要以上におびえていて、ムーンが野営地から見張っていると思いこんでいるのだろうか。この二匹《ひき》は、ムーンやフィアリーやアルファのことを――そしてスイートのことを――心の底から怖《こわ》がっている。規律とちがうことはほんの少しでもできないのだろうか。

出発したときとくらべると、三つの影《かげ》は短くなっていた。ラッキーはダートとトウィッチのあとをおとなしくついていったが、においをかいだり観察したりしているうちに、自分たちが追っているのが古い足跡《あしあと》だと気づいた。やがて二匹《ひき》は足を止め、マーキングをした。同じ場所にはすでに、二匹《ひき》のにおいがついている。ラッキーは鼻をふくらませてにおいを吸いこみ、舌で確かめた。同じにおいだが、ずっと古い。

この犬たちは毎日追っているにおいを、今日もまた追ってきたらしい。ラッキーは信じられなかった。毎日同じことをくりかえしている。どう考えてもおかしい！　ダートが不安げに〈太陽の犬〉をみあげ、かん高い声で鳴いた。「もうあんなところまでのぼってる」そういうと、二匹《ひき》は野営地へ引きかえしはじめた。まるでみえないアルファに指示を出されたかのように。

森の奥へと向かう道には、ほら穴や小高い丘《おか》やうっそうと茂《しげ》った雑木林があり、調べたりもういちど調べなおしたりする場所がいくつもあった。そのあいだ、ラッキーには考える時間ができた。ムーンは、ダートやトウィッチが自分のやり方をそっくりまねていると知ったら、ほんとうによろこぶだろうか。どんな新参者でも、〈太陽の犬〉が二度か三度めぐるあいだパトロールについていけば、決まった道順があることに気づく。パトロール担当の犬たちにみつからない道順を把握《はあく》できるのだ。

　野生のアルファは群れに規律をもたらし、安全でいごこちのいいすみかを与《あた》えた。そのこと自体が群れの弱みになっているのかもしれない。ラッキーとベラと〈囚《とら》われの犬〉はいつも油断せず、危険に気づいたらすぐに逃《に》げたり身を守ったりできるように気を配っている。それはただ、いつも不安を感じているからだ。反対に〈野生の群れ〉のほうは安心しきっていて、自分たちの強さにうぬぼれている。あの群れは、もうずっと前からここにいるにちがいない。〈大地のうなり〉が起こるよりも前からここで暮らしているのだろう。

　ありそうな話だった。トウィッチとダートは、倒《たお》れてくる木々に警戒《けいかい》しているようにはみえない。このあたりは、街でみたほど荒《あ》れてはいない――谷の奥のほうでさえそうだった。ときどき倒《たお》れた木が道をふさいでいることはあったが、トウィッチもダートもどうでもよさそうにとびこして、ほとんど注意を払《はら》わない。不安そうなようすはみじんもみせなかった。ラッキーはうすら寒い思いで考えた。あの犬たちはそれほど強いのだろうか。〈大地の犬〉がたまに震《ふる》えたりうなったりしたくらいでは、びくともしないということだろうか。それとも単に、危険に気づいていないのだろうか。

ラッキーはざらざらした砂の丘《おか》の上にいた。あえぎながら耳をまっすぐに立てて、目の前の湾《わん》をながめる。思ったとおりだ――ベラの群れは、この岬《みさき》と湾《わん》を避《さ》けて浅い谷を通れば、みつからずにすりぬけることができる。音を立てないように注意深く進み、アルファの群れににおいをかぎつけられないように風のない日を選べば、湖の向こう岸までいって水を飲むことができるはずだ。

充実感がわいてくる。これであの群れにもチャンスが生まれた。

「早くしてちょうだい！」ダートは丘《おか》の上で立ちどまっているラッキーに命じた。

ラッキーはしぶしぶ、あとについていった。

木々は野営地に近づくにつれてまばらになっていった。広々とした緑地のむこうには、密集した暗い森がみえる。アルファのなわばりよりさらに広いようだった。少し先では、獲物《えもの》の小動物たちが、パニックを起こしてわっと草からとびだした。犬のにおいをかぎつけて、もっと安全な隠《かく》れ場所はないかと大急ぎで逃《に》げていく。ラッキーは、狩《か》りの興奮に胸が高鳴るのを感じた。そばの草むらで小さな影《かげ》がすばやく動く。ラッキーはさっととびかかり、前足でネズミのしっぽを捕《つか》まえて押《お》さえつけた。

捕《つか》まえたぞと吠《ほ》えようとした瞬間《しゅんかん》、わき腹に体当たりされ、横向きに地面に転がった。おびえたネズミが急いで逃《に》げていくのがみえる。ラッキーは、その姿をぼう然と見送っていた。それから体を起こして立ちあがり、首の毛を逆立ててダートをにらみつけた。

「なにするんだ！　獲物《えもの》をしとめたのに！」

「あんたに狩《か》りをする権利はないのよ！」ダートは鋭《するど》くいった。

トウィッチが足を引きずりながら近づいてきて、怒《いか》りをこめていった。「おれたちは狩《か》りをすることにはなっていない。パトロール中は禁じられている」

ラッキーは口をぽかんと開けた。「なんの話だ？　食べ物が目の前を歩いてくっていうのに、どうして捕《つか》まえない？」

「街では自分だけで狩《か》りをしていたんでしょう」ダートは軽べつをこめていった。「でも、わたしたちは群れよ。群れにおいては狩《か》りをしてもいいときが定められている。それは、わたしたちが猟犬《りょうけん》としての地位を手に入れたときよ」

「地位だって？」ラッキーは、自分の耳が信じられなかった。この犬たちはまるで……訓練を受けた犬のようにみえる。「どんな犬だって狩《か》りをする！　当たり前のことだろう」

「パトロール担当の犬はちがうわ。猟犬《りょうけん》に昇格《しょうかく》するには、自分の力でどうにかしなくちゃいけない。狩《か》りはわたしたちの仕事じゃないし、その権利もないってこと」

ラッキーはダートとトウィッチの顔を交互《こうご》にみたが、激しい非難をこめてにらみかえされ、うつむくしかなかった。「なにもすぐに食べようっていうんじゃない。ぼくは――」

「狩《か》りならあとで猟犬《りょうけん》たちがする」トウィッチはいった。「〈太陽の犬〉があくびをはじめるころに、フィアリーがほかの犬たちを連れて出かけるんだ。だから、パトロール隊は野営地へもどって、アルファの手伝いとムーンの警備をつとめる。猟犬《りょうけん》たちは〈太陽の犬〉が消えるころに食糧《しょくりょう》を持ってもどってくるから、みんなでそれを分けあうんだ」ラッキーが反論しようと口を開けると、トウィッチはそれをさえぎった。「ここじゃそういう仕組みになってるんだ！　街のやり方を勝手に持ちこむんじゃない」

ラッキーは片方の耳を乱暴にかいてぶるっと体を振《ふ》り、おとなしく二匹《ひき》のあとをついていった。最後に一度だけ、ネズミが逃《に》げていったほうを未練がましくちらりとみた。この群れの犬たちが食《しょく》糧《りょう》源を守ろうとするのは当然なのかもしれないし、食べものが平等にいきわたるように気をつけているのも当然なのだろう。もし、それぞれが勝手に狩《か》りをはじめれば――ウサギを食べてしまった名なしの犬のように――自分の取り分以上の獲物《えもの》を捕《つか》まえにいきたくなるかもしれない。

ああ〈森の犬〉よ。ラッキーはみじめな気分で考えた。ぼくは、まだまだ〈野生の群れ〉の生活についてわかっていません。同じようなあやまちを犯《おか》さないようお守りください……。

だが、胃は悲しみで重かった。トウィッチとダートには、目の前を逃《に》げていく獲物《えもの》をただみているだけの余裕《よゆう》がある。このなわばりは、その余裕《よゆう》を生むだけの獲物《えもの》に恵《めぐ》まれているにちがいない。だが、ベラの群れは谷のずっと奥で空腹に苦しみ、大きな危険を冒《おか》さずにすむかどうかの瀬戸際《せとぎわ》にいる。〈野生の群れ〉のなわばりから獲物《えもの》を盗《ぬす》むという危険だ。アルファが獲物《えもの》を分けてくれさえすれば、食糧《しょくりょう》はすべての犬に十分すぎるほどあるのだ。こんなにむだで、不公平なことはない。

だが、ラッキーがそんなことを提案してもしかたがない。ひと言でも〈囚《とら》われの犬〉に味方するようなことをいえば、新しい仲間はすぐにラッキーを疑うだろう。

アルファは少しでもおかしいと思えば、ラッキーを群れから放りだすはずだ。もっとひどいことになるかもしれない。絶対に正体を知られちゃいけない――ラッキーは自分にいいきかせた。

石の転がる不安定な岸辺を慎重《しんちょう》に歩いていく。水に落ちておぼれ死ぬのはごめんだった――ダートとトウィッチが名前をいおうとしないあの犬の二の舞《まい》になるのはまっぴらだ。

11 群れの掟《おきて》

〈月の犬〉が地平線のあたりでのんびりと伸《の》びをするころ、ラッキーは、ネズミを逃《のが》したことをさっきよりも悔《く》やんでいた。空腹で、かみつかれているかのように胃が痛む。前足の上に頭を寝《ね》かせて口のまわりをぴちゃぴちゃなめる。それでも、ほかの犬の目を意識して、あまりそわそわしないように気をつけていた。だがトウィッチの言葉が正しければ、群れの犬たちは、猟犬《りょうけん》が持ちかえる獲物《えもの》を分けあうことになっている。

緑地に濃《こ》い霧《きり》が立ちこめ、〈太陽の犬〉が眠《ねむ》りについてしばらくたったころ、ようやく狩《か》り担当の犬たちがもどってきた。犬たちは耳を立てて立ちあがり、期待でよだれを垂らさんばかりにしながら仲間をむかえた。そのあいだ、ラッキーは野営地をざっとみわたすことができた。

だいじょうぶだ、群れの犬たちは全員そろっている——少なくとも、自分の知っている犬たちはここにいる。ムーンの姿がみえないが、子犬たちといっしょに、いごこちのいい寝床《ねどこ》にいるのだろう。犬たちが食べ物を待ちわびているこの時間帯なら、ベラと〈囚《とら》われの犬〉たちは、みつかることなく湖の向こう岸までいけるはずだ。帰ってきた犬たちが茂《しげ》みをかさかさゆらす音をききながら、ラッキーはこの情報を頭の中にしまいこんだ。あとでじっくり考えればいい。役に立つ情報が得られて満足だった。

ベラの計画はほんとうにうまくいくかもしれない。

大きな黒い犬――フィアリーだ――が緑地の中心にきて、小さな獲物《えもの》を落とした。頭をめぐらせて鼻をふんふん鳴らし、ムーンに向かって誇《ほこ》らしげに吠《ほ》える。「ハツカネズミとハタネズミ、ウサギとホリネズミをしとめてきたぞ」それから太った野鳥が一羽――ラッキーは口につばがわいてきた――それに、リスが二匹《ひき》。一匹《ぴき》あたりの分け前は悪くない。

スプリングが獲物《えもの》の山の上にぐったりしたウサギの死体を落とし、それをにらんだままうなるようにいった。「これを捕《つか》まえるのは大変だったわ」まだ息が荒《あら》かった。「もう少しで逃《に》げられるところだった」

スナップが思いやりをこめて、スプリングの耳をなめた。「だけど、ちゃんと捕《つか》まえたのね！」ラッキーは、小柄《こがら》なスプリングの毛皮に泥《どろ》と血がついているのに気づいた。

猟犬《りょうけん》たちは仲間の中にまじってすわり、月の光を浴びながらひと息ついた。スプリングは誇《ほこ》らしげに胸を張ってトウィッチのそばへ駆《か》けより、狩《か》りのようすを話しはじめた。トウィッチは楽しそうに耳をかたむけながら、感心したように目を大きくみひらいていた。マルチとダートは取っ組みあいをはじめている。長い耳と黒い毛皮のマルチが茶色と白の毛皮の小柄《こがら》なダートを土の上に転がすと、ダートは怒《おこ》ったように相手の前足にかみつく振《ふ》りをした。ラッキーの腹はぐうぐう鳴っていた。おなかがぺこぺこだった。

ようやくアルファがゆっくりと進みでて、満足げに獲物《えもの》のにおいをかぎはじめた。ラッキーも立ちあがり、おいしそうなハタネズミに向かってまっすぐ歩いていった。

そのとたん、ラッキーはきゃんという鳴き声をあげた。横腹を強くかまれたのだ。振《ふ》りかえると、ダートが警告するように牙《きば》をむき出していた。

「まだだめ！」低い声でうなる。

またまちがいを犯《おか》してしまった！　みると、ほかの犬たちはまだ動いていない。ラッキーは引きさがり、ダートとトウィッチのそばで腹ばいになった。「ごめんよ」小さな声でいう。「アルファが食糧《しょくりょう》を分けるのかい？」

群れの犬たちは、アルファが太った鳥と一番大きなウサギを選ぶのをみていた。それからアルファはすわりこみ、獲物《えもの》を牙《きば》で引きさきながら食べはじめた。

ラッキーがまわりをうかがってみると、だれも動こうとしていない。前足に頭をのせて寝《ね》そべったり、静かにすわったり、しっぽをぱたぱた振《ふ》って草をゆらしたりしながら待っている。そのわきで、アルファは心ゆくまで食事を楽しんでいた。円になった犬から少し離《はな》れたところでは、フィアリーがスイートとなにか話しこんでいた。

ラッキーの腹がぐうぐう鳴った。「わからないよ。みんなで食べるんじゃないのかい？」

「順番に一匹《ぴき》ずつ食べるのよ」ダートは答えた。その目がおもしろがるようにきらっと光った。

「母犬からちゃんとおぎょうぎを習ったの？」

「街じゃこんなやり方はしない」ラッキーはうなった。

「ここにはルールってものがあるんだ」マルチがいって、見下すように首をななめにかしげた。

「おれたちは、意地汚《きたな》いゴミためあさりとはちがうからな」

ラッキーはききながすことにした。なにをいってもばかにされる気がした。

アルファはたっぷり時間をかけて骨をかみくだき、残っていた肉片や髄《ずい》をきれいになめとった。アルファが満腹になって伸《の》びをすると、ようやくスイートが前に進みでた。スイートがホリネズミを一匹《ぴき》とハタネズミを二匹《ひき》食べてしまうのを待って、はじめてフィアリーが獲物《えもの》に近づいた。大型犬は、リスを丸ごと一匹《ぴき》くわえると、びくびくしているオメガのほうへ放った。

オメガは震《ふる》える声で「ありがとうございます」と礼をいい、それをくわえて、茂《しげ》みのむこうのムーンのねぐらまで走っていった。

口からよだれを垂らしていたが、それでもオメガはくわえた獲物《えもの》をなめることさえしなかった。ムーンに近づくと、足元にリスを落とす。ラッキーは、オメガがフィアリーに礼をいったのは、ムーンの食糧《しょくりょう》を届けるという〝栄誉《えいよ》〟にあずかったからだと気づいた。みていると、三匹《びき》の子犬がよちよちリスに近づいてきて、ふしぎそうににおいをかいだ。もちろん、まだ幼すぎて食べることはできない。ラッキーはつくづく、群れの暮らしのルールはほんとうに変わっていると思った。

獲物《えもの》の山が小さくなっていくのをみているうちに、ラッキーは少しずつ動揺《どうよう》してきた。野鳥はなくなり、ウサギはあと一匹《ぴき》になった。ネズミもぐっと数が減っている。ぼくにはなにが残るのだろう？　これまでちゃんと考えたこともなかったが、群れの最下位にいるというのはこれほど不自由なことなのだ。

フィアリーはまだホリネズミをむさぼっていた。赤く染まった鼻先をなめ、もういちどネズミの骨のあいだにつっこむ。ラッキーは、怒《おこ》ったアルファのようにうなる空腹を抱《かか》えていたので、左のほうでこそこそ動く影《かげ》を見逃《のが》すところだった。だが、はっと気づいて振《ふ》りかえった。

マルチが夕暮れの影《かげ》にまぎれてこっそり進んでいる。獲物《えもの》の山から落ちてわきに転がったハツカネズミをねらっているのだ。差しだした片方の前足は、あとほんの少しで届きそうだ……。だが、マルチに気づいていたのはラッキーだけではなかった。その爪《つめ》がネズミのしっぽに触れた瞬間《しゅんかん》、スイートがとびだして、マルチの長く黒い耳に思いきりかみついた。マルチはきゃんと鳴いてネズミから前足をはなした。

「なんのまね？」スイートは叱《しか》りつけた。「下がって自分の番を待っていなさい！　もういちどあんな卑怯《ひきょう》なことをしたら降格するわよ」

マルチはくうくう鳴いてあやまり、あわててうしろに下がった。裂《さ》けた耳からは血がしたたっている。ラッキーは暗い気分になった。保健所で出会ったはにかみやで優しいスイートはどこにいったのだろう？

「スナップ」スイートが呼んだ。「早くしなさい。〈月の犬〉が眠《ねむ》るまでここにいるわけにはいかないのよ」

「ベータ、いまいきます！」

ラッキーがうろたえたのは、スイートがみたこともないほど攻撃《こうげき》的だったからではない。地位の低い犬たちは、今夜の獲物《えもの》をどれくらい残してもらえるのだろう。ハタネズミはほんの数匹《ひき》しか残っていないし、リスも少ししか残っていない。スナップが自分の分を食べてしまうと、ようやくマルチの番がきた。黒い犬はびくびくしながらハツカネズミを一匹《ぴき》とリスの足を取り、急いでうしろに下がった。また叱《しか》られるのを怖《こわ》がっているようだ。

「つぎ、スプリング」スイートはフィアリーとの話を中断して吠《ほ》えた。

猟犬《りょうけん》のスプリングはトウィッチにそっくりだった。待ちかねたようにとびだして、獲物《えもの》にかぶりつく。ラッキーはちらっとトウィッチをみてたずねた。

「スプリングはきみのきょうだいなのかい？」

トウィッチはうなずいた。「もちろん。おれとちがって、こんな前足を持たずに生まれてきた」うなりながら、自分の前足を上げてみせた。「運がよかったな。おまえにしてみればライバルが一匹《ぴき》減るってことだ。おれがあいつより下の地位にいるのも、この前足が原因なんだ」

ラッキーは、同情を顔に出さないように気をつけていた。トウィッチはそんなことを望んでいないような気がしたのだ。「だけど、群れの地位は変わるんだろう？　きみだっていまより上の地位にいくかもしれない」

「まあな。おまえだって、地位を下げられる可能性がある」トウィッチはぶっきらぼうにいった。

ラッキーは不安そうに口をなめ、小さくなっていく獲物《えもの》の山をみた。腹の中では恐怖《きょうふ》によく似た奇妙《きみょう》なうずきを感じていた。「地位はどうやって決まるんだい？　つまり、アルファはどうやって決める？」

「決めるのはアルファとベータだ」トウィッチは低い声でいった。「ベータはアルファにたくさんの助言をする。そして、群れの地位はさまざまな理由で変わる。ばかなまねをしたり、卑《ひ》怯《きょう》なまねをしたり、反抗《はんこう》的なふるまいをしたりすれば、すぐに降格される。降格だけですめばまだいい。反対に、手柄《てがら》を立てたり、群れのために役に立ったりすれば地位を上げてもらえる。だけど、それには長い時間がかかるんだ」トウィッチは耳を垂れてため息をついた。「地位を上げるより下げるほうがずっと簡単みたいだ」

ラッキーには想像がつくような気がした。「昇格《しょうかく》を願いでることはできるのかい？」

「もちろん。だけど、そのためには群れの一匹《ぴき》に決闘《けっとう》を申しこまなきゃいけない。だからおれはいつまでもこんな地位にいるんだ。何度か試してはみたが……」トウィッチはいうことをきかない前足を腹立たしげににらんだ。「だけど、一度も勝てなかった。倒《たお》すことができたゆいいつの相手がオメガだ。あんなやつならだれにだって倒《たお》せる。めんどうな仕事を引きうけてくれる犬がいてよかったよ。ああ、ダートが食べおえた。やっとおれの番だ」

トウィッチは小さくなった食糧《しょくりょう》の山へ足を引きずりながら近づき、いよいよ肉がとぼしくなったリスと、ウサギの肉を食べた。ラッキーは自分の番を待ちながら、あわれなオメガを横目で盗《ぬす》みみた。群れの一番すみで震《ふる》えている。それが寒さのせいなのか空腹のせいなのかはわからなかった。ラッキーはこの不運な犬を哀《あわ》れに思ったが、同時に、自分より地位の低い犬がいることに心から感謝してもいた。うしろめたさはあったが、それでもトウィッチの気持ちはよくわかった。

自分の仲間たちのことを考える。ベラが自分の群れに同じルールを取りいれたとしたら、〈囚《とら》われの犬〉の中でオメガになるのはだれだろう。デイジーではない——オメガになるには元気がありすぎる。それならサンシャインだろうか。ラッキーは、かわいそうなサンシャインがこんなふうにあつかわれると考えただけで体が震《ふる》えた。サンシャインは、荒野《こうや》で生きのびる見込《みこ》みが薄《うす》いということや、絹のような毛皮を大事にしすぎるということで、オメガにされてしまうかもしれない。それとも、オメガになるのはあの小さなアルフィーだろうか？

もし、アルファに殺されていなければ。

トウィッチが食べおえると、ラッキーは前に進みでた。心からほっとしていた。ハタネズミの一匹《ぴき》はほとんど手つかずで、リスが少しとウサギの足も残っている。ごちそうとはいえないが、胃にかみついてくるような空腹感をおさめるには十分だろう。それを食べてしまえば、オメガの取り分は……

……やせこけたトガリネズミだけだ。

ラッキーはその残がいをみると、罪悪感で胃がひりひりした。ウサギのももの骨をかみくだいていると、悲しげな顔のオメガと目があった。ラッキーはかみちぎったウサギの足を前足でわきへよけ、そっとトガリネズミのそばへ押《お》しやった。自分はこれくらい食べなくてもどうにかやっていける。だがオメガは……。

耳のすぐそばで、激しく牙《きば》を鳴らす音がした。ラッキーはびくっと体をこわばらせ、もう少しでウサギの足を落としそうになった。

「つぎは容赦《ようしゃ》しないわ」スイートが静かにいった。

ラッキーはものもいえずにスイートをみていた。「だけど――」

「この群れでは情けは必要ないの。よくききなさい。あなたは必要だと思う分を食べなければならない。いまのあなたはただのパトロール担当の犬。弱気をみせてわたしたちを失望させれば、その耳をかみちぎるわ。正当な分け前を取るか、ただちにこの群れを去るか、どちらかよ。わかった？」

すべての犬の視線がラッキーに集まっていた。そのうちの数匹《ひき》は、信じられないといいたげにささやき交《か》わしている。マルチのうなり声もきこえた。「あれが〈街の犬〉のやり方なんだろ」

ラッキーはスイートの顔をみつめ、友情らしきものがみえないだろうかと必死で探した。こんな仕打ちをするのも、群れのためを思ってのことなのかもしれない。だがスイートの目つきは厳しかった。みせしめのためにこんなことをいっているのではない――本気でいっているのだ。

だからこそ、スイートはここまで早くベータの地位にまでのぼりつめたのだ。保健所にいたころには、これほど冷酷《れいこく》な一面があるとは想像もしなかった。この群れで、その性質を発揮する術《すべ》を学んだのだろう。

「あなたの同情はオメガのためにならない」スイートはいって、みにくい小さな犬をさげすむようにみた。

「わかってるよ。ただ――」

「あなたみたいな〈街の犬〉には、群れのしきたりを教えなくちゃいけないみたいね」

スイートがいうと、群れのあいだから小さなくすくす笑いが上がった。なかでも、マルチはラッキーがつるし上げられたことをよろこんでいるようだった。自分の犯《おか》した失敗から仲間の注意をそらすことができるからだろう。「弱いからといって甘《あま》やかせば――自分でどうしようもないからといって食べ物を恵《めぐ》んでやれば――オメガは地位をあげようとする努力をやめてしまうわ。そうでしょう？」

アルファは満足そうにスイートをみていた。ラッキーは、恥《は》ずかしさと嫉妬《しっと》の両方を感じて、みぞおちが痛くなった。「わかってるよ……ベータ」ラッキーはいった。

「ならいいわ。ちゃんと考えて接しないと、オメガは成長できない。オメガ、そうでしょう？」

小さな犬は鼻をふんふん鳴らし、おとなしくうなずいた。「はい、ベータ。おっしゃるとおりです」オメガは憎々《にくにく》しげにラッキーをにらんだ。「情けなんかいらない」

アルファはうなるような声を上げて笑った。「オメガもたまにはまともなことをいう。〈街の犬〉がしているのは、前足でおまえを押《お》さえつけるようなことで、決して助けているのではない」オオカミ犬は、射《い》すくめるような目をラッキーに向けた。ラッキーは内心たじろいでいた。

「ラッキー、おまえはまだこの群れの一員になったわけではない。それを忘れないでいたほうが賢明《けんめい》だ――今後、わたしたちのやり方から外れることは許されない」

スイートはラッキーをみつめていた。その顔からは怒《いか》りが消え、代わりに思いやりのようなものが浮《う》かんでいた。「アルファ、この犬ならしきたりを学ぶでしょう。わたしが保証します」

その言葉を機に、ラッキーに対する罰《ばつ》は終わったようだった。ラッキーは罰《ばつ》を終わらせてくれたスイートに感謝した。おとなしく食事にもどりながら、しぶしぶでもスイートに感心せずにはいられなかった。心の奥深くでは——犬の本能では——スイートが正しいとわかっていたのだ。スイートはむやみに厳しくふるまっているわけではない。公平で、群れに忠実にふるまっている。結局、群れの犬たちはオメガを見捨てるようなまねはしないはずだ。あの犬は下働きとして欠かせないのだ。〈森の犬〉はスイートの容赦《ようしゃ》ない姿勢を評価するだろう。オメガはこの刺激《しげき》に駆《か》りたてられて、地位を上げられるよういっそうはげむにちがいない。

だからといって、気分が晴れたわけでもなかった。食欲は失《う》せていたが、ラッキーはウサギに向きなおると、しかたなくかみつき、苦い味しかしない肉を飲みくだした。

「あいつがオメガをかばって群れを追われるのも、時間の問題だな」マルチの声がきこえた。

「ラッキーが群れで食事をするのはこれが最初でしょ」スナップはそう返したが、その声は低く静かだった。「すぐに掟《おきて》を覚えるはずよ」

ラッキーはかたい肉をもうひと口飲みこみながら、この群れがみごとにまとまっている理由はなんだろうかと首をかしげた。まとまっているわりには、意見が食いちがうこともめずらしくはないらしい。スナップはラッキーの味方というわけではなかったが、それでも、マルチがまちがっていることをすぐに指摘《してき》してみせた。にもかかわらず、この犬たちはなんらかの力に従って、あるひとつの方向を向いている。同じ目標を達成しようとしているのだ。

ぼくには群れというものがよくわからない——ラッキーは心の中でつぶやきながら、ベラと〈囚《とら》われの犬〉たちのことを考えた。あの犬たちは姿も能力もばらばらで、みていて痛ましいほどに、ニンゲンとの安全な暮らしに焦《こ》がれている。それでもほんものの友だちで、仲間が腹を空《す》かせているのをみたいと願っているものは一匹《ぴき》もいない。いっぽうこの〈野生の群れ〉は、オメガがおずおず進みでて残り物にありつくのをぼんやりながめながら、けだるそうにおしゃべりをしているだけだ。オメガは、少しでも長持ちさせようとしてゆっくりトガリネズミをかじり、小さな骨まで飲みこんでいた。

この群れにもまた、ラッキーは属していなかった。〈孤独《こどく》の犬〉だったころが恋《こい》しくてたまらなかった。これまで以上に強く、独りの生活にもどりたいと願っていた。自由で気楽で、だれかに責任を感じることもなく、だれかにえらそうに命令されることもなく、だれかにいばりちらされることもない暮らしだ。ラッキーは、とても耐《た》えられず、意地汚《きたな》く骨にかじりつくオメガから目をそらした。

群れの犬たちは一匹《ぴき》また一匹《ぴき》と伸《の》びをして立ちあがり、体を振《ふ》ったり、口のまわりについていた血をなめたりしはじめた。そして、オメガが最後の肉片を飲みこんだのをみると、ひと息つくまもあたえずに円陣《えんじん》を組んだ。トウィッチが、こっちにこいとラッキーを呼んだ。

ラッキーが円陣《えんじん》に近づこうと立ちあがったとき、犬たちの遠吠《とおぼ》えがきこえはじめた。ラッキーは息を飲んでぴたりと止まり、さっきまでのみじめな気分も忘れて耳をかたむけた。その吠《ほ》え声はラッキーの骨の中で共鳴したかと思うと、空中にただよい、そして消えた。ラッキーは、興奮して毛が逆立つのを感じながら、天をあおいだ。

犬たちは暗い空をみあげていた。そののどから響《ひび》いてくる音は高く、野性的で、きく者の心をとらえた。ラッキーがみていると、オメガの小さな影《かげ》がそばをすりぬけていった。円陣《えんじん》の中の二匹《ひき》の犬がオメガのために場所を空《あ》ける。二匹《ひき》のあいだに立つと、オメガはぐっと頭をそらし、星に向かって長い遠吠《とおぼ》えをした。

ラッキーは身ぶるいして、そっと前に進みでた。オメガのときと同じように、ラッキーのためにも場所が空《あ》けられた。気づくと、となりにはスイートがいた。ほっそりした顔を天に向け、遠吠《とおぼ》えをしている。

スイートは一瞬《いっしゅん》吠《ほ》えるのをやめると、群れの歌声に耳をかたむけ、そしてラッキーの顔をまっすぐにみた。おごそかな、どこか遠くをみているようなまなざしだ。尊大なベータの顔ではない。

「夜になると〈精霊《せいれい》たち〉に遠吠《とおぼ》えをするの」スイートは、おだやかな声で説明した。「ラッキー、わたしたちといっしょに歌って。〈グレイト・ハウル〉に加わってちょうだい」

その言葉は、まるで霊《れい》的な力のようにラッキーの骨と内臓と筋肉を満たした。なにか神秘的な力が解きはなたれたにちがいなかった。宙に、空に……世界に。経験したこともないような憧《あこが》れで、背骨がうずいていた。憧《あこが》れと、切望だ。ラッキーは夜空をあおぎ、ほかの犬たちとともに遠吠《とおぼ》えをした。

円陣《えんじん》のむこうに目をやると、白黒まだらのムーンが遠吠《とおぼ》えに加わっているのがみえた。丸々太った子犬の影《かげ》も三つみえる。まだ目の開いていない子犬たちでさえ、小さくやわらかな口を開け、空に向かってきゅうきゅう鳴いていた。ラッキーは子犬たちの姿をまともにみたことこそなかったが、誇《ほこ》りと、この子犬たちを守ってやらなければならないという使命感が全身にみなぎるのを感じた。いっそう長く、いっそう大きく遠吠《とおぼ》えをする……子犬たちのために、オメガのために、スイートのために、アルファとほかの犬たちのために。

頭上では星々がぐるぐる回っているようにみえた。星は散り散りになったかと思うとまた集まり、空を駆《か》ける犬の姿を形作るのだ。星だけではない——目を閉じると、まぶたの裏に焼きついてでもいるかのように、犬たちが——影《かげ》の犬たちが——心の中でちらちらと現れては消えるのがみえた。大きな猟犬《りょうけん》の幽霊《ゆうれい》のような影《かげ》が、広大な森に並ぶほっそりした松の木々のあいだを駆《か》けぬけていく。またべつの一匹《ぴき》は、波立つ川の中で転げまわるように泳いでいる。おぼれているのでもなければ、だれかと戦っているわけでもない。この犬も川の流れの一部なのだ。楽しげに、軽々と泳いでいる。

ラッキーは直感で気づいていた。まわりの犬たちは、それぞれ特定の〈精霊《せいれい》たち〉に吠《ほ》えている。銀の鈴《すず》を鳴らすような高い吠《ほ》え声はムーンのものだ。子犬たちはせいいっぱい母犬のまねをしている。ラッキーは、ムーンは〈月の犬〉に向けてだけ吠《ほ》えているのかもしれないと考えた。茶と白のパトロール犬のダートは、〈天空の犬〉たちに向けて吠《ほ》えていた。声は力強く澄《す》み、遠く地平線にまでこだましているようにきこえた。フィアリーの低くしゃがれた声は、岩や土のようにゆるぎなかった。それにくらべるとマルチの声は細かったが、大地への愛情がこもっていた。この二匹《ひき》は、それぞれのやり方で〈大地の犬〉に吠《ほ》えているのだ。

そして、〈精霊《せいれい》たち〉も犬たちに応《こた》えていた。

ラッキーにみえている亡霊《ぼうれい》のような猟犬《りょうけん》たちは、ただの幻《まぼろし》なのだろうか。ラッキーはそっと片目を開け、少しのあいだ冷静になった。ほかの犬にも、精霊《せいれい》たちがみえているのだろうか。それはわからなかった。ラッキーは目を閉じて、ふたたび遠吠《とおぼ》えをはじめた——より高く、より力強い声で。すると、心の奥で、それに応《こた》える歌がきこえたような気がした。閉じた目は、幻《まぼろし》のような大きな猟犬《りょうけん》が木々のあいだで狩《か》りをしているのをみていた。

ラッキーは、永遠に遠吠《とおぼ》えを続けられそうな気分がした。〈精霊《せいれい》たち〉は体の内にいた——そこにいる犬たち全員の内にいた。群れとともにいて、あたりの闇《やみ》の中ではねるように駆《か》けまわっていた。

だが、少しずつゆっくりと、〈グレイト・ハウル〉は小さくなっていき、それにつれて、亡《ぼう》霊《れい》のような犬たちの姿もだんだんおぼろげになっていった。最後の遠吠《とおぼ》えがいつ夜空に消えていったのか、いつ静けさがもどってきたのかははっきりしなかった。しかしラッキーは、はっとわれに返った。まるで、夢から覚めたかのようだった——覚めたくない夢から。ふいに高まった群れへの忠誠心は、いまも体の中でうずいている。群れの犬たち一匹《ぴき》一匹《ぴき》に対して、あらがいがたいほど激しく強い結びつきを感じていた。ほんの少し前まで感じていた敵意はどこかへ消えていた。いまは、怒《いか》りも、屈辱《くつじょく》も、敗北も感じない。この犬たちは自分の家族で、狩《か》りと戦いのために力を合わせる仲間だ。決して見捨てることはできない。決して……。

感情の高まりはつかのまで、すぐに静まった。だが、群れへの忠誠心は強烈《きょうれつ》で、頭の中にも心の中にもいつまでも残っていた。いまでは、過酷《かこく》で厳しい生活にもかかわらず、なぜこの犬たちがひとつにまとまっているのかがわかっていた。生まれてはじめて、スイートが話していたことの意味を理解したのだ。

ラッキーは熱に浮《う》かされたような気分で〈グレイト・ハウル〉のこだまをききながら、パトロール犬のねぐらへ歩いていった。ダートとトウィッチは先にいて、あくびをしたり、寝《ね》る場所を定めるためにくるくる回ったりしている。木の葉をしきつめた穴は緑地の入り口のすぐ近くにある。たとえ、トウィッチとダートが耳をそばだてたり、目を光らせたりしていなくても、敵が侵入《しんにゅう》してくるのはまずむりだろう。強い自信がふつふつとわいてくる――ぼくがここにいるかぎり、どんな犬もアルファに近づくことはできない。群れにも、群れの子犬たちにも絶対に近づけさせない。どんな犬も……。

ラッキーは寝《ね》そべって前足に頭をのせ、怪《あや》しい物音がしないか耳を澄《す》ませた。一番やわらかい寝床《ねどこ》に視線をやる――そこが、アルファのための安全な寝《ね》場所だ。オオカミ犬はスイートといっしょに丸くなり、ふさふさした尾《お》をスイートのほっそりした鼻先のそばに置いていた。

忠誠心でも使命感でもないある感情が、ラッキーの体を駆《か》けぬけた。首筋を冷たくし、毛を逆立たせているものは、群れへの愛情ではない……。
それは、牙《きば》のように鋭《するど》い嫉妬《しっと》の感情だった。

12 最初の報告

牙《きば》が迫《せま》り、引きさこうとしてくる……。

傷ついた犬たちの悲鳴のような吠《ほ》え声と鳴き声がきこえてくる……。

激しい戦いの中で響《ひび》きわたる遠吠《とおぼ》えが、体につきささってきた。

姿のはっきりみえないアルファが二匹《ひき》、憎々《にくにく》しげに吠《ほ》え、敵の群れを打ちくずして殺してしまえと命じていた……そして、犬たちはそのとおりにした。ふたつの群れはみずからほろんでいき、たがいがたがいを〈大地の犬〉のもとへ引きずりたおしていった。鋭《するど》い牙《きば》が、かつてスイートが脅《おど》したように、ラッキーの耳につきたてられた。耳が頭から引きちぎられる感覚がする。だが、身を守ろうとさっと振《ふ》りかえると、そこにあるのは闇《やみ》だけだった。感じるのは、顔にしたたる血だけだった。戦う敵はいない。生きぬくために戦うことはできない。

あるのは、激流のように襲《おそ》ってくる敵意だけだった。

〈アルファの嵐《あらし》〉だ――。

✷

ラッキーは、おびえたうなり声をあげてはっととびおきた。自分を鼻先でつついたり軽くかんだりしているのは、おそろしい怪物《かいぶつ》ではない。トウィッチだ。黒と褐色《かっしょく》の毛並みと長い耳をしたトウィッチは、思うように動かない足を疲《つか》れで震《ふる》わせながら、ラッキーのそばに近づいてきた。

「起きろ。おまえがパトロールにいく番だ」

ラッキーは立ちあがったが、その足も震《ふる》えていた。深々と息を吸い、恐怖《きょうふ》をしずめようとする。争いは夢だったのだ――死も殺しあいも夢だった。ここは、森にあるねぐらの中だ。ラッキーはすでに、同じ場所で五日過ごしていた。あたりの木立《こだち》は静かで、きこえるのは木の葉が風にそよぐ音や、昆虫《こんちゅう》や小型の獲物《えもの》がはいまわる音だけだった。

「さっさとしろ！」トウィッチがせかした。「おれは眠《ねむ》りたいんだ」

ラッキーが伸《の》びをしたり体を振《ふ》ったりしているそばで、トウィッチは疲《つか》れたようにため息をつき、空《あ》いた場所にどさりと倒《たお》れこんだ。

「ぼくは夜のパトロールをしたことはない。ほんとうに――」

「ベータが、おまえならだいじょうぶだといったんだ。ここの生活になじんできたし、群れの役に立とうとしているといっていた」トウィッチの声には、スイートの言葉に賛成しているような響《ひび》きがあった。「おまえを信頼《しんらい》しているともいっていた。ということは、群れの全員がそう感じているんだ」

ラッキーはおだやかなうなり声をあげた。任せてくれという意味でもあり、うれしいという意味でもあった。「どこを回ればいい？　だれがついてくるんだい？」

「夜は一匹《ぴき》ずつでパトロールをする」トウィッチはいった。「見回るのは野営地の周辺だけにとどめること。群れを脅《おびや》かすものがないか目を光らせていろ。一匹《ぴき》で行動するときは動きつづけていたほうがいい。一か所でぐずぐずしないことだ」

起きたばかりで頭はぼんやりしたままで、夢のせいでかすかに震《ふる》えていた。それでもラッキーは緑地の入り口へ向かっていった。疲《つか》れていたが、恐《おそ》ろしい夢から覚めたことをよろこんでもいた。スイートが自分のことを信頼《しんらい》してくれているのだと思うと、誇《ほこ》らしくてうなり声がもれた。この群れと過ごしはじめて、まだ〈太陽の犬〉は四度しかめぐっていない。それでも全員を守る役目を任せてもらえたのだ。

その期待を裏切るつもりはなかった。

そう思ったとたん、ラッキーはわれに返って気分が悪くなった。眠《ねむ》りから覚めたばかりでぼんやりしていたとはいえ、一瞬《いっしゅん》、ここにいるほんとうの理由を完全に忘れていたのだ。毎晩、〈グレイト・ハウル〉はラッキーを魅了《みりょう》してその心に強い魔法《まほう》をかけ、〈野生の群れ〉にしっかりと結びつけた。朝目を覚ますたび、ラッキーは前夜に血管を駆《か》けめぐった興奮を思いだし、きまって激しい罪悪感と嫌悪《けんお》感を覚えた。ほんとうに簡単なのだ――過去を忘れることも、新しい考え方に取りこまれることも、永遠に〈野生の犬〉として生きるのだと血が騒《さわ》ぐようになることも。

ところが、罪悪感は日ごとに薄《うす》れていった。

だめだ！　ラッキーはもういちど、ぼくはこの群れの一員ではないのだ、と自分にいいきかせた。自分は使命のためにここにいるのだし、そしていま、その使命をまっとうするときがきたのだ。ぬけだすならいまだ。ベラに〈野生の群れ〉の弱点を伝えるのに、これ以上いい機会はない。いったんここを去れば、二度ともどってこないだろう。二度と。

ここの犬たちは、ラッキーに裏切られたことを気づきもしないかもしれない。

ラッキーは頭からしっぽの先まで激しく体を振《ふ》った。腹の底にわいてくるさびしさもかすかな後悔《こうかい》も、本来なら感じる必要のないものだ。トウィッチとダートは、二匹《ひき》だけでパトロールをするようになるだろう。あの二匹《ひき》は自分が姿を消したあと、なにがあったと考えるのだろうか。少なくとも、みんなともういちど会うことにはならないはずだ。スイートにも会うことはない。そう思うと、胃の中が暗い気分でいっぱいになった。

ラッキーは腹立たしげに体を振《ふ》り、ゆううつな気分を払《はら》いおとした。ベラや仲間たちをがっかりさせるわけにはいかない。最後にもういちどだけ寝《ね》静まった野営地を振《ふ》りかえると、暗い森の中にそっと入っていった。

さよなら——小声で別れを告げる。ごめんよ、しかたがなかったんだ……。

〈月の犬〉は、真上の空高くにのぼっていた。ラッキーはあたりを警戒《けいかい》しながら雑木や木々のあいだをぬうように進んだ。ふと、ベラはまだ約束の場所にいるだろうかと考えた。ベラがいなければどれほど安心するだろう。そんなことを考える自分がいやだった。もしかしたら、自分に見切りをつけていなくなったかもしれない。この数日、ラッキーには会えなかったのだ。そうすれば独りにもどれる……〈野生の群れ〉にもどることもできる。

広々とした空間にしのび足で入っていくと、ニンゲンの場所独特のにおいがした。ベラにきいていたとおり、古いたき火や、焼いた食べ物のにおいがする。みなれない形のテーブルやベンチが、〈月の犬〉に照らされて銀色にかがやいていた。釘《くぎ》を打たれ、ところどころひびの入ったテーブルの板の下に、丸まって寝《ね》そべっている影《かげ》があった。寝息《ねいき》にあわせて、横腹がかすかに上下しているのがみえる。

ベラとミッキーが、身を寄せあってぐっすり眠《ねむ》りこんでいた。ラッキーは物音を立てないようにに近づいていって、そっと二匹《ひき》の顔をなめた。

「ベラ？　ミッキー？」

二匹《ひき》ははっと目を覚ましてはねるように立ちあがり、首筋の毛を逆立ててうなった。大きくみひらいた二匹《ひき》の目には、強い光が浮《う》かんでいた。

「ぼくだよ。ラッキーだ」

ベラとミッキーは緊張《きんちょう》を解き、せわしない呼吸のかわりに安心したような長い息をはいた。三匹《びき》はしっぽを激しく振《ふ》り、おだやかな声できゅうきゅう鳴きながら、たがいの顔をなめた。ラッキーは二匹《ひき》に会えて心からよろこんでいた。仲間のもとを離《はな》れて〈野生の群れ〉に加わったのが、もうはるかむかしのことのような気がする。こうして会ってみると、自分は意外なほどベラを恋《こい》しがっていたのだとわかった。ラッキーは愛情をこめて鼻先でベラの耳をなでた。

「ぶじでよかった」ラッキーは小さな声でいった。「ブルーノとマーサはどうだい？」

ベラは少したためらっているようだったが、ミッキーは首を振《ふ》りながら暗い声で答えた。

「よくない。あの二匹《ひき》には、獲物《えもの》の一番いいところと、一番きれいな水を与《あた》えるようにしているが、あまり回復しているとは思えない」牧羊犬は目を伏《ふ》せた。ラッキーにこんな悪いしらせをきかせなければならないことを恥《は》じているようだった。

ラッキーの気持ちは沈《しず》んだ。ブルーノとマーサが元気になっていないということは、おそらく、群れには十分な食糧《しょくりょう》と水がないのだ。ラッキーは恥《は》ずかしくなった。自分は〈野生の犬〉たちが獲物《えもの》を少ししか分けてくれないといって腹を立てていたが、それでも食べていたのだ……。

また、ふたつの群れのあいだで気持ちがゆれうごくのを感じた。鋭《するど》い罪悪感で腹がちくちくする。

「こんなに長くかかって悪かった。いままでぬけだせなかったんだ。いつも見張られていて」

「ええ、わかってるわ。でも、川の毒がずっと先の下流まで広がっているの」ベラが静かな声でいった。「狩《か》りもうまくいかないし。獲物《えもの》たちも、毒の水から離《はな》れようとしてるんだと思う。雨が降るたびに、急いで洞《どう》くつから出なくちゃならない。川があふれるといけないから。わたし、みんながあの水に触《さわ》ることだけは避《さ》けたいの」

「賢《かしこ》い判断だね」ラッキーはベラをなめていった。「だけど、水に触《さわ》らないなんてすごくむずかしいと思う」

「おねがい、ラッキー」ベラは金色の目でまっすぐにラッキーをみつめた。「おねがいだから、湖へいく方法がわかったといってちょうだい」

「ああ、みつけたよ」ラッキーはできるだけ、ほがらかにいった。ミッキーとベラを不安にさせたくなかった。「いいかい、〈野生の犬〉たちはきみたちに水を分けるつもりはない」

「でも――」

「いや、きいてくれ。ぼくが探しあてた通り道を使えば、むこうにみつかることなく湖までいける。一番安全な時間帯もわかった。細い谷間があるから――どこにあるかは教えるよ――そこを通って、湖の反対側までぐるっと回りこむんだ。パトロール担当の犬たちもそんなに遠くまではいかないし、静かな夜なら風も吹《ふ》かないから、においをかぎつけられる心配もない。この方法なら、安全に水を飲みにいけると思う」

「ほんとう？」ベラは怪《あや》しむような顔をした。ミッキーも、心配そうな顔でちらりとベラをみた。

「一番いいのは夕暮どきだ」ラッキーは続けた。「移動にちょうどいいだけじゃなくて――夕《ゆう》闇《やみ》にまぎれることができるから――、そのころ、猟犬《りょうけん》たちが群れにもどってくるんだ。あの犬たちは一か所に集まって獲物《えもの》を食べるから、だれかがパトロールをしている危険はない」

ラッキーは〈グレイト・ハウル〉の話をする気にはなれなかったが、自分でも理由はわからなかった。たぶん、考えるだけで、痛みにも似た群れへの憧《あこが》れをかきたてられるからだろう。

ミッキーは土の上で足踏《ぶ》みをし、ベラはむずかしい顔をした。「ブルーノとマーサにそこまでいく気力があるかしら」

「だいじょうぶだよ」ラッキーはいった。「健康で元気な犬たちをみんな湖まで連れていけばいい。そうすれば野営地には、病気の二匹《ひき》が飲むには十分な量のきれいな水が残る。そうだろう？」

〈囚《とら》われの犬〉たちは視線を交《か》わした――ラッキーはそれをみていやな気分になったが、なぜなのかはわからなかった。ミッキーは前足で落ち葉をかき集めていた。意味のないしぐさだが、どうしてもやめられないようだった。ベラは頭上の星をみあげ、なにか熱心に探しているようだった。それは、星がかたどるウサギかもしれないし、子犬のころに母犬が教えてくれたべつの星の生き物かもしれない。

「もどってこられてほんとうにうれしいよ」ラッキーの声は不自然に明るかった――自分でもそれに気づいていた。「きみたちみんなに会いたかった！」

「ラッキー」ベラは大きなため息をつき、ラッキーと目を合わせた。「もどってきてはいけないわ……いまはだめ」

「なんだって？」ラッキーはびっくりして問いかえした。「だけど、もう方法はわかったんだし——」

「いいえ」ベラはきっぱりと首を振《ふ》った。「あなたはほんとうによくやってくれたわ。でも、わからない？〈野生の群れ〉はあなたを信用している。群れをぬけだせば、かならずだれかが怪《あや》しむはずよ。それに、もっといろんな情報を集められるかもしれないじゃない！　もう少しだけあの犬たちのところにいて——わたしたちのために」

ラッキーはベラをみつめた。一度は裏切った群れのもとへもどるのだと思うと、恥《は》ずかしさと罪悪感でいっぱいになった。自分がいなくなったことを気づかれていたらどうなるだろう？アルファに言い訳をするのは気が進まない。スイートにうそをつくのもいやだ。スイートは、野営地の見張りをさせてもいいと自分を信用してくれたのだから。ラッキーのせいで、スイートまでめんどうなことにならないだろうか。

だが、もういちどスイートに会いたいのも事実だった。それはベラや仲間たちのために負った使命だけが理由ではない。

また〈グレイト・ハウル〉に加わることができる……〈大地の犬〉と〈天空の犬〉の力を感じることができる。自分自身を支配し、自分の運命を支配していると感じることができる――あの群れでの生活は、あたふた逃《に》げまわり、生きのびることだけに必死になる生活ではなかった。

ラッキーはそこまで考えて、悲しみで毛を逆立たせた。自分がいなければ〈囚《とら》われの犬〉たちは生きていけるのだろうか。ベラは少しずつたくましくなり、少しずつ自信をつけている――それは、みていればわかる。だがそのベラでさえ、アルファの群れの犬たちに比べれば、自分たちを取りまく世界を理解しているようにはみえない。これからも、ラッキーの助けを必要とし続けるだろう。

「わかった」とうとう、ラッキーはいった。「もどるよ。だけど、ベラ……」

「なに？」ベラの声は鋭《するど》く、いらだっているといってもよかった。

ラッキーは首を振《ふ》った。「なんでもないよ。ただ、知っていてほしいんだ。ぼくはこんなことはしたくない。ほんとうにしたくないんだ」

そういうと、ラッキーは二匹《ひき》に背を向けて去った。一瞬《いっしゅん》、ベラとミッキーがうしろめたそうな顔になるのがわかったが、気づかないふりをした。自分と同じ不安を二匹《ひき》も少し感じたからといって、気に病む必要はない。

〈月の犬〉はすでに寝床《ねどこ》へ向かおうとしていた。じきに〈太陽の犬〉が地平線に現れるだろう。ラッキーは、気づかれる前にアルファの野営地へもどろうとあせっていたが、神経質にもなっていた。少し進むたびに立ちどまって耳をそばだて、弱い風のにおいをかぐ。もし、ほかの犬の早朝パトロールが終わった形跡《けいせき》がひとつでもみつかれば、大急ぎでベラのもとへ逃《に》げもどらなくてはならない。明るくなるまでパトロールもせずになにをしていたのかと問いつめられれば、言い訳を思いつく自信はなかった。

頭上の枝のあいだでは鳥たちが歌い、そのうちの一羽が、ふいに翼《つばさ》をばさばさいわせてとびたった。ラッキーは凍《こお》りついた。心臓が口からとびだしそうな気分だった。だが、鳥はすぐに枝にとまり、静かになった。ほかにきこえてくる音はない。吠《ほ》え声も、警戒《けいかい》を呼びかける声も、怒《おこ》ったようなうなり声もきこえない。ラッキーは小さく震《ふる》える足で進みつづけた。ふと、自分の毛皮ににおいがついているのに気づいた。ベラのにおいだ。背すじに震《ふる》えが走る――ほかの犬たちがこれに気づかないわけがない。

ラッキーは腐《くさ》りかけた木の葉の山にもぐりこみ、その中で何度も何度も転げまわった。ベラのにおいが取れたと確信できるまでやめなかった。

とうとう、野営地の入り口に着いた。ラッキーは、恐怖《きょうふ》で全身がひりひりするのをどうしようもないまま、静かに野営地の中に踏《ふ》みこんだ。犬たちが起きてくる音がきこえないだろうかと耳を澄《す》ませる。

あたりは静かだった。ラッキーが入り口近くの持ち場にすわったそのとき、ダートが伸《の》びをして起きあがり、眠《ねむ》そうにあくびをした。それから、茶色と白の耳をぴくぴくさせながら、よく利《き》く鼻をぴくぴく動かして、緑地にただようさまざまなにおいをかいだ。ラッキーは首をかしげ、かたずを飲んでダートをみつめていた。ダートは小走りに近づいてきて、ラッキーの耳をなめた。

「なにか問題は？」小さな声でたずねる。

「なにも」ラッキーはうそをついた。問題があるとしたら、このぼくだ。

「ここはいいから、少し寝《ね》るといいわ」ダートはラッキーのそばにすわり、目の前の森にさっと視線を走らせた。「どんな危険もこの鼻がかぎつけるから」

「なにか危険なことでも？」

「いいえ」ダートはいった。「わたしたちを襲《おそ》おうとするのは、ばかな犬だけよ」

「そうかもしれないね」ラッキーの言葉をききながら、ダートは遠ざかっていった。ラッキーは寝床《ねどこ》のやわらかいコケの上でくるくる回りながら、空をみあげて〈天空の犬〉たちが自分のねがいをきいてくれるように祈《いの》った。

卑劣《ひれつ》なふるまいをお許しください──仲間がぼくの助けを必要としているのです……。

ラッキーは腹ばいになって目を閉じたが、まったく眠《ねむ》くならなかった。〈月の犬〉の怒《いか》りを買ったにちがいない。ああ〈森の犬〉よ、あの犬はこうするしかなかったのだと〈月の犬〉に話してください。

祈《いの》りは役に立たなかった。しかしいっぽうでは、目を閉じればすぐに、〈アルファの嵐《あらし》〉の悪夢がかすかなうなり声とともにしのびよってくる。悪夢にも、たがいにかみついたり引っかいたりしているようなふたつの群れに対する忠誠心にも苦しめられながら、ラッキーは眠《ねむ》るのをあきらめた。だからといって、起きて野営地の中を散歩することもできない。夜中パトロールをしてきたことになっているのだ。ほかの犬たちが、どうかしたのかときいてくるだろう。この数日、すでに多すぎるほどのうそをついてきた。

だから〈孤独《こどく》の犬〉として生きるほうが好きなのだ。こんなふうにあちこちから引きさかれているような状況《じょうきょう》にはとても耐《た》えられそうにない。ほかの犬への忠誠心は騒《さわ》ぎを起こす元だ。ラッキーは苦々しい気分で考えた。なぜなら、すべての犬に対して常に誠実でいることなどできないからだ。自分のような孤独《こどく》を好む犬が、どうしてふたつの群れに関わるようになってしまったのだろう。そしてある意味では、どちらの群れにも属していないのだ。

〈大地のうなり〉は、ほんとうに世界全体を変えてしまったらしい。〈太陽の犬〉が地平線から鼻先をのぞかせると、まばゆい金色の光が森を照らしだし、松の樹皮を銅のように茶色くかがやかせた。眠《ねむ》るのはむりだ——ラッキーはそう気づいて、胸のうちでため息をついた。

どのみち、このまま寝《ね》そべっている気にはなれなかった。じっとしていると、ありとあらゆる考えがわいてきて、頭の中でごちゃごちゃにからまってしまうのだ。どうすればこの状況《じょうきょう》からぬけだすことができるのだろう——自分が好きな犬たちを失望させたり、裏切ったりすることなく。

13 森の中のジドウシャ

「待って！」ダートが吠《ほ》えた。「みんな止まって！」

ラッキーは顔をあげて耳をそばだて、ダートが注意深く風のにおいをかぐのを見守った。毛を逆立たせ、鼻先にしわを寄せている。ラッキーは、不安で横腹がかすかに震《ふる》えるのを感じた。ときどきダートは、自分から厄介《やっかい》ごとをみつけたがっているように思える——牙《きば》をむいて戦う相手を探しているようなのだ。ダートは血の気の多い犬だった。

これまでのところ、ありがたいことに朝のパトロールはなにごともなく進んでいた。ラッキーはくたくたに疲《つか》れ、頭の中は考えごとでいっぱいだったので、いつもとちがうことが起こったとしても立ちむかう自信がなかった。ダートは、この広々とした気持ちのいい草地になにをみつけたというのだろう？　ここなら、どんな危険が迫《せま》っているにせよ、遠くから気づくことができる。ラッキーにみえるのは、風にさざめく草と、草地のむこうの黒っぽい森だけだった。

「どうしたんだ？」ラッキーは吠《ほ》えた。

「わからない」ダートはしきりにあたりのにおいをかいだ。「なにか変よ」

トウィッチはだまったまま、ダートがかぎつけた物の正体をみつけようとして、あちこちに視線をやった。ラッキーは、トウィッチのあとに続いてダートのそばに近づいた——ダートがみつけたものが、ベラの群れに関係するものでなければいいのだが。ベラはいまひとつ頼《たよ》りない。やめるようにいさめる自分がいなければ、おろかなまねをする危険がある。もし、獲物《えもの》を捕《と》らえることに必死になっていて、アルファのなわばりに迷いこんでいたらどうなるだろう？

ふとラッキーは、片方の前足を宙に浮《う》かせたまま、ぴたりと立ちどまった。ダートのそばまで近よってみると、かすかに奇妙《きみょう》なにおいがしたのだ。においの正体はすぐにわかった——掘《ほ》りおこされた土のにおい、金属のにおい、動物の皮のにおい……そして、あの強烈《きょうれつ》なにおいは……

……ニンゲンがジドウシャに与《あた》えるジュースのにおいだ！

だが、ふつうのジドウシャではない。街でもときどきみかけた、怪物《かいぶつ》のようなジドウシャだ。彼《かれ》らのにおいは、小さなジドウシャのものとはちがう。もっと荒々《あらあら》しく、敵意に満ちたにおいだ。ラッキーは、大きなジドウシャたちが道路をかみくだいたり、黒い土のかたまりを吐《は》きだしたり、回転しながら進む凶暴《きょうぼう》な足で地面を平らに踏《ふ》みならしたりするのをみたことがあった。

「ダート、待て。ぼくには、あのにおいがなんだかわかる！」

ダートは疑わしげにラッキーをみると、急いでそばにきた。「なんなの？」

「あれはジドウシャのにおいだ。それも、大きいやつだ――」

ダートは、びくっとして一歩あとずさった。その目に一瞬《いっしゅん》、かすかな恐怖《きょうふ》が浮《う》かんだ。「ジドウシャ？　じゃ、あたしたちにはなんの関係もないじゃない。パトロールを続けましょ。そんなものは、無視すればいいわ」

「ぼくたちにけがをさせることはないから怖《こわ》がらなくてもいい。あの大きな歯を持っているジドウシャは、そんなことはしない」ラッキーはいった。「犬にかまってるひまなんかないんだ。だけど、近くまでいってみて、なにをしているのか確かめたほうがいい」

「だめよ」ダートはうなった。「ジドウシャが近くにいるからって、どうして気にしなくちゃいけないわけ？」

「用心のためだよ。あいつらはその気になれば犬一匹《ぴき》くらい簡単に押《お》しつぶせるんだ」ラッキーはいった。「どんなに足に自信がある犬だって、ジドウシャにはかなわない」

「ベータならだいじょうぶだろう」二匹《ひき》のすぐそばに寄っていたトウィッチはいった。「すごく足が速いじゃないか」

「ベータでもむりだ」ラッキーはかん高い声で鳴いた。「用心したほうがいい」

「おれはジドウシャをみたことがないんだ」トウィッチは震《ふる》え、息を荒《あら》くしていた。「そんなに大きな生き物がいるなんてきいたこともない」

「そりゃそうでしょうよ」ダートは鋭《するど》い口調でいった。気が立っているようだ。「あんたとスプリングは荒野《こうや》で生まれたんでしょ。あたしは、子犬のころから街で暮らしていたし、ジドウシャがどんなにひどいことをするかこの目でみてきたのよ。あたしのきょうだいなんて……」

ダートはそこまでいって身ぶるいした。

ダートのいうとおりかもしれない、とラッキーは思った。大きなジドウシャには近づかないほうがいいのかもしれない。だが、こんなところでなにをしているのだろう？　ニンゲンたちは、失われてしまった街のかわりに、ここに新しい街を築くつもりだろうか。もしそうなら、確かめておくにこしたことはない。そうすれば、時間に余裕《よゆう》のあるうちに新しい場所へ移ることができる。

「ほんの少しみるだけでいいんだ」ラッキーは約束した。「調べておいたほうがアルファもよろこぶと思う」

二匹《ひき》を説得するにはこのひと言で十分だった。ダートとトウィッチは、においを追いはじめたラッキーのあとをためらいがちについていった。ジドウシャのジュースのにおいは強烈《きょうれつ》で、追っていくのはむずかしくなかった。においのせいで気分が悪くなりはじめたころ、三匹《びき》は小高い丘《おか》のてっぺんにつき、その下に広がるぬかるんだ平地をみおろした。

そこに、においの正体がいた。大きな黄色いジドウシャが、地面を掘《ほ》りおこす作業をやめて休んでいた。平地の一面に、回転する足が通った跡《あと》が残り、あちこちに泥《どろ》が小山を作っている。もう一匹《ぴき》のジドウシャは、長い金属の鼻を半分ほど地面に刺《さ》しこんでいた。〈大地の犬〉を捕《つか》まえようとでもしているようだ。ラッキーはそれをみて身ぶるいした。

もちろん、ニンゲンたちの姿もあった。身を包んでいる黄色いてかてかした服は、毒の川のそばでみたものと同じだ。

「下がって」ラッキーはトウィッチとダートに向けてうなったが、その必要はなかった。二匹《ひき》はあとずさり、木々の陰《かげ》で小さくなっていた。「あのニンゲンたちには近づかないほうがいい。ダート、きみのいうとおりだ。あいつらがなにをしているにしても、ぼくたちにいいことじゃない」

だが、今度はトウィッチが動こうとしなかった。草むらにかくれたまま、平地をじっとみつめている。「あの金属の歯をみてみろよ。あれで地面にかみついて、〈大地の犬〉を追いかけるんだ。けがをしてないだろうか？」

「〈大地の犬〉がけがをしたら」ダートがいった。「わたしたちに知らせているはずよ。また〈大地のうなり〉を起こしたにきまってる」

「殺してしまったのかもしれない」トウィッチはきゅうきゅう鳴いた。

「そんなのわからない」ダートは厳しい口調でいった。「でも、ラッキーのいうとおりよ。もう離《はな》れたほうがいいわ」

「だけど、もっと調べてアルファに報告しようと話してたじゃないか。おれたちには群れに対する責任がある」

トウィッチの目には、一歩も引く気はないという決意が浮《う》かんでいた。ラッキーはため息をついた。いらだっていたし、あせってもいた。いつも仲間たちからおくれを取るこの犬は、アルファを感心させ、群れでの地位をあげてもらおうとして必死になっているのだろう。ラッキーにわかるかぎりでは、その望みはほとんどなかった。群れの上位にいる猟犬《りょうけん》たちに求められるのは、速さと強さだ。マルチとスプリングは経験も技術もフィアリーやスナップに比べると劣《おと》るが、トウィッチはこの二匹《ひき》にさえかなわないのだ。だが、トウィッチの言い分にも一理あった。ニンゲンたちのやることだとしても、この大きなジドウシャたちのふるまいは奇妙《きみょう》だ。なにをするつもりなのかつきとめたほうが、犬たちのためになるかもしれない。

しばらく、なにも起こらないようにみえた。大きなジドウシャは静かに休み、ニンゲンたちはそのまわりをぶらぶら歩きながら、短い言葉を交《か》わしたり、掘《ほ》りおこされた土を調べたりしていた。そのうちのひとりは箱を持っていて、それをとても大事にしているようだった。しきりに触《ふ》れ、しょっちゅうながめている。ラッキーは、片方の耳をぴんと立てた。

ニンゲンたちがしているのはそれだけだった。立って話をし、地面をつつき、ときどき箱をのぞきこむ。ラッキーが、ここにいてもしかたがないと思いはじめたとき、ニンゲンのひとりがジドウシャにつかつか近づき、中に乗りこんだ。一瞬《いっしゅん》の静寂《せいじゃく》の後、ジドウシャが吠《ほ》えた——ラッキーの足元の地面が震《ふる》えるほどすさまじい声だった。

ラッキーは悲鳴をあげて地面に伏《ふ》せた。横をみると、トウィッチとダートも同じように伏《ふ》せている。ニンゲンたちは、〈大地のうなり〉をもういちど起こそうとしているのだろうか？大きなジドウシャの吠《ほ》え声はいつまでも続き、耳をつんざかんばかりに大きく、世界中の音という音をかき消してしまった。掘《ほ》りおこされた湿《しめ》った土のにおいと、驚《おどろ》いてはいだしてきた小動物のにおいが、それ以外のにおいを残らずおおいかくしている。ラッキーは、こんな状況《じょうきょう》に耐《た》えられなかった。すべての感覚を研《と》ぎすませても、ジドウシャと、ジドウシャのしていることしかわからないのだ。

「もういこう！」ラッキーは二匹《ひき》に向かって吠《ほ》えた。「ここじゃ目も耳も役に立たない！」

「ああ、いこう！」トウィッチがきゃんきゃん吠《ほ》えた。ダートは恐怖《きょうふ》で目をいっぱいにみひらき、大急ぎで森のほうへ駆《か》けていった。

三匹《びき》に降りそそいでいた日の光がふいにかげった。まるで雲が〈太陽の犬〉をおおいかくしてしまったかのようだ。ラッキーは混乱してぼおっとした頭で、これは自分の想像なのかもしれないと思っていた——頭の中に、冷たく暗いもやがかかってしまったのだ。だが、つぎの瞬間《しゅんかん》はっとした——ちがう、自分はなにかの影《かげ》の中にいる……。

さっと振《ふ》りかえる。そこにはニンゲンがいて、さらに近づいてこようとしていた！

ラッキーは首の毛を逆立たせ、せいいっぱい大きな声で吠《ほ》えた。だがニンゲンはひるむようすをみせなかった。街のニンゲンたちとはちがって、知らない犬をみても怖《こわ》がらない。ダートとトウィッチが気づいて同じように牙《きば》をむき出し、耳を平らに寝《ね》かせて吠《ほ》えはじめた。だが、ニンゲンの数はさらに増えつつあった。ジドウシャのところにいたニンゲンの仲間なのだろうか？　姿かたちは似ているが、現れたのは彼《かれ》らとは反対の方角だ。顔は黒く、目も鼻も口もないようにみえ、例のてかてかした黄色い服を着ている。

さらに悪いことに、どのニンゲンも鋭《するど》くとがった金属の棒を持っていた。

ラッキーは、恐怖《きょうふ》のあまり首筋がちくちく痛むのを感じた。おそろしくて筋肉と毛皮が震《ふる》える。そばにいる二匹《ひき》も、震《ふる》えながら牙《きば》をむいていた。三匹《びき》はもういちど、怒《いか》りをこめて激しく吠《ほ》えた。それでも、ニンゲンたちは止まろうとはしない。

「かみついて!」ダートがかん高い声でいった。「かみつくのよ!」

「だめだ、それはやめたほうがいい!」ラッキーは激しい口調で止めた。

「でも、棒をみて! 棒よ!」

「ぼくたちがかみつけば、あれをつかうつもりだ!」ラッキーはできるだけ自信があるような声でいった。どちらにしても、ニンゲンはあの棒をつかってくるつもりだろう。

そのとき、ある声が宙を切りさいた。遠くからきこえてくるジドウシャの吠《ほ》え声よりも、はるかに大きい。今度はニンゲンたちがその場で凍《こお》りつく番だった。ぴたりと足を止め、おびえたように顔をあげる。吠《ほ》え声は荒々《あらあら》しく、体の芯《しん》まで震《ふる》えあがりそうなほど悪意と死に満ちていた。その瞬間《しゅんかん》、ラッキーはニンゲンたちの恐怖《きょうふ》をかぎつけた。恐怖《きょうふ》のにおいは、黄色い服を通してさえ、もれだしてきていた。

むりもなかった。ラッキーでさえ、恐怖《きょうふ》で胃が縮みあがりそうだったのだ。ラッキーには恐《おそ》れるものなどない——ただひとつ、群れのアルファをのぞいては。

あたりは静まりかえっていた——ジドウシャさえ、吠《ほ》えるのをやめている。弱い風に吹《ふ》かれた木の葉が数枚、ニンゲンの目のない顔に舞《ま》いおちた。ふたたび遠吠《とおぼ》えがひびき、ぶきみにこだました。ニンゲンたちはそわそわとあたりをみまわし、恐《おそ》ろしい声の主を必死に探していた。そのうちのひとりが心配そうな声をあげたが、ラッキーには、どのニンゲンなのかみわけられなかった。

ニンゲンたちはとまどい、不安になっている。チャンスはいましかない。

「逃《に》げろ!」ラッキーは吠《ほ》えた。

三匹《びき》はいっせいに走りだし、その場で釘付《くぎづ》けになっているニンゲンたちのそばをすりぬけ、まっしぐらに森をめざしていった。ニンゲンたちのどなり声がきこえたが、振《ふ》りかえろうとはしなかった。森の中まで追いかけてくることはないはずだ——あの、敵意に満ちた遠吠《とおぼ》えがきこえてくるあいだは。ラッキーは、安全な木立《こだち》までくると足をゆるめた。すぐうしろには、トウィッチとダートがいる。ラッキーは心臓をどきどきいわせたまま、大きく息を吸いこんだ。ダートはパニックが収まらずに激しくあえいでいたが、トウィッチは息を切らしながらいった。

「さすがアルファだ。あいつらに思いしらせてくれた！」

たしかにそのとおりだ、とラッキーは考えた。不本意ではあっても、感心しているのもほんとうだった。あたりをみまわして木々のあいだに目をこらしたが、アルファの姿はみえなかった。ニンゲンの姿もみえない——アルファの吠《ほ》え声におびえて退散したのだろう。アルファの姿はひと目もみていないというのに。

だが、逃《に》げきれたよろこびも、自分のリーダーとなったオオカミ犬への敬愛の思いも、だんだん、快いとはいえない感情にかわっていった。ラッキーはゆううつな気分で、みなれない木《こ》立《だち》の中を二匹《ひき》といっしょにぬけ、自分たちのなわばりへもどっていった。野営地のにおいがしてくるころ、ラッキーの腹の中には恐怖《きょうふ》が熱いボールのようにふくれあがっていた。

あれほど危険な、あれほど気の短いオオカミ犬とみずから敵対する者がいるだろうか。

まともな頭の持ち主が、あのアルファをだまして裏切ったりするだろうか？

だが、それこそ、ラッキーのしていることだった。

14 ラッキーの挑戦《ちょうせん》

ラッキーは体がぞくっとした。三匹《びき》が緑地に入っていくあいだ、アルファの色のちがうふたつの目が、自分にぴたりとすえられているような気がしたのだ。オオカミ犬は、しっぽの先だけをわずかに動かしていた。

オオカミ犬はなにに気づいたのだろう？　ラッキーにはわからなかった。あの遠吠《とおぼ》えは偶然《ぐうぜん》なのか。それとも、わかっていて三匹《びき》を助けてくれたのか。

ラッキーは、くたくたに疲《つか》れていた。なによりしたいのは、寝床《ねどこ》に倒《たお》れこみ、〈太陽の犬〉が空のてっぺんにのぼるまでまどろむことだ。しかし、アルファに報告をしなければならない。

「それで？」アルファはのどを鳴らしながら、ゆったりした口調でたずねた。「なにがあった？」

ダートはまだ息を切らしていたが、それは走ってきたせいでもあり、おびえているせいでもあった。

「アルファ、ニンゲンです。みたことないほど大きなジドウシャもいました」

「ジドウシャだと？」フィアリーの声がきこえた。ラッキーには、このたくましい犬が怖《こわ》がっているのか、それとも敵を倒《たお》しにいこうと考えているのかわからなかった。

「動く家みたいに大きかったんです」ダートが続けた。ラッキーは、トウィッチがちらっとスプリングのほうをみるのがわかった。荒野《こうや》に生まれそだったこの二匹《ひき》は、〝家〟がなにを意味するのかわからないのだ。「ラッキーは、あのジドウシャを知っていました」

アルファは、青と黄色の目をラッキーに向けた。

「そうなのか？　いいや、ジドウシャのことならわたしも知っている。汚《きたな》らしい危険なケダモノだろう」

「アルファ、ぼくは街にいたころ、ああいう大きなジドウシャをよくみかけました」ラッキーは目を伏《ふ》せたまま、うやうやしい口調で答えた。「ふつうのジドウシャとはちがいます。大地をかみくだいて食べてしまうのです。それに、ほかにもいました――」

「なんだ？」アルファはさっと口のまわりをなめた。

「わかりません。ジドウシャのようにはみえませんでした。大きな牙《きば》という感じで、大地にかみついていました」

「アルファ、ラッキーのいうとおりです」ダートが横からいった。「あそこにいたニンゲンたちは、みたこともない姿をしていました」

「ぼくは、同じようなニンゲンをみたことがあります」ラッキーは低い声でいった。「あいつらは、〈大地のうなり〉が起こってから、少しずつ数を増やしてきた。〈うなり〉と関係があるような気がします」

「黄色の服を着ているのです」トウィッチは身ぶるいしていった。「黒い顔をしていて、目もなければ口もない！　前とちがって、犬を怖《こわ》がらないんです。大きな棒を持っていて、おれたちを捕《つか》まえようとしてきました」ほかの犬たちはこわばった顔をみあわせ、オメガはおびえたように耳を平らに寝《ね》かせた。マルチはあとずさり、フィアリーのほうへ体を寄せた。首筋の毛を逆立て、のどの奥から低いうなり声をあげている。

ダートは短く鋭《するど》い鳴き声をあげながら、一歩進みでた。「でもアルファ、あのニンゲンたちはあなたのことを恐《おそ》れたんです」

「当然だ」オオカミ犬はうなった。「だが、逃《に》げたのは賢明《けんめい》だった。ニンゲンには必要以上に近づくな。やつらをみつけたのは手柄《てがら》だが」アルファはゆっくりとラッキーのほうを向いた。

「捕《つか》まる危険を冒《おか》したのは不注意だった。こんなことは二度とするな」

ラッキーは反論を飲みこみ、スイートのほうをちらりとみた。スイートはアルファのそばに立ち、同じように厳しい顔をしていた。ラッキーは、その顔のどこかに思いやりが隠《かく》れていないかと目をこらしたが、確信は持てなかった。低く頭を垂れて答える。「わかりました、アルファ」

オオカミ犬は、白い牙《きば》が残らずみえるほど大きなあくびをした。

「ああいうニンゲンは、いつもオオカミのなわばりに侵入《しんにゅう》しようとしてきた。荒野《こうや》を征服《せいふく》しようとして大地を掘《ほ》りおこし、隠《かく》れる場所や狩《か》りをする場所を奪《うば》おうとしてくるのだ。ここでも同じことをたくらんでいるのだろう。警戒《けいかい》しておく必要がある」

「わかりました、アルファ」

ラッキーは驚《おどろ》きをこめてアルファの顔をみた。オオカミの世界をかいまみられたのは一瞬《いっしゅん》だったが、アルファの言葉は腹の中をちくちく刺《さ》し、その世界を、その奇妙《きみょう》な生き方をもっと知りたいという強い好奇心をかきたてた。なぜ——と、ラッキーは首をかしげた——なぜアルファは、オオカミのもとを去って犬と暮らしているのだろう。みずから選んだのだろうか。それとも、もしかすると、追放されたのだろうか。オオカミたちが、犬の血が混ざったアルファを足手まといだと考えたとしても、意外ではない。

だが、そのことを直接アルファにたずねる勇気はない。かわりにラッキーは前足に体重をかけておじぎをし、耳を前に倒《たお》した。「ぼくたちに危険が迫《せま》っていることをどのようにお知りになったかはわかりません。ですが、アルファが遠吠《とおぼ》えをしてくれたおかげで、逃《に》げることができました。心から感謝いたします」ダートとトウィッチも同じようにおじぎをし、アルファの顔をじっとみつめた。

アルファはしばらくなにもいわず、なにを考えているのかわからない無表情のままだった。冷ややかにラッキーをみおろしながら、あいかわらず、しっぽの先で岩を軽くたたいている。

やがてアルファは、軽べつしたようにそっぽを向いた。「あれか？　たいしたことではない。わたしはただ、口を開けただけだ。〈街の犬〉よ、わたしはこうしたことができるから、この群れのアルファなのだ」うしろで、マルチがばかにしたように小さく笑うのがきこえた。

ラッキーは気まずくなり、少し屈辱《くつじょく》を感じてもいた。立ちあがって伸《の》びをし、ぶるっと体を振《ふ》る。アルファにかみついてやりたかったが、おろかなまねをするわけにもいかない。なぜだまって感謝を受けいれることができないのだろう？　ラッキーはお礼をいいたかっただけだ。ニンゲンに攻撃《こうげき》されたときも、危《あや》ういところで逃《に》げだしたときも、ラッキーは腹の底から震《ふる》えあがっていたのだ。自分は礼儀《れいぎ》正しくふるまった――うやうやしいといってもいいくらいだった。ところがアルファの返礼は、ごう慢《まん》な態度だけだった。

ラッキーは自分がばかになったような気分だった。自分は負けたのだ。アルファの尊大さはこちらの忍耐《にんたい》心にかみつき、たえずラッキーをいらだたせてきた。〈グレイト・ハウル〉があろうとなかろうと、ラッキーはこんな生き方はまっぴらだった。

アルファは、急に興味をなくしたように目を閉じ、大きな体を長々と岩の上に伸《の》ばした。謁《えっ》見《けん》の時間は終わったということだ。さっそく犬たちは、恐《おそ》ろしいニンゲンと残忍《ざんにん》なジドウシャの話をきこうとして、トウィッチとダートのまわりに円をえがいて集まった。

「どんなに大きかったか話しても、絶対信じてもらえない！」

「それに、あの音」ダートは激しく頭を振《ふ》った。「きいたこともないような音よ！」

群れの犬たちは、新しい敵のことを話しながら吠《ほ》えたりきゃんきゃん鳴いたりした。犬たちの吠《ほ》え声は、まるでけんかをする子犬のようにあたりを転げまわった。

「ジドウシャはどれくらい強いの？」

「おれたちはどうやって戦えばいい？」

「ジドウシャは、ほんとうに中にニンゲンを入れるの？」

ラッキーは、すぐに自分も同じような質問をされるだろうと気づいた。全員の注目を浴びる気にはなれなかったので、静かに緑地を歩いていき、細いカバノキの下の陽《ひ》だまりのほうへ近づいた。

ラッキー、いまのこの感情を覚えておくんだ。おまえはじきにこの群れを出ていく身なんだから！

これからは時間を賢《かしこ》くつかわなければならない。パトロールの仕事にはなんの不満もないが、だからこそ、群れの中の快適な居場所にここちよくなじんでしまう危険があった。パトロールをするためにここにきたわけではないのだ。この群れと、この群れのアルファについてもっと詳しく知るには、猟犬《りょうけん》の地位まで昇進《しょうしん》しなければならない。

前足に頭をのせてため息をつきながら、自分のまわりの群れの生活をながめた。トウィッチは草におおわれた土手に寝《ね》そべり、〈太陽の犬〉が投げかける光を浴びていた。ダートは小走りに緑地を横切ってムーンのところへいき、よちよち歩きではいまわる子犬たちを愛《いと》しそうに鼻先でなでた。子犬の目は、しっかり開いている。一番大きな子犬がきょうだいの背中から転がりおちてひっくりかえると、ムーンは辛抱《しんぼう》づよく鼻先で起こしてやった。

「スカーム」ムーンはいった。「気をつけてないとだめよ」オスの子犬がよろよろ立ちあがったかと思うと、今度はダートの前足につまずいて転がった。ダートは鼻先で子犬を優《やさ》しく起こしてやった。

フィアリーはマルチのそばで長々と寝《ね》そべり、ものうげな調子でオメガに指示を出していた。オメガはかしこまったような鳴き声をあげ、おとなしく駆《か》けていった。

いま、群れの生活は平和で統制が取れ、この状態がいつまでも続きそうに思えた。どの犬も自分の役割を知っていて、それを受けいれてもいた。群れのためにはいいことだ。だが、ラッキーが望んでいることではない。地位を上げる必要がある。そうすればアルファの信《しん》頼《らい》を得て、〈囚《とら》われの犬〉たちは不安の種でも敵でもないのだと説得することができる。ひそかに昇《しょう》進《しん》の機会をねらい、ほかの犬が失敗を犯《おか》して降格されるのを待っているひまはない。背すじに小さな震《ふる》えが走った。ここに長居すれば、必要以上になじんでしまう。この群れを自分の群れだと考えるようになってしまう。

ここへきた目的を果たすべきだった。それも、すぐに。地位を上げる方法はひとつしかない。ほかの犬に戦いを挑《いど》み、相手を倒《たお》して地位を奪《うば》うのだ。

ラッキーはごくりとのどを鳴らした。どの犬に挑戦《ちょうせん》すればいいのだろう？

フィアリーのほうをみると、ムーンと子犬たちのいる寝床《ねどこ》へ、向かっているところだった。

ラッキーはフィアリーの姿を目で追った。大きな体は十分に栄養がゆきわたって力強く、なめらかな毛並みと波打つ筋肉をしている。フィアリーを相手にして勝てる自信はない。

マルチはどうだろう？　ラッキーは首をかしげた。片耳を立てて、考えに集中する。マルチなら倒《たお》せるはずだ……だが、この長い耳をした黒い犬ははじめからラッキーを毛嫌《ぎら》いし、なにかというと食ってかかる。みているかぎり、自分に対する嫌悪《けんお》感は少しも和《やわ》らいでいないらしい。戦いを挑《いど》めば、自分に恨《うら》みがあると考えて重く受けとり、〈街の犬〉なんかに負けるまいとして必死になるだろう。その気になれば卑劣《ひれつ》な戦い方をするかもしれない。いまは、大きな傷を負うことだけは避《さ》けたい。

緑地の向こうには、褐色《かっしょく》と白の毛並みをした若いスナップがいた。寝床《ねどこ》であおむけになり、〈太陽の犬〉が投げかける細い光線を足と腹に受けている。猟犬《りょうけん》で、地位はマルチのひとつ上だが、マルチほど気性《きしょう》は荒《あら》くない。そこまで激しい戦い方はしないだろうし、ラッキーを倒《たお》すにしても、ひどい傷を負わせることはないだろう。

それに、スナップはぼくより体が小さい……。

頭で考えているだけではなにも起こらない。ラッキーは立ちあがると注意深く伸《の》びをして、コケの生《は》えた地面を足で引っかきながら体の調子を確かめた。足かせになるような痛みはどこにも感じない。四肢《しし》をふんばり、ぶるっと体を振《ふ》る。それから、まっすぐにスイートのほうへ歩いていった。

スイートは驚《おどろ》いたように立ちあがり、鼻をふんふんいわせながらラッキーのにおいをかいだ。

「どうしたの？」

ラッキーは敬意を表してわずかに頭を下げた。「ベータ、戦いを挑《いど》みたい」

スイートはそれをきくとすわった。ほっそりしたうしろ足をあげ、時間をかけてていねいに耳をかく。ふたたびまっすぐにすわりなおすと、ラッキーの目をのぞきこみ、はきはきした口調でいった。

「いいでしょう。相手は？」

「スナップだ」ラッキーはいった。

スイートのおだやかな目が、おもしろがるように、きらっとかがやいた。

「幸運を祈《いの》るわ」笑いのまじった声でいうと、立ちあがって緑地をみまわした。「みんな！きいてちょうだい！」

犬たちはしんと静かになり、驚《おどろ》きと好奇心を顔に浮《う》かべてベータのほうをみた。耳をぴんと立て、早く教えてくれといいたげにしっぽで地面をたたく。

「〈街の犬〉のラッキーが猟犬《りょうけん》のスナップに挑戦《ちょうせん》するわ」スイートは淡々《たんたん》といった。

あおむけに寝《ね》そべっていたスナップは、目を丸くして寝《ね》返りを打った。「ラッキーが？」

ラッキーはスイートのそばから前に踏《ふ》みだし、スナップに向かって礼儀《れいぎ》正しく頭を下げた。

スナップは鋭《するど》く吠《ほ》えた。「新参者のくせにもう挑戦《ちょうせん》だなんて、あわてすぎよ」

あせっていることを気づかれてしまっただろうか——ラッキーがそう考えたとき、スナップとは反対側の野営地から、おもしろがるような鳴き声がきこえてきた。「〈街の犬〉は生きるのに疲《つか》れたのさ」マルチの声だった。

ラッキーはそれを無視して、スナップに向かって荒々《あらあら》しく吠《ほ》えた。「ぼくは自分の地位を上げたいんだ。いま挑戦《ちょうせん》したっていいだろう」

スナップは奇妙《きみょう》に静かなうなり声をあげた。「あんたにはむりよ。でも、挑戦《ちょうせん》する権利はだれにでもあるわ」

ラッキーはうしろを振《ふ》りかえってみたが、アルファの色のちがうふたつの目には、からかうような表情しか浮《う》かんでいなかった。アルファは群れの犬たちよりもはるかに上の地位にいる。下位の犬たちがいがみあおうと関係ないのだろう——せいぜい、気晴らしにしかならないのだ。

「じゃあ、かかってきなさい」スナップは体を起こし、ラッキーの前で胸をはって立った。筋肉は枝のように引きしまり、白い牙《きば》はむき出しになっている。

スナップの目は自信にかがやき、恐怖《きょうふ》はかけらも浮《う》かんでいない。ラッキーは、相手にかみつくどころか、自分がかみつかれるのではないかと思った。だが、いまさら引きかえすわけにはいかない。なにより、遅《おそ》かれ早かれこの危険には挑《いど》まなくてはならないのだ。ラッキーは鼻先にしわを寄せ、肩《かた》の筋肉に力をこめた。

スイートは一歩進みでると、しっぽを高々とあげ、鼻先を上に向けた。「戦いをはじめる前に、結果について確認しておくわ。ラッキーが勝てば、スナップの地位に上がって猟犬《りょうけん》の仲間入りをすることになるのよ」

ラッキーは「わかってる」と答え、スナップも同時にうなり声をあげた。「そんなことにはならない！」

「〈天空の犬〉よ、どうかこの戦いを見守っていてください！」スイートはあらたまった声で吠《ほ》えた。「どうかこの戦いに公平さをお授《さず》けください。〈精霊《せいれい》たち〉よ、どうかこの戦いの結果に祝福をお授《さず》けください。戦いが終わったとき、わたしたちはふたたび仲間にもどり、ともに群れを守るでしょう！」

ラッキーが、この宣誓《せんせい》は永遠に続くのだろうかと思いはじめたとき、スイートが二匹《ひき》に鼻先を近づけてきた。ありがたいことに、決まり文句は終わったらしい。これ以上緊張《きんちょう》が長引くのはごめんだった。

「位置について」スイートはさらに近づいてくると、すわりこんで二匹《ひき》の顔を交互《こうご》にじっとみつめた。そして、いった。「それでは――はじめ！」

二匹《ひき》はだっと前にとびだし、爪《つめ》で相手の弱点を引っかいた――鼻、耳、そして目。スナップはすばやく動きまわって褐色《かっしょく》と白の影《かげ》のようになっていた。耳を前にかたむけ、しっぽをきつく巻いている。ラッキーに突進《とっしん》すると、息ができなくなるほど強く体当たりし、そのまま組んずほぐれつしながら地面を転げまわった。まともに戦う前からショックを与《あた》えて出鼻をくじくつもりなのだ。だが、ラッキーもされるがままにはなっていない。さっと立ちあがってスナップを振《ふ》りはらうと、警戒《けいかい》しながら相手のまわりを回った。

スナップはふたたび起きあがったが、さっきよりも慎重《しんちょう》になっていた。体はラッキーのほうが少し大きい。ラッキーは、地面が少し盛りあがっているところをみつけると、そこからとびかかるようにしてスナップのしっぽにかみついた。

「スナップ、卑怯《ひきょう》な戦略に気をつけろ！」マルチが吠《ほ》えた。

だが、スナップはすばやかった。きゃんと吠《ほ》えると身をよじってはいだし、ラッキーのわき腹にかみつこうとした。ラッキーは危《あや》ういところで攻撃《こうげき》をかわしたが、牙《きば》が毛皮をかすめるのを感じた。スナップは地面を転がって起きあがり、もういちどかみつこうとしてラッキーの腹の下めがけて突進《とっしん》してきた。まわりの犬たちから、興奮したような鳴き声があがる。「スナップ、いいぞ！」フィアリーが満足そうに吠《ほ》えた。

ラッキーは牙《きば》をむいて身をかわし、はねるように走りながらスナップと数歩の距離《きょり》を置いた。スナップはすばやく、驚《おどろ》くほど頑丈《がんじょう》なあごをしていた。思っていた以上にてごわい敵だ――それでも、予想していたとおり、マルチのような残忍《ざんにん》さは持ちあわせていない。

スナップは敵を傷つけるために戦うのではなく、勝つために戦っていた。

それでも、必要とあればラッキーにかみつくだろう。

ラッキーはうなり、相手を視界に入れたままゆっくりと横へ動きはじめた。スナップはふたたび突進《とっしん》してきたが、ラッキーにはそれをかわして攻撃《こうげき》を返す余裕《よゆう》があった。ラッキーは相手の首の毛をくわえ、激しくゆさぶってから口をはなした。スナップは息を切らしてうなりながら、もういちどうしろへとびすさった。子犬たちがはしゃいできゅうきゅう鳴いているのがきこえた。「まま、すごくはやいね！」一匹《ぴき》がいい、ムーンはそうねといいたげに低い声で吠《ほ》えた。

「〈街の犬〉、降参でしょう？」スナップは息を切らしていたが、にっと笑って舌を垂らしてみせた。「体ばかり大きいけど、全然甘《あま》いのね」

「とどめをさせ！」マルチがいった。できることなら、自分でラッキーを倒《たお》したいと思っているような口調だった。

ラッキーは警告するようにスナップをにらみ、口からよだれをしたたらせながらゆっくりと近づいていった。ふたたびスナップは、ライトニングの放つ電光のようなすばやさで突進《とっしん》し、ラッキーの腹の下にもぐりこむようにしてうしろ足にかみついた。街にいたころ、そんな動きをする犬はみたこともなかった。鋭《するど》く熱い痛みが走る。ラッキーは悲鳴をあげ——痛みのせいでもあったが、怒《いか》りのせいでもあった——牙《きば》をむきだして身をよじると、スナップの耳にかみついた。スナップはかん高い鳴き声をあげたが、ラッキーは耳に食らいついたままスナップを地面に転がし、全体重をかけてのしかかった。

ラッキーには、フィアリーのとがめるようなうなり声がきこえてきた。「スナップ、こんな負け方をするな！」

「はなして！」スナップは耳から血を流しながら叫《さけ》んだ。「はなして！」

「はなしなさい」スイートが命じた。ラッキーはしぶしぶ口を開けた。スナップのやわらかい耳をねらうのは卑怯《ひきょう》だったかもしれない。だが、この群れの犬たちが何度も何度もしつようにくりかえしてきたとおり、自分は〈街の犬〉で、勝つために必要なことはするつもりだった。ほかの犬たちは二匹《ひき》に向かってそれぞれ勝手なことを吠《ほ》えていたが、どのアドバイスもほとんど役に立たないものばかりだった。「いまのは卑劣《ひれつ》だ」ラッキーは、フィアリーが低い声で吠《ほ》えるのをきいた。「スナップ、そいつにあんなまねをさせるんじゃない」

「ラッキー、スナップに休むひまを与《あた》えるな」トウィッチがきゃんきゃん鳴いた。ラッキーはいらだたしげに片方の耳をぴくぴく動かした――トウィッチは自分に指示を出すつもりだろうか。

犬たちはラッキーとスナップのどちらかを応援して吠《ほ》えていた。おおかたの犬はスナップの味方についている。ラッキーは見物している犬たちにさっと視線を走らせた。どちらの犬も応援していないのは、オメガだけだった。

オメガはただじっとすわり、目を細めて一部始終をながめていた。この戦いにはなんの興味もないようにみえた。

ラッキーはもういちど相手に向きなおりながら、疲《つか》れを感じはじめていた。早くけりをつけなければならない。

スナップが牙《きば》をむき出すと、ラッキーは身がまえた。また、鋭《するど》く白い牙《きば》をこの毛皮に受けるのはまっぴらだった。スナップがとびかかってくると、ラッキーはその体をまともに肩《かた》で受けとめ、すばやく首をめぐらせてさっき傷を負わせたのと同じ耳にかみついた。スナップは吠《ほ》えたが、ラッキーはスイートに訴《うった》えるひまを与《あた》えなかった。相手の体を地面に投げだし、片方の前足でのどを押《お》さえつける。スナップは足をばたつかせてもがいたが、その爪《つめ》はラッキーの腹には届かなかった。

ラッキーは耳をくわえたままうなった。「降参しろ!」

スナップは痛みと怒《いか》りに吠《ほ》えた。ラッキーは耳から口をはなすと、今度はのどのたるんだ皮ふをくわえた。スナップをゆさぶって吠《ほ》える。「降参しろ!」

スナップはだしぬけに全身の力をぬき、しっぽで地面を打った。両方の前足をあげて宙でだらりと垂らし、暗い声でうなる。「降参よ」

緑地はしんと静まりかえり、すべての犬の視線が二匹《ひき》に注がれていた。ラッキーはスナップから口をはなし、うしろに下がった。褐色《かっしょく》と白の犬はうつぶせになると急いで立ちあがり、恥《は》ずかしさを払《はら》いおとすかのように体を振《ふ》った。わき腹が上下しているのはラッキーも同じだ。二匹《ひき》とも激しい戦いで息を切らしている。

大きな灰色の影《かげ》が、ようすをみまもる犬たちのあいだをゆっくりと進んできた。ラッキーは、食事や睡眠《すいみん》や戦い以外のときにアルファが岩から降りてくるのをはじめてみた。不安げなまなざしをちらりとアルファに向ける。オオカミ犬はスイートのそばに腰をおろし、戦いを終えた二匹《ひき》を交互《こうご》にみた。

「〈街の犬〉にしては」オオカミ犬は、黄色い方の目をらんらんと光らせながらしゃがれ声でいった。「なかなかやるじゃないか。スナップ、おまえはひとつ地位を下げる。ラッキー、おまえは猟犬《りょうけん》の地位につけ」

ラッキーは思いきって、自分が負かした相手の顔をみた。そこにはなんの表情も浮《う》かんでいない。一瞬《いっしゅん》ラッキーは、スナップがまたとびかかってくるかもしれない、背を向けたとたんに襲《おそ》ってくるかもしれない、と怖《こわ》くなった。だが、冷ややかな目つきでじっとラッキーをみていたスナップは、ふいに耳を寝《ね》かせて頭を垂れた。

「アルファ、ラッキーに〈街の犬〉の動きを教えてもらえるように頼《たの》んでみます」スナップは乾《かわ》いた声でいった。「おめでとう、ラッキー」

安堵《あんど》がどっと胸に押《お》しよせ、自分は勝ったのだという興奮が、体を駆《か》けぬけていった。ラッキーは口のはしから舌を垂らしてうれしそうに歯をみせ、スナップが顔をなめるあいだ頭を下げていた。「よろこんで教えるよ。どうすればそんなに早く動けるのか教えてくれればね」

「きまりね」スナップもうれしそうに歯をみせた。

「おまえたちは二匹《ひき》ともよく戦った。べたべたするな」アルファは鋭《するど》い口調でいった。「ほかの者たちのためにはっきりさせておく――知ってのとおり、ラッキーはムーンのかわりにパトロールに加わっていた。だがいま、ラッキーは猟犬《りょうけん》だ。さて、マルチ」

黒い犬はぎょっとしたように前に進みでた。「アルファ、なんでしょうか」

「おまえを降格する」オオカミ犬はぞんざいにいった。「〈太陽の犬〉の姿が消えたら、ダートとトウィッチといっしょにパトロールへいけ」

「なんだって？」マルチは、驚《おどろ》きと怒《いか》りにわれを忘れていた。「アルファ、それはひどい！降格するなら、おれより下のスプリングじゃないか！」

スプリングは腹立たしげに小さくうなったが、下を向いて目を伏《ふ》せていた。アルファとほかの犬の争いには首をつっこまないほうが賢明《けんめい》だとわかっているのだ。

「いまはちがう」アルファはうなった。「ベータ、マルチに教えてやれ。わたしの決定に反論しないほうが身のためだ、と」

スイートはさっととびだし、マルチの鼻先を血が出るほどかんだ。マルチはぼう然としてぺたんとすわりこんだ。痛みでめまいがしているようだった。スイートは、前足で激しくマルチをなぐりつけた。

「子犬のファズにだって、そんなことくらいわかるわ」スイートは叱《しか》りつけた。「だから、あなたにも理解できるでしょうね。わかった？」

「はい、ベータ」マルチはきゅうきゅう鳴いた。

「おまえはできのいい猟犬《りょうけん》ではなかった」アルファの声には、はっきりと脅《おど》すような響《ひび》きがあった。「ひかえめにいっても。どうしても地位を上げたいというのなら、もっと努力することだ。ほかの犬に泣き言をいっているひまなどないだろう」

戦いで乱れた息はおさまっていたが、野営地の張りつめた空気が息苦しく、ラッキーはわき腹をせわしなく上下させていた。ぼくは少しだけ地位を上げたかっただけだ。こんな騒《さわ》ぎを起こす気なんてなかった。「わたしが、マルチのパトロール隊での働きぶりをみていましょう」スイートは吠《ほ》えた。「マルチ、そんな顔はよしなさい。こうなったのも自分のせいよ。獲物《えもの》を分けるときにスナップの順番をぬかそうとしたりするからこうなるのよ。報《むく》いを受けいれて、学びなさい――これを教訓にすれば、もっと優秀《ゆうしゅう》な犬になれるわ」

マルチは、アルファとスイートが中央の岩へゆっくりもどっていくのを震《ふる》えながらみていた。

ラッキーにはそれが恐怖《きょうふ》のせいだけではないとわかっていた。思ったとおり、アルファとベータが十分に遠ざかったのを確かめると、マルチは音もなくラッキーのそばに寄ってきた。

「おまえのせいだ」マルチはラッキーの耳元でうなった。「その薄汚《うすぎたな》いしっぽをおれに向けないほうが身のためだぞ、〈街の犬〉め」

ラッキーはマルチがのろのろ遠ざかっていくのをみながら、ほっとしていた。あの犬に挑《ちょう》戦《せん》しなかったのはやはり正しかったのだ。もっとひどいけがを負っていたかもしれない。

マルチの恨《うら》みを買ったことをくよくよ考えているひまはなかった。群れの犬たちが――スナップでさえ――集まってきたのだ。ラッキーの昇進《しょうしん》を祝福して、親しげに吠《ほ》えたりなめたりしはじめた。

「おまえには、猟犬《りょうけん》になる資格がある」トウィッチがいった。「あの戦いぶりには驚《おどろ》いたよ」

ラッキーは、ムーンとフィアリーが、なにかいいたそうな顔で目を合わせるのに気づいた。この二匹《ひき》も、自分が卑怯《ひきょう》な動き方をしたと思っているのだろうか――だがすぐに、ダートとスプリングがラッキーの視界をさえぎり、熱心におめでとうの言葉を重ねた。

お返しにきゃんきゃん吠《ほ》えたり相手の顔をなめたりしながら、ラッキーは違和感《いわかん》をぬぐえなかった。この犬たちが自分の機嫌《きげん》を取るのは、自分たちの地位を奪《うば》われないようにしたいからではないのだろうか。

この犬たちは、だれもが自分の身を守ろうとしている——ラッキーは考えた。あのしっぽのひと振《ふ》りひと振《ふ》りが、すべて駆《か》け引きだ。〈囚《とら》われの犬〉たちとはちがって、アルファに従う犬たちは愛情ではなく相手への依存《いそん》によって結びついている。誠実さは、自分が生きのびることほどには大切ではない。

ラッキーは、いらだちと混乱でもれそうになる鳴き声を飲みこんだ。この群れで起こる犬同士の小競《こぜ》り合いを気に入っているのかどうかはわからない。だがこの群れで生きのびるには、ほかにましな方法はないのだろう。

15 仲間への疑い

「ラッキー、どこへいくつもり？」スプリングがとまどったような顔でラッキーを振《ふ》りかえった。片耳をまっすぐに立て、片方の前足を宙に浮《う》かせたままにしている。「そこで寝《ね》るつもりじゃないでしょうね。パトロール担当の犬の寝床《ねどこ》はすきま風がひどいわ」

ラッキーは、ふたたび群れの犬たちの視線がいっせいに自分に集まるのをみて、毛皮の下の体がかっと熱くなるのを感じた。それまで使っていたねぐらから離《はな》れると、スプリングとスナップについて、猟犬《りょうけん》用のねぐらへ向かう。その穴はここちよい木陰《こかげ》の下にあり、木の葉がたっぷり重ねられていた。前の寝床《ねどこ》よりもずっと広く、コケや朽《く》ちかけた木の皮や、葉っぱややわらかい松の枝でいっぱいになっていた。そしてたしかに、パトロール隊のねぐらに比べると、緑地の入り口からずっと奥まったところに作られている。

習慣にしたがって寝《ね》る前の円をえがくと、〈森の犬〉に祈《いの》りをささげた——この厳しい任務がぶじ終わりますように。〈太陽の犬〉と〈月の犬〉は、マルチにした仕打ちを許さないかもしれない。もしかすると〈天空の犬〉も不愉快《ふゆかい》に思っているかもしれない。だが〈森の犬〉なら、昇進《しょうしん》に挑《いど》んだラッキーの勇気をほめてくれるかもしれなかった。これまでラッキーの身を守ってきたのは、この狡猾《こうかつ》さと賢《かしこ》さなのだ。その晩の〈グレイト・ハウル〉の最中にラッキーは、〈森の犬〉が下生《したば》えの中を走りぬけていくのをみた。一瞬《いっしゅん》、それでいいと認められたように感じた。それは、日の光のように温かな感覚だった。

体を落ちつけた寝床《ねどこ》には、マルチの陰気《いんき》なにおいが染みついていた。それに気づいた瞬間《しゅんかん》、ラッキーは罪悪感でいっぱいになった。だが、ずっと落ちこんでいたわけではない。みんなをだましていることには胸がうずくが、それでも自分は群れのルールに従って行動したのだ。マルチもまた、ルールは守らなくてはいけない。地位を取りもどしたいのなら戦って奪《うば》いかえせばいい。

すぐそばでフィアリーが大きな体で寝返《ねがえ》りを打ち、うめき声をあげたかと思うといびきをかきはじめた。戦いが終わったあとも親しげにふるまうことはなかったが、かといって敵視されているわけでもない。反対側で眠《ねむ》っているスナップとスプリングは、ラッキーのことを狩《か》りの仲間としてそれなりに歓迎《かんげい》するそぶりをみせていた。

「あんたは身軽だから、狩《か》りの役に立つわ。知恵《ちえ》を借りることもできるしね」スナップがそういうと、スプリングはそのとおりだといいたげにしっぽを振《ふ》った。ラッキーはそれをきいて、スナップの寛大《かんだい》さに感心した。群れのほかの犬たちは明らかにラッキーに敬意を払《はら》い、これまでとはちがった目でみるようになっていた。だがうれしいことに、トウィッチとの友情も守られたままだった。

ひとつだけ問題があった。ラッキーは、ふいにそのことに気づいて、ぞっとした。もうパトロールができないのだ。これからは、こっそり野営地をぬけだしてベラに会いにいくのはむずかしくなるだろう。ラッキーは痛みにも似たうずきを感じた。地位を上げることに必死になっていて、自分で問題の種をまいていることに気づく余裕《よゆう》がなかった。前足に鼻先をのせ、両耳をぴんと立てて星空をみあげる。ベラに会ってから、夜はいくつ過ぎただろう。〈囚《とら》われの犬〉たちは危ない目にあっていないだろうか。ラッキーにそれを知る術《すべ》はない。

いまごろ、自力できれいな水をみつけているかもしれない。もしベラが、毎晩ラッキーに会いにきていたとしたらどうだろう。もう帰ってきていい、もう〈野生の群れ〉のスパイをする必要はないのだと伝えようとしていたら。だが、ラッキーにその言葉は届かない。ラッキーはここで、アルファの群れで、永遠に身動きが取れないままなのだろうか。

どこにそうしてはいけない理由がある？

ラッキーはため息をついた。〈太陽の犬〉が消えた黒い空は雲ひとつなく澄《す》み、ピンであけた穴のように小さな星々がガラスのようにきらきらかがやいていた。ラッキーには星座がくっきりとみえた——ずるいウサギ、オオカミ、オオカミの子ども、大きな木、駆《か》けるリス。星座たちはラッキーの頭上で回転しているようにみえた。からかうように渦《うず》をえがく星座をみているうちに、やがてラッキーのまぶたは重くなり、眠気《ねむけ》で頭の中はもやがかかったようにぼんやりしはじめた。

そのもやを切りさくように、遠くの方から、ある音がきこえてきた。木々のあいだに響《ひび》くカラスの鳴き声だ。ラッキーははっと目を覚ました。となりでは、フィアリーが大きないびきをかいている。反対側のとなりでは、スナップとスプリングが折りかさなるようにして眠《ねむ》っていた。規則的にわき腹が動いているところをみると、眠《ねむ》りは深いらしい。

カラスたちが〈太陽の犬〉がいなくなった闇《やみ》を好むとは知らなかった。だがその鳴き声をきいているうちに、暗いうちにベラに会っておいたほうがいいと思いはじめた。〈月の犬〉はすでに、空のてっぺんにのぼろうとしている。

ラッキーは心臓をどきどきいわせながらそっと体を起こし、眠《ねむ》っている犬たちのあいだをすりぬけた。フィアリーの足がぴくぴく動いたときには息が止まりそうになったが、すぐにフィアリーはいびきをかきはじめた。〈天空の犬〉が起こすいなずまのように大きないびきだ。夢をみていただけらしい。

やわらかいコケと朽《く》ちかけた木の葉にそっと足をのせると、もどかしいほどゆっくりと、猟犬《りょうけん》たちの寝床《ねどこ》から出ていった。〈月の犬〉の位置からみるかぎり、いま見回りをしているのはダートのはずだ。ダートは野営地に侵入《しんにゅう》してこようとする敵を探している。野営地から出ていこうとする敵がいるとは夢にも思っていないはずだった。

身を低くして下生《したば》えから出ないように、音を立てないように気をつけなくてはいけない。見回りをしているダートと鉢合《はちあ》わせさえしなければ、ぶじにここからぬけだすことができるはずだった。あとはただ、ニンゲンたちのキャンプ場まで走っていけばいい。〈月の犬〉があくびをして眠《ねむ》りにつくまで、まだ時間はたっぷりある。

足の下で小枝がぱきりと音を立て、ラッキーは心臓が止まりそうになった。だが、犬たちは身動きひとつしない。ラッキーは足をひとつずつ前に出すような歩き方で進んでいった。一歩進むごとに、音を立ててほかの犬を起こしてしまうのではないかと心配でしかたがなかった。注意深く歩きながら、同時に枝をくぐりぬけるために体を低くしていなければならない。その姿勢のまま音を立てないように気をつけているのはむずかしかった。だが、どうにかして厚く茂《しげ》った下生《したば》えをぬけると、もういちどまっすぐに体を起こして全速力で走りはじめた。

おびえてこわばった体で野営地をはいだしたあとでは、足を思いきり伸《の》ばして走るのは気持ちがよかった。ラッキーは暗がりの中でひんやりした空気を吸いこみながら、木々のあいだをぬうようにして全力で草地を走っていった。頭の上では星々がかがやき、足の裏にはかたい地面を感じ、鼻は森のにおいをかいでいた――申し分なかった。これこそラッキーの望むものだ。自由で、幸福だ。見張る者もいなければ、助けを期待する者もいない。完ぺきに独りなのだ！

「カァ！　カァ！」

また、闇《やみ》の中からカラスの鳴き声がきこえた。ラッキーは、この旅をはじめる前にみたカラスのことを思いだしていた。これまで以上に、あのカラスは〈森の犬〉からのメッセージなのだという確信が強くなってくる。〈森の犬〉はあの鳥を送りこみ、使命を忘れるなとラッキーに伝えようとしているのだ。

ラッキーは、どうかそのメッセージを正しく受けとることができますようにと願った。

だが、ニンゲンのキャンプ場のにおいをかいだとたん、幸福でいっぱいになっていた胸がいきなり暗くかげった。ゆっくりした駆《か》け足が、やがて力ない歩き方に変わった。ああ、〈天空の犬〉よ、ぼくはなにをしているのでしょう？

キャンプ場に入ると、ラッキーは引っくりかえったテーブルのそばでぴたりと足を止め、空気のにおいをかいだ。炭になった木と肉の古いにおいがじゃまをしたが、それでもラッキーには、ベラがここにいないことがはっきりとわかった。むだ足だったのだ。

それならなぜ自分は、胸に押《お》しよせるような安堵《あんど》を感じているのだろう。

ラッキーはこのまま立ちさってしまいたい誘惑《ゆうわく》に駆《か》られた。ベラが今夜ここにこなかったとしても、それはラッキーのせいではない。スイートたちへの裏切りを、〈太陽の犬〉がもうひとめぐりするあいだ先延ばしにすることができる。

キャンプ場に背を向けようとしたその瞬間《しゅんかん》、白っぽい毛皮が目のはしに映った。一瞬《いっしゅん》ためらい、そして振《ふ》りむいた。見覚えのある小さな姿がふたつ、べつの倒《たお》れたテーブルの下からはいだしてきた。二匹《ひき》とも興奮してはあはああえいでいる。

「ラッキー！」サンシャインの声だった。ラッキーは、子犬の小さな声をきいてうれしくなった。

「サンシャイン！　デイジー！」不安が消えたわけではない。それでも、二匹《ひき》の〈囚《とら》われの犬〉をみると、ラッキーの胸の中には温かなよろこびがわいてきた。ラッキーはかがみこんで子犬たちの顔をなめ、二匹《ひき》はぴょんぴょんとびはねてあいさつを返した。ふいに、ラッキーの胸の鼓動《こどう》が速くなった。

「ベラはどこだい？　なにかあったのか？」

「ううん、だいじょうぶ。悪いことはなんにも起こってないわ！」サンシャインは明るい声で答え、ラッキーの鼻に自分の鼻を押《お》しつけた。「ベラは元気よ。あたしたち、ベラにいわれてここにきたの」

デイジーが横から割ってはいった。「ベラにはね、特別な任務があるの。だから、かわりにあたしたちがここへきたのよ！」

ラッキーには、子犬が誇《ほこ》らしさのあまりはち切れんばかりになっているのがわかったが、いぶかしそうな顔でたずねた。「ベラはなにをするつもりなんだい？」ベラが、群れの中でも一番幼いこの二匹《ひき》に主導権を渡《わた》すはずがない。もし可能なら、自分でラッキーに話をしにきたはずだった。

「ベラにはすごい計画があるんだから」デイジーがいった。「あたしたちはベラのこと信じてあげなきゃ！」

ラッキーは怪《あや》しむように首をかしげた。ベラはついこのあいだも、「すごい計画」で群れの犬たちを大きな危険にさらしたばかりだ。だが子犬たちは、隠《かく》しきれないほどの興奮で目をかがやかせていた。どのみちラッキーは、これ以上秘密の計画にはつきあえない。〈野生の群れ〉と深く関わっているいまはまだ。なにをたくらんでいるかはわからないが、ベラも今回は自分の力でどうにかできるだろう。

「わかった。ぼくがみてきたことをきみたちに話そう」ラッキーは口をなめた。「全部覚えて帰って、ベラに報告できるかい？」

「あたしたち、いっしょに覚えて帰るわ」デイジーは勢いこんできゃんきゃん鳴いた。

選択肢《せんたくし》はほかにないようなものだった。なにもわかっていない二匹《ひき》の〈囚《とら》われの犬〉に報告をするのは、おかしな気分だ。一分《いちぶ》のすきもなく統制された群れにいるいまは、なおさらそうだった。それでもラッキーは、最後にベラと会ってからどんなことをしてきたのか、どんなものをみてきたのか、もれのないように詳《くわ》しく説明していった。黄色い服を着たニンゲンとの恐《おそ》ろしい出会いのことも、スナップに勝負を挑《いど》んだことも、地位が上がったことも話した。

「でも、それって……それってすごく変よ」サンシャインは面食らっていった。「その群れにいるあいだは戦いつづけなくちゃいけないってこと？」

ラッキーは心の中で身もだえした。「サンシャイン、ずっとってわけじゃない。ただ……群れの中の地位を上げたいときだけ戦うんだ」サンシャインもデイジーも友好的で、仲間と仲良く暮らすようなタイプの犬だ。その二匹《ひき》の前でこんな話をすると、突拍子《とっぴょうし》もなく攻撃的《こうげき》にきこえた。

だが、デイジーは歓声《かんせい》をあげた。「ラッキー！　すっごく勇敢《ゆうかん》なのね！」そういうと、うれしそうにひと声きゃんと吠《ほ》えた。「それに、すっごく頭がいいわ！」

サンシャインははあはあああえぎながら、ラッキーに尊敬のまなざしを送った。〈野生の群れ〉に感じた不安はあっというまに忘れたようだった。「これで、敵の情報をもっとたくさん集められるようになったのね！」

「まあ、そうだね……」ラッキーはサンシャインの言い方が気になった。〈野生の群れ〉が敵だとは思えない――とにかく、ほとんどの犬のことは。それにラッキーは、群れ以上に敵を作ることがきらいだった。

ラッキーの考えでは、群れと敵のふたつは切っても切りはなせないものだった。

「ベラにラッキーの話を伝えるわ」デイジーはいった。「きっとすごく誇《ほこ》りに思うはずよ！」

ラッキーはこの言葉は無視してたずねた。「ブルーノはどうだい？　マーサは？」

すると、サンシャインは黒い瞳《ひとみ》をラッキーからそらし、広場のすみがいきなり世界で一番おもしろいものになったかのようにみつめはじめた。デイジーはすわりこんで腹をかいた。

「よくなってるけど、もっと時間が必要なの。マーサの足の傷はすごく、すごくひどいわ」

「ブルーノもとても具合が悪いの」サンシャインが横からいった。「ラッキーが助けてくれてほんとによかったわ。息が詰《つ》まって死んでたかもしれないもの！」

ラッキーはうろたえてくんくん鳴いた。「二匹《ひき》とも、いまごろ回復に向かっているはずじゃないか。とくにマーサは……」

「足に毒が入ってしまったの。たぶん泳いだせいだわ！　よくはなってきてるけど、あたしたちが考えていたより時間がかかるみたい」

サンシャインはラッキーと目を合わせようとしなかった。ラッキーは胃がけいれんするような激しい不安を感じた。傷に毒が入っただって？　マーサが十分になめていれば傷はよくなっていたはずだ。だが、もし毒が傷のずっと深くにまで浸《し》みこんでいたとしたら？　それならブルーノは……。

「ラッキー、二匹《ひき》とも元気になるわ。心配しないで」

いつものサンシャインは、良いことでも悪いことでもおおげさに騒《さわ》ぎたてる。ところが、今回に限っては妙《みょう》に静かだった。ラッキーは、サンシャインがうそをついているのではないかという疑いを振《ふ》りはらえなかった――だが、なんのために？　いま二匹《ひき》が話したことよりもっと悪い知らせがあるのだろうか？　考えられる説明はひとつしかない。きっとサンシャインたちは、なにか恐《おそ》ろしい真相をラッキーから隠《かく》そうとしているのだ。

マーサにブルーノ。きみたちはぼくといっしょにこんなに遠くまできたんだ。どうかぶじでいてくれ。

ベラの群れにもどって自分で確かめてくる時間はあるだろうか。〈月の犬〉はけだるそうに空を移動していき、じきに夜は終わるだろう。だが、ひょっとすると……。

「野営地へ連れていってくれ」ラッキーは二匹《ひき》にいった。「どうしてもベラと話さなくちゃいけない。それに、もしかしたら、マーサとブルーノを助けられるかもしれない」

「ベラはまだ任務を終えてないの」デイジーは口のはしから舌をのぞかせ、きゃんきゃん吠《ほ》えた。「それに、もうすぐ〈太陽の犬〉が起きてくるわ」

ラッキーは、そのとおりだというしるしにひと声鳴いた。猟犬《りょうけん》たちの寝床《ねどこ》にもどらなくてはいけない。

サンシャインとデイジーを信用するしかなかった。

「じゃあ、ぼくはそろそろもどったほうがいい。だれかが起きて、ぼくがいないことに気づくといけないからね」ラッキーはそういうと、愛情をこめてデイジーの耳をなめた。「今度みんなのもとにもどるときには、狩《か》りをするときのすごいコツを覚えてきて、みんなにみせるよ。そしたら、きっと腹ぺこになることなんてなくなる」

「ラッキーはきっとすごくいい先生になるわね」デイジーがいった。「いつもそうだもん」

「会えてほんとにうれしかったわ、ラッキー！」サンシャインは悲しげな顔でいった。「みんな、ラッキーがいなくてすごくさびしがってるの。あたしとデイジーはとくにそうなのよ」

「だからベラの代わりにきたいっていったの」デイジーがつけ加えた。

「ぼくもみんなに会いたいよ」ラッキーは二匹《ひき》の頭を優《やさ》しくなめた。「だけど、永遠に離《はな》れ離《ばな》れでいるわけじゃない。できるだけすぐにもどるからね」ラッキーはそういいながら、できるだけ早くもどれますようにと願っていた。

さよならのしるしに顔をなめたりきゅうきゅう鳴いたりするあいだも、ふたたび森の中へ駆《か》けていくあいだも、ラッキーは心配でたまらなかった。

〈大地の犬〉よ、ぼくたちはすでにアルフィーを失いました。あなたがぼくの仲間からマーサとブルーノを二匹《ひき》とも奪《うば》うはずがない。いまは、まだ。

ラッキーはあたりできこえる森の音にほとんど注意を払《はら》っていなかった。木の葉がふれあう音にも、下生《したば》えの中で小動物が動く音にも。茂《しげ》みの中を小動物にしては大きな影《かげ》が横切っていくのがちらちらみえたとき、暗い考えごとにふけっていたラッキーは、ようやくわれに返った。またニンゲンだろうか？　ラッキーは心臓をどきどきいわせながら考えた。

いや、ニンゲンにしては小さすぎる。それでもラッキーはぴたりと足を止め、両耳をぴんと立てて静かにうなり声をあげた。

おそらく、小型のキツネが夜の狩《か》りをしているのだろう。相手が一匹《ぴき》で仲間を連れていなければ、ラッキーが心配するような敵ではない。

ところが、影《かげ》は濃《こ》いワラビの茂《しげ》みをぬけてラッキーに近づいてきた。茂《しげ》みをゆらす音や、ときおりふんふん鼻を鳴らす音をきく限り、キツネほど警戒《けいかい》心の強い生き物ではない。ラッキーは体をこわばらせ、威嚇《いかく》するようにきゃんと鳴いた。

小さく引きしまったみにくい顔が、木の葉のあいだからのぞいた。キツネではない。だが、その光る黒い瞳《ひとみ》は、キツネに負けないほどずる賢《がしこ》そうにみえた。

「オメガ」ラッキーははっと息を飲んだ。「ここでなにを？」

「同じ質問をしたいよ」オメガの吠《ほ》え声はかん高く、相手をばかにしたような響《ひび》きがあった。「あんたはパトロール隊の犬じゃない。ラッキー、そうだろ？」

「ぼくは……ぼくは……」

「言い訳はいい」オメガはいった。「あんたが野営地をこっそり出ていくところはみてたよ」

ラッキーは、文字通り心臓が止まったような気分になった。オメガは得意げな顔をしている。

ラッキーは本能的に気づいた。群れのだれかにみつかるとすれば、オメガにみつかるのが最も危険なのだ。「ちょっとだけ独りになりたかったんだ」

「ほんとうか？」オメガの目に浮《う》かんだかがやきは、友好的なものではなかった。「独りになりたかったのなら、どうして〈囚《とら》われの犬〉と会ってたんだ？」

ラッキーはとっさに背後を確かめ、つぎの瞬間《しゅんかん》、そんなことをすればオメガの言葉を認めてしまうだけだと気づいた。胸の中で心臓が激しく鳴り、それと同時にパニックが襲《おそ》ってきた。

「だけど、ぼくはべつに――」

「いいや、おまえは会っていた。このうそつきめ。ふわふわした子犬と会って楽しかったか？　べたべたなめあって！　ぞっとする！」

ほんとうにみられていたのか――ラッキーは声に出さずにつぶやいた。

オメガは耐《た》えがたいほど横柄《おうへい》な物言いをしていた。「おまえはあの群れのスパイだ。おれははじめからすべて知っていた」

うそだ！　ラッキーは胸の中で叫《さけ》んだ。そんなはずがない！

それでも、腹の底には、ぞっとするような疑いの念がかすかにわきはじめていた。ラッキーは、ベラと今回の計画のことを最初に話しあったときにみつけた足跡《あしあと》のことを思いだした。においが消え、持ち主がわからなかった、正体不明の足跡《あしあと》。あれはすべてオメガのものだったのだろうか。いつものように群れの犬たちから離《はな》れ、一匹《ぴき》だけであたりをかぎまわっていたというのだろうか？

「ぼくたちをスパイしてたのか！」ラッキーは大声を上げ、つぎの瞬間《しゅんかん》には、自分はなんてばかなことをいうのだろうと思った。

「スパイじゃない」オメガは冷ややかに笑った。「スパイなんかするもんか」

ラッキーはなにも言いかえせなかった。返す言葉を思いつかなかったのだ。自分がどちらをより強く感じているのかわからなかった――恐怖《きょうふ》なのか、それとも恥《は》ずかしさなのか。

「おれは嵐《あらし》のせいであわてていた」小さな犬は続けた。「あの晩はものすごい雨だったから、〈川の犬〉が世界に襲《おそ》いかかって沈《しず》めてしまうんじゃないかと思った。だけど道に迷って、嵐《あらし》が過ぎるまで隠《かく》れていなくちゃいけなくなった。あんたにとっちゃ運が悪かったな。たまたまおれは、あんたとお仲間たちのそばに隠《かく》れていたんだ」

「運が悪かった」ラッキーは暗い声でくりかえした。

「そう、運が悪かった。とにかく、不運か〈天空の犬〉が、おれをあんたたちのところへ導いていったんだ」

だとしても意外じゃない。ラッキーは考えた。たぶん〈天空の犬〉たちは、ぼくがしていることを認めていないんだ……。「ほかの犬たちに話すんだろう？」

ラッキーは心の中で考えていた。自分とベラの群れはどれくらい早くここから逃《に》げられるだろう。そして、アルファの怒《いか》りから逃《のが》れるためには、どれほど遠くへいけばいいのだろう。

「じつはまだ決めてない」オメガはすわり、満足げに耳をかいた。「あんた次第《しだい》といったところかな」

ラッキーは、これ以上心が沈《しず》むはずはないと思っていたが、それはまちがっていた。心は、まるで静かな水に落とされた重い石のように沈《しず》んでいった。「どういう意味だ？」

「あんたがおれを助ければ、おれもあんたを助けてやるよ」そういうと、オメガは冷たい笑みを浮《う》かべた。「まあ、少なくとも命だけは助けてやる。おれはオメガという立場が好きじゃないんだ。だいたい、おれはオメガじゃない――おれの名はホワインだ」

ラッキーはごくりとつばを飲んだ。口の中に恐怖《きょうふ》の味が広がる。だが、オメガの気持ちもわかった。自分がもしほんとうの名前をなくし、あの群れの犬たちがそうするようにさげすみをこめて「オメガ」と呼ばれたらどうだろう。ラッキーは一度たりともオメガにほんとうの名前をきこうとはしなかった。そして、いまになって、そのことが恥《は》ずかしくなった。「ぼくだって、オメガと呼ばれたらいやな気分がする」ラッキーは認めた。

「おれは群れの中でちゃんとした地位につきたい」オメガは円をえがくように歩きながらあごをなめた。つぶれたような顔はみにくく、口からは、たえずよだれが垂れている。「おれはもうずっとオメガをやってきた――命令されたり、なにかを取ってきたり運んだりしてばかりだ！　それに、獲物《えもの》をろくに残してもらえないから、いつも飢《う》え死にしかけてる！」

「でも、ぼくは――」

「おまえだって真剣《しんけん》じゃなかった。スイートがやめろといったらすぐに引っこんだじゃないか。だいたい、オメガに食べ物を残してやる理由がどこにある？　どんな群れにもオメガは必要なんだ。おれはただ、おれ以外の犬をオメガにしたいんだ」

ラッキーは、群れの犬たちが、この鼻のつぶれた犬をどんなふうにあつかってきたかを思いだした。ときどきは、まともな犬としてさえあつかっていなかった。シャープクロウに対するときのほうがまだていねいだ。

「助けたいけど、なにをすればいい？」ラッキーはそうたずねながら、同情をこめて首をかしげた。助けたいという言葉は本心だった。オメガを気の毒に思ったことだけが理由ではない。ほかにもはっきりした理由があった。このみにくく卑怯《ひきょう》な犬をこのまま帰し、アルファに秘密を話されたら困るのだ。なんらかの取り引きをする必要がある——さもなければ、この犬を殺すしかない。

そしてラッキーは、自分にそんなことができるはずはないとわかっていた。

それも、ぼくが群れの生活になじめない理由のひとつだ。絶対にアルファにはなれない。そう考えると気持ちが落ちこんだ。たぶん、これは犬の本能に反することなのかもしれない。こうなってしまったのは、まちがいなく、〈孤独《こどく》の犬〉として暮らしてきたことと、〈囚《とら》われの犬〉たちと絆《きずな》ができたことが原因だ。だが少なくとも、ラッキーには、自分がほかの犬を殺すような恥《は》ずべきまねはしないという確信があった。

ラッキーはため息をついた。「きみが〈囚《とら》われの犬〉の群れの一員じゃないなんて残念だよ。あの群れにいたほうがしあわせだ。だれもオメガになる必要なんてないんだから」

「おれは〈囚《とら》われの犬〉なんかじゃない」オメガは、軽べつをこめてしわくちゃの鼻先にさらにしわを寄せた。「だけど、絶対にいまより高い地位にいく。あんたはおれが昇進《しょうしん》する手伝いをするんだ」

「ホワイン、きみを助けたいと思ってるよ。それに、ほかに選択肢《せんたくし》はないみたいだ」

「ああ、そうさ」ホワインは横柄《おうへい》にうなった。

「まだ、なにをすればいいのかわからない」

「きちんと説明した方がいいな。とくに、あんたみたいな〈街の犬〉には」ホワインは意味もなく前足をなめた。「おれは絶対にアルファを感心させられない。それは認めるしかない。だけど、もしほかの犬がとんでもない粗相《そそう》をしたり、ほんとうにばかなまねをしたり、危険なまねをしたりすれば……」

「アルファはその犬をオメガに降格する」ラッキーはかわりに続きをいいながら、全身に寒気が走るのを感じた。

「そのとおり。おやおや、そうおびえなくていいんだ。なにも、あんたに犠牲《ぎせい》になってもらおうとは思ってない。そんなことを頼《たの》めば殺されるかもしれないからな」

そんなことするもんか——ラッキーは心の中でつぶやいた——だけど、勘違《かんちが》いしてくれて好都合だったよ。

「あんたは猟犬《りょうけん》になったんだからこの仕事にぴったりだ。明日狩《か》りを終えてもどってきたら、だれかべつの犬が獲物《えもの》を盗《ぬす》んだようにみせかけてくれ。アルファが口をつけるより前に。あんたも、アルファがそれをすごく嫌《きら》うことは知ってるだろ」

「まあね……」ラッキーは暗い気分でいった。

「アルファより先に獲物《えもの》を食べた犬は、うむをいわさず最下位にされる」

降格だけですめば運がいい——と、ラッキーは考えた。「どうして自分でしないんだ？」

「当然、おれの代わりにあんたにやってもらえるからさ。いいか、危険はあんたのほうがはるかに少ない。それはわかっとけ。もし計画の途中でみつかれば、あんたは地位を下げられるだろう。だけど、あんたならすぐに許してもらえる。なにか名案を思いつくだろうし、いままでみたいにベータにこびを売ってればいい。あんたみたいな犬はいつだって……」オメガは言葉を切り、続きをいう前におもしろがるような声でくんと鳴いた。「……ラッキーなんだ」そういうとしゃがみこみ、太くて短いしっぽを地面に打ちつけながら、片方の口のはしにしわをよせた。

「ばかにするな」ラッキーは歯をむき出してうなった。図星をつかれた痛みは無視した。「忘れるなよ。きみの計画のためにはぼくが必要なんだぞ！」

「あんたのほうこそおれが必要だろ。いや、おれの親切心が必要ってとこかな」ホワインは勝ちほこったように目を光らせた。「おれが正しいことはわかってるだろ。あんたはおれほど危険な目にはあわないんだ」

ラッキーは大きく息を吸った。いまカッとなってはいけない。

「危険な目にあったとしても、あんたなら最終的には元の地位にもどるはずだ。だけど、すでに最下位にいる犬をさらに格下げするわけにはいかないだろ？　アルファにとっちゃ、おれを殺したほうがてっとりばやいんだ」

ラッキーも腹の底ではホワインのいうとおりだとわかっていた。選択肢《せんたくし》はない。オメガに秘密をばらされれば、おそらく殺されるのは自分のほうだ。またしても、ほかの犬の命令に従うはめになってしまった。どちらかといえば、今回の任務のほうがベラに頼《たの》まれたものより不名誉《ふめいよ》だ。また、独りになりたいという思いが胸に押《お》しよせてきた。こんなふうに要求をつきつけられて身動きできなくなるのは、もうまっぴらだった。

どうしてぼくは自分で自分を追いつめてしまったんだろう？

そのぬけめのなさや危険な脅《おど》し文句のことはさておき、本心ではラッキーもホワインを気の毒に思っていた。もしかしたら、そろそろほかの犬がオメガになってもいいのかもしれない――ほかの犬ならすぐに地位を上げてくるだろう。それでも、ホワインは上位になった気分を少しだけ味わえる。そして、これからはもっと努力しようとはげまされるかもしれない。

「わかった、やるよ」ラッキーはとうとういった。

「助けてくれると思ってた！」ホワインはうれしそうなようすをみせた。目を真ん丸にみひらき、しっぽで地面を打つ。だが、興奮しすぎたとすぐに気づいたようだった。ぴたりとしっぽを止め、笑みを浮《う》かべていた口を閉じた。「助かった。また野営地で会おう。ぐずぐずするなよ」

ホワインはうしろを向くと、さっきより軽い足どりで下生《したば》えの中へ姿を消した。ラッキーはほっとして体から力をぬき、オメガが遠ざかるのをみていた。それでも、胃がむかつくようなみじめさはどうしようもなかった。

だれを標的にすればいいのだろう？　群れの中には友だちも同志もいる。むこうのほうでもラッキーのことを信用しているのだ。友だちにそんな仕打ちをできるはずがない。

それでも、選択肢《せんたくし》はない！

ラッキーはこれまで以上に固く決心した。ふたつの群れから自由になったら、今度こそ独りで旅立つ。そして、もういちど〈街の犬〉に、〈孤独《こどく》の犬〉にもどるのだ――幸福な犬に。

しばらくはがまんして、みんなをだます仕事をやりぬかなくてはならない。ラッキーは、これはすべてブルーノとマーサのためなのだ、と自分に強くいいきかせた。こんなことをしているからといって、自分は悪い犬でも意地悪な犬でもない。自分はただ、厄介《やっかい》ごとに巻きこまれただけで、そこからぬけだすために、やるべきことをしているだけなのだ。

いまのラッキーには、生きのびることがすべてだった。

世界は変わった――耳元で〈森の犬〉がそうささやいたような気がして、一瞬《いっしゅん》ラッキーは身ぶるいした。

そう、世界は変わった。ラッキーは、どんなことをしてでも生きぬき、ふたたび〈太陽の犬〉が目を覚まして、伸《の》びをするのをみなければならない。この任務が終わったら、今度こそ……。

今度こそ、すべてのものから自由になるのだ。

16 オメガのたくらみ

翌日、ラッキーはパトロールの犬たちが野営地を出ていくのをみおくった。猟犬《りょうけん》用の気持ちのいい寝床《ねどこ》にねそべり、スナップの温かな背中が自分の背中に当たっているのを感じていた。フィアリーは立ちあがって朝のあわい光の中で伸《の》びをすると、満足そうにゆっくりとしっぽで地面を打った。ラッキーは両耳を立てた。皮ふの内側で神経がぴりぴり音を立てているような気分がする。マルチがすぐそばを通った。この黒い犬はあからさまな敵意をみせることこそなかったが、ラッキーをちらりとみるとき、その顔はいつも不機嫌《ふきげん》そうだった。

ラッキーは自分が新しい地位を楽しんでいることに気づいた。トウィッチにたびたび引っぱりだされ、野営地の境界線をみてこいといわれることも、ムーンと子犬たちを見張っていろといわれることもない。猟犬《りょうけん》として過ごす最初の一日は、長くのんびりしていて、気楽で問題のないものになるはずだった——オメガが視界に入ってくるたびに、首の毛が逆立つことさえなければ。オメガは一度か二度、わかっているぞといいたげな視線を投げかけてきた。そのたびに、ラッキーは心の中で、やめてくれと叫《さけ》んだ。ほかの犬に気づかれたらどうするつもりだろう。ラッキーには、オメガが、新しく手に入れた満足を隠《かく》すだけの分別があるのかどうかわからなかった。

〈太陽の犬〉はけだるそうにゆっくりと空をおりていった。あたりの影《かげ》が長くなりはじめたころ、フィアリーがしゃがれ声で猟犬《りょうけん》たちに集まれと命令した。ラッキーは指示を受けても腹は立たなかった。新しい使命と、高い地位に興奮していたのだ。これから狩《か》りをするのだと思うと血がおどった。さあ、いこう！　ラッキーはいち早くフィアリーの横に並んだ。スナップとスプリングが加わると、四匹《ひき》は耳としっぽをぴんと立て、そろって野営地から駆《か》けだした。

まだ日の光は暖かく、〈太陽の犬〉はあたりの景色をまだらな金色に染め、湖をガラスのようにきらきらかがやかせていた。最初の狩《か》りをする日としては最高だ、とラッキーは思った。獲物《えもの》の小動物たちは、暑い一日を過ごしたために眠《ねむ》くなり、油断しているかもしれない。ラッキーは、一番にいい成果をあげられますようにと願っていた。上の地位にふさわしい犬だということを証明したかった。

猟犬《りょうけん》をまとめているのは明らかにフィアリーだった。リーダーが優秀《ゆうしゅう》だとわかって、ラッキーはほっとした。時間や体力をむだにしてえらそうにふるまうこともなければ、獲物《えもの》のにおいのたどり方や、身の隠《かく》し方について教えようとすることもない。三匹《びき》を信頼《しんらい》し、やり方はそれぞれに任せてくれた。ベラの群れにいたときとは大違《ちが》いだ。あそこでは、サンシャインのために、カブトムシの捕《つか》まえ方を何度も何度もくり返してやらなくてはならなかった。

フィアリーは群れで一番賢《かしこ》い犬ではなかったが、それでも優秀《ゆうしゅう》な猟犬《りょうけん》だった。フィアリーとスナップとスプリングの三匹《びき》が獲物《えもの》を探してあたりをかぎ回っているのをみていると、一匹《ぴき》の犬の三本の足をみているような気分になった。ラッキーは、四本目の足は自分なのだと気づいて誇《ほこ》らしくなった。

「止まれ」フィアリーは森のはしに近づきながら低い声で命令した。ラッキーとスナップとスプリングはぴたりと足を止め、張りつめた静けさの中でじっと待った。フィアリーは鼻先をあげてあたりのにおいをかいだ。宙に浮《う》かせた片方の前足は、期待に満ちてかすかに震《ふる》えていた。スナップとスプリングはじっとフィアリーをみつめていた。その顔には忍耐《にんたい》と信頼《しんらい》が浮《う》かんでいる。ラッキーは、自分が二匹《ひき》と同じ本能を感じていることがうれしかった。もう少しすれば、自分の腕前《うでまえ》をみてもらう機会もあるだろう――ラッキーは音を立てずに獲物《えもの》にしのびよったり、その首元にすばやくかみついたりできるのだ。

とうとうフィアリーは三匹《びき》をちらりと振《ふ》りかえり、うなずいてみせた。「トウィッチの報告によると、今朝、このあたりにシカが何頭かいたらしい。音を立てないように注意して、任務にかかろう」

ラッキーとスプリングはフィアリーについていったが、スナップは静かに離《はな》れ、下生《したば》えの中へ静かに姿を消した。トウィッチの報告は正しかった。ラッキーも、大型の獲物《えもの》に特有のジャコウのようなにおいをかぎつけていた。ラッキーは猟犬《りょうけん》たちをがっかりさせるまいと心に誓《ちか》っていたが、期待を裏切らないだけの自信はあった。ぼくは狩《か》りがうまいんだ。みんなはぼくが街で暮らしていたころのことをばかにするけど、そんなことは関係ない。もちろんシカは足が速いが、足が速いのはウサギも同じだ。そしてウサギよりも体の大きなシカのほうが、標的としてはねらいやすいはずだ。

スプリングは左の茂《しげ》みの中に少しずつ姿を消していき、一番はっきりしたにおいの跡《あと》をたどるのはフィアリーとラッキーだけになった。いま、鼻をつくようなシカのにおいはますます強くなっている。フィアリーがうなずいたとき、ラッキーには自分がなにをすべきなのかすぐにわかった。この狩《か》りも、ひと晩かふた晩の空腹を満たすために〈街の犬〉たちとした狩《か》りとたいして変わらない。ラッキーは、そのころに学んだ狩《か》りのルールに従った。大きな円をえがきながらリーダーから離《はな》れ、それでも視界から外れないくらいの距離《きょり》を保っておくのだ。

木のあいだから射《さ》しこんできた日の光が、金色の毛皮におおわれたシカのわき腹をかがやかせていた――土の上に落ちた葉や小枝が、ほっそりしたひづめの下でかさかさ音を立てた。三頭だ、とラッキーは数えた。シカはまだ犬たちには気づかず、えさを食べていた。その中の一頭がふいにぴたりと動きを止め、小さな顔をあげて空気のにおいをかいだ。つぎの瞬間《しゅんかん》、雄《お》ジカの大きな黒い瞳《ひとみ》に恐怖《きょうふ》が浮《う》かんだ。

だが、雄《お》ジカの注意を引いたのはラッキーのにおいではなかった。雄《お》ジカが白い尾《お》をひらめかせながら、はねるように駆《か》けだすと、雌《め》ジカたちもあとに続いた。シカたちは草地のむこう側にいるスプリングから逃《に》げ――そして、ラッキーのいるほうへ向かってきた。雄《お》ジカがワラビの茂《しげ》みや低木の中を勢いよくぬけ、二頭の雌《め》ジカたちが恐怖《きょうふ》に駆《か》られてそのあとを追ってくる。だが片方の雌《めす》はもう片方より遅《おそ》く、フィアリーとラッキーのあいだをめがけてまっすぐに走ってきた。

雌《め》ジカの恐怖《きょうふ》のにおいをかぎつけ、ラッキーは、全身に血が駆《か》けめぐるのを感じた。筋肉がぎゅっと引きしまる。ラッキーとフィアリーは同時にとびあがり、二匹《ひき》いっしょに獲物《えもの》に食らいついた。ラッキーの牙《きば》は獲物《えもの》のわき腹に刺《さ》さり、フィアリーはのどにかみついていた。雌《め》ジカはよろめき、かん高い悲鳴をあげながら倒《たお》れこんだ。

ラッキーは宙をけってもがく雌《め》ジカに顔をゆがめて食らいついた。だが、やがてスナップとスプリングがそばにきて、二匹《ひき》といっしょに、暴れる獲物《えもの》を押《お》さえつけた。フィアリーが雌《め》ジカののどを地面に押《お》しつけると、恐怖《きょうふ》に光っていた両目がうつろになり、全身がゆっくりと下《した》生《ば》えの中へ沈《しず》みこんでいった。足の動きも弱々しくなっていく。ラッキーはうまくいったうれしさで、全身がぞくぞくした。狩《か》りは大成功だった。

雌《め》ジカの中に残っていた気力が完全に消え、その体がぐったりと重くなると、フィアリーは体をはなした。激しい運動のせいであえいでいるが、みるからにうれしそうだ。

「ラッキー、よくやった」フィアリーはぶっきらぼうにいった。「スプリングもスナップも、うまく獲物《えもの》を追い出したな」

「アルファもよろこんでくれるわ」スナップが吠《ほ》えた。

「まだ気をぬくんじゃない」フィアリーはうなった。「アルファは満足してくれるだろうが、おれたちはまだまだやれる。それをみせてみろ！　つぎは地リスの草地にいくぞ。スプリング、おまえはここで獲物《えもの》の番をしろ」

フィアリーのいうとおりだった。ラッキーも思っていたとおり、今夜はなにもかもが狩《か》りにぴったりだったのだ。気温は小動物を草地に誘《さそ》いだすほど暖かいが、風は弱く、獲物《えもの》のにおいが消えてしまうこともない。ウサギを二匹捕《ひきつか》まえ、眠《ねむ》りかけていた地リスを一匹捕《ぴきつか》まえると、フィアリーはもう十分だといった。さらに、シカを見張っているスプリングのもとへもどる途中で、スナップがイタチを一匹《ぴき》みつけた。イタチはぴたりと止まって牙《きば》をむき出してみせたが、すぐに怖気《おじけ》づいた。イタチがウサギ穴へ逃《に》げこむのをみて、ラッキーはこれでおしまいだと思った。ところがスナップは身をよじるようにして穴の中へもぐっていき、ふたたび穴の外へ土だらけの顔を出したときには、その口にぐったりしたイタチの体をくわえていた。

スナップはびっくりするくらい身軽だ――ラッキーは感心した。イタチを追って穴の中へもぐっていける犬はそうたくさんはいない。そんな勇気のある犬もいない。

スプリングは命令をしっかり守ってシカの番をしていた。そして、ラッキーたちが重たげな獲物《えもの》をくわえて近づいてくるのに気づくと、おかえりなさいと吠《ほ》えた。「なにも問題はなかったわ。キツネが一匹《ぴき》きてものほしそうにみてたけど、やめておいたほうがいいって思いしらせてやったから！」

「スプリング、よくやった」フィアリーはいった。「おまえになら任せられると思ったんだ。さあ、群れにもどろう。子犬たちは最近どんどん大きくなっている。ムーンがおなかを空《す》かせているだろう」

そういう大型犬の声ははっきりと誇《ほこ》らしげだった。ラッキーはフィアリーに対する――そして子犬たちに対する――愛情が新たにわいてくるのを感じていた。スプリングがフィアリーにほめてもらったよろこびで胸をいっぱいにしているのにも気づいた。この大きな黒い犬は、あらゆる点でりっぱなリーダーだった。

アルファもスイートもフィアリーも、自分なりのやり方があるようだった。そのやり方はそれぞれにちがう。だが三匹《びき》とも、群れの中に作った自分の立場をゆるぎなく守っている。ラッキーはそのことをしっかり胸の中に刻みこんだ。ずっと群れの暮らしを続けるつもりはないが、それでもここには学ぶべき教訓があった。

野営地まで、ほかの獲物《えもの》といっしょにシカを引っぱっていくのはひと仕事だったが、フィアリーは、その力仕事の大半を引きうけられるくらい体が大きかった。ラッキーがシカを運ぶ手伝いをした。ひづめのひとつをくわえて引きずっていくと、口の中でひづめが歯に当たって、かちゃかちゃ音を立てた。ほかの二匹《ひき》は小さめの獲物《えもの》を運んだ。ラッキーは雌《め》ジカのわき腹の味を思いだし、口の中につばがわいてくるのを感じた。だが、ひと口かじったりはしないだけの分別はある。自分でも意外だったが、群れのもとへもどる前に、勝手に分け前をとる気にもなれなかった。変な気分だが、待っていたほうがいいような気がする……。

自分は正しいことをしたのだという気分は、野営地に着いてほかの犬たちからうれしそうに出迎《むか》えられたときにさらに強くなった。犬たちは興奮して吠《ほ》えながら、猟犬《りょうけん》たちの腕前《うでまえ》をほめたり、感謝してきゃんきゃん鳴いたりした。

「すごいじゃないか！」トウィッチがラッキーをみていった。

「量もたっぷりあるわ――たっぷりすぎるくらい！」ダートもいった。

「ムーンもよろこんでくれるだろう」フィアリーは得意そうにいいながら、くわえていたシカの体を地面におろした。「おれたちの子犬も大きくなって腹を空《す》かせてるからな」

だが、ラッキーが一番誇《ほこ》らしい気分になったのは、スイートが近づいてきて耳をなめてくれたときだった。「フィアリーから、あなたが今回の狩《か》りでとても役に立ったときいたわ。わたし、あなたが昇進《しょうしん》してくれてうれしいの」

獲物《えもの》を野営地のはずれに生《は》えた松の根元に積みあげると、ラッキーは群れからはなれ、はあはあえぎながら腹ばいになった。疲《つか》れてはいたが、それは、仕事をうまくやりとげたことからくるここちいい疲《つか》れだった。ほかの犬たちは遊んだりけんかをしたり痛む体を伸《の》ばしたりしていたが、ラッキーはその姿をながめながら複雑な気分だった。いまも、マーサとブルーノのことはとても心配だ。ベラの計画のことはいうまでもない。だが、知らず知らず大きくなっていた満足感はごまかしようがない。役割があるというのは、立場がわかっているというのは、自分が差しだす能力によって感謝してもらうというのは、いいものだった。

ラッキーはベラの群れのことを思いかえし、ときどき起こる大騒《さわ》ぎや、はじめのころにみんなが自分に頼《たよ》りきっていたことを思いだした。たまにはぼくだって指示を出される側にもなりたい。集団の中の一匹《ぴき》になりたい。判断を下す側の犬ではなく。もちろん、いまのところその役をになっているのはベラだ。だが、それでも——。ラッキーの中の一部は、いまも群れに深く関わりあうことで生まれる責任を重荷に感じていた。ここにいればなんの責任も負わずにすむ。そしてラッキーは、そのほうが楽だと感じてもいた。

茂《しげ》みがかさかさ音を立て、ふいに平和な時間が終わった。振《ふ》りかえらなくても、ラッキーにはにじり寄ってきた相手がだれなのかわかっていた。反射的に首すじの毛が逆立つ。体がこわばったが、そのままじっとしていた。

「やあ、ホワイン」ラッキーは小声でいった。「なにか用かい?」

オメガは鼻をくんくん鳴らして口のまわりをなめた。「おやおや、ラッキー。いや、まあ、われらが優秀《ゆうしゅう》な猟犬《りょうけん》さまになにか必要なものでもないかと思ってね」

「だいじょうぶだよ。ありがとう」

「知ってのとおり、おれはなんでも持ってきてやる。それがおれの仕事だからな」

ラッキーはさっとオメガを振《ふ》りかえった。だが、このブタのような顔の犬に怒《おこ》ることはできないのだ――そう考えて、ラッキーは自分に腹が立った。

「いいんだ、ホワイン。ありがとう」

「オメガと呼んでくれよ」ホワインはそういって、へつらうように鳴いてみせた。ラッキーはばかにされているような気がした。「いまのところはな。〈街の犬〉、あんたが約束を果たしてくれるまでは」

ラッキーはどんな結果になろうとかみついてやりたい衝動《しょうどう》に駆《か》られ、さっとオメガに体を向けた。ところが、相手はすでに木陰《こかげ》の中へ遠ざかっていた。暗い気分が腹の中をかき回す――霧《きり》のような満足感はあとかたもなく消えてしまっていた。

オメガはむりやり取りつけた約束を忘れるつもりはないらしい。ラッキーも、オメガに自分の秘密をもらされれば困ったことになる。獲物《えもの》を少し盗《ぬす》まなくてはならない――あんなに誇《ほこ》らしい気分で運んできた食糧《しょくりょう》を盗《ぬす》まなくてはならない――そして自分の罪をほかの犬にかぶせなくてはならない。

盗《ぬす》むとすればシカだ。ラッキーはそう考えて、かすかな恥《は》ずかしさを感じた。あのシカは、これまで猟犬《りょうけん》たちが持ちかえってきたものの中では一番の獲物《えもの》だった。ああして並べられているだけで、においと大きさがきわだっている。アルファは地リスの足が一本なくなったくらいでは気づきもしないかもしれない。ラッキーは、ほかの犬たちがぎょっとするくらいひどい罪を犯《おか》さなくてはならないのだ。

いやでたまらなかった。おまえはうそつきだ。うそつきで、スパイで、こそ泥《どろ》だ。

それでも、やるしかない。

だれを罠《わな》にかける？　だれの生活をめちゃくちゃにする？　ラッキーは群れをみまわした。落ちついた顔でなにげないふうをよそおっていたが、内心は動揺《どうよう》していた。自分を助け、うそをつき通すために、だれを犠牲《ぎせい》にする？

頭の中ではあるひとつのことがはっきりしていて、それがラッキーを苦しめていた。だれにするかを決めたら、すぐに行動しなければならない。これ以上は、先延ばしも言い訳もできない。

たぶん、そのせいでラッキーはいつまでも決断できずにいたのかもしれない。だが、何度犬から犬へと視線を移してみても関係ない。はじめから標的は決まっていた。

マルチだ。

マルチが獲物《えもの》を盗《ぬす》もうとしたことはみんな知っている。順番を無視して、割り当て以上の分け前をもらおうと、勝手にネズミを取ろうとしていたところをみつかった。食事の時間がはじまる前に、マルチがシカの肉をひと口かふた口盗《ぬす》み食いしていたとしても、だれも不自然だとは思わないはずだ。ラッキーは、マルチをおとしいれる計画がすでに細かいところまでできあがっていることに気づいて、いやな気分になった。マルチは黒く長いつやのいい毛並みをしていて、どの犬とも似ていない。最近使いはじめたパトロール隊の寝床《ねどこ》には、すでにその毛が何本も落ちていた。だが、もっと都合がいいことに――あるいは悪いことに――猟犬《りょうけん》の寝床《ねどこ》には、同じ毛がまだたくさん残っていた。ラッキーが寝場所《ねばしょ》として与《あた》えられたまさにその場所に、生《は》えかわりでぬけたマルチの毛がびっしり落ちているのだ。その長くうねる毛を、薄《うす》い金色をしたシカの毛皮の上に運ぶことがそれほどむずかしいだろうか。

ラッキー、それほどむずかしいのか？

ラッキーは目を閉じてそろえた前足の下に鼻先をうずめ、胸のむかつきに耐《た》えた。自分がこの群れに加わってからというもの、どれだけマルチが辛《つら》くあたってきたか思いだそうとした。だが、むだだった。罪のない犬に自分がしようとしていることを思うと、考えるだけで耐《た》えられなくなる。

おかしなことに、マルチよりも、群れ全体に対してひどい仕打ちをするような気がした。自分はみんなの信頼《しんらい》を裏切り、怒《いか》りと憎《にく》しみを広め、全員にうそをつこうとしている。ラッキーは、ベラの計画をはじめる前よりも〈野生の犬〉たちのことが好きになっていた。好きだったし、尊敬していたし、命を預けられるほど信頼《しんらい》してもいた。

こんなことはできない。むりだ。

だめだ、やるんだ——心の奥では、臆病《おくびょう》な声がラッキーにささやきかけていた。やらなければ殺される。腹の底から深いため息がもれた。自分が生きのびるためだけにこんなことをするのではない——〈囚《とら》われの犬〉たちを助けるためにやるのだ。ラッキーはふたたび目を開け、群れの犬たちをみまわした。

この犬たちはぼくとはちがう。まるっきりちがう。どうなってもかまわない犬たちなのだ。ぼくは〈孤独《こどく》の犬〉だし、これからもずっとそうだ。ぼくは生きのびる。それがぼくがするべきことだ。

結局はこういうことだ。ぼくは本来の自分にもどりたいのか。それとも、過去はすべて捨てて、群れの一員になりたいのか。フィアリーのように、スナップのように、スイートのように……。

それともオメガのようになりたいのか。

ラッキーは身ぶるいした。いいや、自分にはむりだ。みんなでする狩《か》りの楽しさや、ぬくもりを感じながら眠《ねむ》る夜や、骨の髄《ずい》までぞくぞくするような〈グレイト・ハウル〉のためだけに、群れにしばられる生き方はできない。オメガが秘密をばらせば大変なことになる。自分は生きて、逃《に》げて、ほんとうのラッキーにもどらなくては。そのためには、どんなことでもやりとげなくてはいけない。それだけだ。

自分から望んでこんなまねをするわけじゃないんだ。ラッキーは考えた。ただ、生きのびるためには耐《た》えなくてはいけない――もし生きのびたいのなら。なぜなら、ぼくはラッキーだ。〈孤独《こどく》の犬〉、ラッキーだ。そしてぼくは生きのびる。

それ以上考えこむ前にラッキーは立ちあがった。大きく息を吸う。ぶるっと体を震《ふる》わせ、ゆっくり体をのばしながら地面を爪《つめ》で引っかいた。けだるそうに猟犬《りょうけん》たちの寝床《ねどこ》へ近づくと、自分にあてがわれたやわらかい寝《ね》場所を足で軽く掘《ほ》りながら、ねごこちをよくしようとしているかのようにみせかけた。

ラッキーはまわりの目を気にしながら、鼻先をつかってもつれたマルチの毛を小さく集めた。

それから、大きく息を吸い、毛のかたまりを舌ですくいあげて口に入れた。毛が敏感《びんかん》な口の中に当たり、のどをちくちく刺《さ》してくる。息がつまりそうだった。だが、歯に毛があたる気持ち悪さは、マルチのにおいだけでなくラッキーの罪悪感とも関係しているはずだった。

ラッキーはだれにもみられていないことを何度も確かめたが、それでもむだだった。低木の茂《しげ》みをぬけて獲物《えもの》を置いてある松のほうへ向かうあいだ、群れの犬たちの視線が自分に集中しているような気がしてならなかった——とくに、黄色と青の一対の目が、じっとみつめているような気がしてたまらない。振《ふ》りかえるな。さりげなく動け！　だが最後に一度だけ肩《かた》ごしにうしろを確かめると、だれにもみられていなかったことがはっきりとわかった。

アルファはお気に入りの岩の上に寝《ね》そべって目を閉じ、スイートもそばによりそって丸くなっている。ほかの犬たちは、休んだり、おたがいに毛づくろいをしあったり、その日のできごとを報告しあったり、言い合いをしたり、遊びのゲームをしたり、ふざけてけんかをしてみたりしている。大きいほうのオスの子犬のスカームは、メスの子犬のノーズととっくみあいをしながら、まだかむこともできない乳歯でかみつくまねをしている。小さいほうのオスの子犬のファズは、土の上で短い足をよちよち動かしながら、自分のしっぽを一生懸命《けんめい》追いかけている。ムーンとフィアリーは誇《ほこ》らしげにそのようすをながめながら、子犬以外にはまったく注意を払《はら》っていなかった。

いまやるか、それともやめるか、どちらかしかない。そして、やめるという選択肢《せんたくし》はない。

ラッキーは舌をシカのわき腹にはわせ、口の中の毛のかたまりを毛皮の上に移そうとした。懸《けん》命《めい》につばを吐《は》いてみたが、シカの体にくっついた毛は一部だけで、ほとんどはラッキーの歯のすきまに引っかかって出てこなかった。

うそだ！　ラッキーはあわてはじめ、前足で鼻先をたたいたり、爪《つめ》で歯を引っかいたりしてみた。そのあいだも、ほかの犬に気づかれたときのために、できるだけ平静をよそおっていた。マルチの毛は舌とやわらかい口の中にからみついたままで、ラッキーは吐《は》きそうになった。だが、恐怖《きょうふ》とパニックを両方感じながら、こんなことくらいではあきらめないと決心していた。

そして、ようやくうまくいった！　爪《つめ》のひとつがもつれた毛を捕《つか》まえ、口の中から引っぱりだしたのだ。ラッキーはその毛をシカの足に舌で押《お》しつけ、鼻についていた最後の一本もシカの体にこすりつけた。

つぎはなにをすればいい？

ラッキーは、息を止めてもういちどあたりをみまわした。だが、あいかわらずラッキーをみている者はいない――オメガでさえ知らん顔をしている。よほど、自分と自分の計略に自信があるらしい。ラッキーは腹立たしい気分になった。

後悔《こうかい》しているひまはなかった。ラッキーはシカの腹に牙《きば》を立てると、その毛皮を引きさき、まだ温かい肉に思いきり食らいついた。ほおばった肉をできるだけ急いで飲みこむ。ラッキーも獲物《えもの》を捕《つか》まえる手伝いをしたのだから、においがついていてもおかしくは思われないだろう。

もういちど、肉を裂《さ》き、かんで飲みこむ。それから、もういちど、もういちど。さあ、これで十分だ！　いや、ほんとうにそうだろうか？　もうひと口食べておけ。急げラッキー。急ぐんだ。

ラッキーはとうとうそれ以上の緊張《きんちょう》に耐《た》えられなくなり、シカの体から顔をあげた。鼓動《こどう》が激しい。急いで向きを変え、木々のあいだを小走りにぬけて野営地のはずれから離《はな》れた。

自分の足につまずいて転ばないのがふしぎなくらいだった。毛皮と筋肉がぶるぶる震《ふる》えていることが腹立たしく、その怒《いか》りのおかげでほんの少し恐怖《きょうふ》がおさまった。

はねるような走り方で湖の岸へ向かうあいだも、血は体中を駆《か》けめぐっていた。水を飲む時間さえなかった――ラッキーは血だらけの鼻を冷たい水の中にひたし、シカの血といっしょに、残っていたかもしれないマルチの毛を洗いながした。それから、物音を立てないように遠回りをして野営地の反対側へ向かった。あせる気持ちを抑《おさ》えて息を整えるために一拍《いっぱく》置き、それからできるだけ落ちついて野営地の中へ入っていった。

ほかの犬たちがラッキーの心臓の音をききつければ、その瞬間《しゅんかん》に殺されてしまったかもしれない。だが、気づいた犬はいないようだった。ゆっくり、ごくゆっくりと、胸の鼓動《こどう》は落ちついていった。ラッキーはそしらぬ顔で、ちょっと足をのばしてきただけだというようなふうをよそおって、新しい寝床《ねどこ》に腹ばいになった。

ぼくはどうにかやりとげたんだ。

大きな安心感は、ほとんど間も置かずに激しい罪悪感に取ってかわられ、ついで、これからどうなるのだろうという恐怖《きょうふ》が襲《おそ》ってきた。ラッキーは、オメガが緑地をこそこそ横切っていくのに気づいて、相手にみえないように鼻先にしわをよせ、静かにうなり声をあげた。

ほかの犬たちのようにまどろむこともできない。腹はシカの肉でいっぱいで、いまも緊張《きんちょう》のあまり神経と骨が震《ふる》えているような感じがする。犬たちはアルファが食事の号令を出すのを待っていた。ラッキーは、一秒ごとに恐怖《きょうふ》がふくれあがっていくのを感じていた。これ以上耐《た》えられないと思ったそのとき、アルファがまばたきとあくびをし、立ちあがって伸《の》びをした。となりでスイートも目を覚ました。

オオカミ犬は、岩からとびおりると緑地の中心に進みでて、低い声で犬たちに号令をかけた。

「食事の時間だ」

獲物《えもの》を緑地へ運んでくるのはパトロール隊の仕事だ。ラッキーは、もどってきた犬たちがちらちら視線を交《か》わしたり、首の毛を逆立てたり、しっぽをぴんと立てたりしているのに気づいた。いつもよりずっと緊張《きんちょう》したようすでさだめられた場所に獲物《えもの》を置くと、逃《に》げおくれるのを恐《おそ》れるかのように急いで体をはなした。

みんな、気づいたんだ。シカが食べられているのを知ったんだ！

めんどうなことになると気づいたんだ……。

シカが地面に置かれると、そのぴんとこわばった足が静かに草の中に沈《しず》みこんだ。アルファがシカに近づいていった。

アルファは全身をこわばらせてぴたりと立ちどまり、押《お》しだまっていた。その静けさは群れの全体に伝染《でんせん》した。

アルファがかがみこんでシカのわき腹のにおいをかいだとき、あたりの空気は、まるで目にはみえない炎《ほのお》で燃えあがったかのようだった。アルファが顔をあげたとき、その大きな牙《きば》はむき出しにされ、その目には火花を散らすような怒《いか》りが浮《う》かんでいた。アルファは天をあおぎ、激しい怒《いか》りのこもった遠吠《とおぼ》えをした。

あたりを静寂《せいじゃく》が包みこんだ。小枝が折れる音さえしなかった。鳥たちでさえ鳴くのをやめた。

アルファは死を思わせるうなり声をあげた。

「だれが、こんなことを、した？」

17 裏切り

アルファは群れの犬たちをさっと振《ふ》りかえった。その顔には、ラッキーがみたこともないほど激しい怒《いか》りの表情が浮《う》かんでいた。

「だれだ？」

オオカミ犬は前足でたたきつけるように地面を打った。首を乱暴にひねるようにして、地面になにか吐《は》きだす。ふたたび顔をあげたアルファは、まっすぐにラッキーをにらみつけた。

冷たい恐怖《きょうふ》が、ラッキーの骨の中をいなずまのように駆《か》けめぐった。ラッキーは、震《ふる》えあがって白状してしまうのをこらえるだけでせいいっぱいだった。前足で鼻先を引っかきたくてたまらなかった。洗いながしたとばかり思っていた黒い毛が、まだ残っていたのかもしれない。だが、そんなことはできない……そこまでおろかなまねはできない。

オオカミというのは犬の心が読めるのだろうか？　アルファは知っていたのか？

ラッキーは、どれくらい速く走れるだろうかと考えた。どれだけ速く走ったとしても……。

ぼくがやりましたという大声がのどまで出かかったとき、アルファが一歩前に踏《ふ》みだした。

だが、ラッキーに向かってではなかった。氷のように冷たい目は、ぴたりとマルチにすえられていた。アルファは目にもとまらぬ速さで前足で地面を払《はら》い、土のかたまりをマルチの鼻先目がけてとばした。土ぼこりがしずまったとき、マルチの鼻の上には一本の黒い毛がそっと引っかかっていた。

マルチはとまどい、長い耳をぱたぱたゆらしながら毛を払《はら》いおとした。「アルファ？」

アルファは返事もせずに、脅《おど》すようにマルチに詰《つ》めよった。

マルチは震《ふる》えあがった。「アルファ、おれはなにも――」

「だまれ！」オオカミ犬は鼻先にしわを寄せた。「このこそ泥《どろ》め。ムーンの子犬たちより先に食べる権利があるとでも思ったか？　わたしよりも先に食べる権利があるとでも？」

マルチはぽかんと口を開けた。「おれじゃない！　そんなこと――」

アルファはマルチにとびかかって押《お》したおし、その顔と首を引っかきながら耳にかみついた。

マルチはおびえて長い遠吠《とおぼ》えをし、大きな獣《けもの》の下からはいだそうとしたがむだだった。あおむけに転がったマルチの腹に、アルファのうしろ足の爪《つめ》が容赦《ようしゃ》なく食いこんだ。やがて、マルチの遠吠《とおぼ》えは、気が触れたように続くかん高い苦しげな鳴き声に変わった。

ラッキーはかなうなら前足で耳をふさぎたかった。やめてくれと吠《ほ》えたかった。マルチじゃないんだ、やったのはぼくなんだ……。

だめだ、ラッキー。おまえは生きのびなくてはならない。

ほかの犬たちは震《ふる》えながら目をみひらき、しっぽを足のあいだにはさんで立ちつくしていた。となりにいるスイートは、体をこわばらせて震《ふる》えていた。ラッキーは、どうかアルファを止めてくれと頼《たの》みこむようにスイートをみた。マルチの血がその顔にかかったとき、スイートは鼻先にしわを寄せてうなりはじめた。

そうだ。ラッキーは必死で願った。スイート、アルファを止めてくれ。もっとひどいことになる前に。きみ以外はだれも……。

だしぬけに、スイートが軽やかな身のこなしで前にとびだした。ラッキーは、安堵《あんど》のあまりため息をつきそうになった。スイートがアルファを止めてくれる！　ああ、〈天空の犬〉よ、感謝します——。

だが、この苦しみはそう簡単には終わらなかった。ラッキーはぼう然としてみているしかなかった。スイートが、その鋭《するど》い牙《きば》をマルチのしっぽの付け根に食いこませたのだ。苦しげな吠《ほ》え声がいっそう大きくなった。スイートがマルチの無防備な耳にかみつくと、アルファは首のたるんだ部分をくわえて、その体をネズミかなにかのように振《ふ》りまわした。

ラッキーはそれ以上耐《た》えられなかった。とがめるようにひと声吠《ほ》えると、もがいているマルチめがけてとびだしていった。ところがスイートはマルチの耳から口をはなし、警告するようにラッキーをにらみつけた。ラッキーは思わずひるんだ。スイートは鼻にしわを寄せて血だらけの牙《きば》をむき出しにしていたが、ラッキーがためらったのはそのせいではなかった。スイートの黒い瞳《ひとみ》には、はっきりと思いやりが浮《う》かんでいたのだ。

ぼくを傷つけたくないんだ。スイートはぼくを守ろうとしてくれている！

ラッキーは、震《ふる》えながらそっとうしろに下がった。いっぽうスイートはふたたび攻撃《こうげき》をはじめ、マルチにかみつき、そして引っかいた。

〈月の犬〉が世界をひとめぐりするほど長い時間がたったように思えた。ようやく、アルファは最後に一度マルチの頭をなぐりつけると、軽くうなりながらうしろに下がった。スイートはアルファのとなりにすわり、舌を出してあえぎながら、さげすむような目でマルチをみた。

あおむけになっていたマルチは、うつぶせになってはうように歩きはじめたが、力なく地面に倒《たお》れこんだ。わき腹を波打たせながら、苦しげなかん高い鳴き声をもらす。仲間は気の毒そうにマルチをみていたが、助けようとする犬は一匹《ぴき》もいなかった。

「おまえは」アルファは、おびえきった傷だらけの犬にいった。「これからオメガだ」

「おまえにはその価値もないわ」スイートは、血に汚《よご》れた前足をけだるそうになめながらいった。

「だけどアルファ……」マルチは息を切らしながらいったが、その声は聞きとれないほどかすかだった。

「このごにおよんで文句をいうつもりらしい。おまえには、〈月の犬〉がひとめぐりするまでほかの犬に戦いを挑《いど》むことを禁止する」アルファは尾《お》の先で宙を軽く打った。「オメガ、シカの死体にはおまえの毛がついていた。どう言い訳するつもりだ？」

マルチは前足の上にあごをのせると、力をふりしぼって尻《しり》をあげ、みじめな服従の姿勢を取った。これ以上言い争っても意味がないと気づいたのだ。

騒《さわ》ぎを見守っていた犬たちのあいだから、咳《せき》をするような小さな音がきこえ、元オメガがおずおずと前に進みでた。とびだしたような目がちらりとラッキーに向けられたが、そこにはなんの表情も浮《う》かんでいなかった。

ぼくにお礼をいうつもりじゃないだろうな——ラッキーは激しい憎《にく》しみを感じた。まさか、そこまでおろかじゃないだろうな！

だが、小さな犬はいま、哀《あわ》れっぽくアルファをみあげていた。オオカミ犬は、しばらくあざけるようにだまっていた。

「ああそうだ。おまえはこれからパトロール隊に加えられる。オメガ、いや、これからはホワインと呼ぼう。いまのところは」アルファはそういうとうしろを向き、獲物《えもの》の山のほうへ近づいていった。

スイートはアルファのあとに続く前に、さげすむような視線をホワインに投げた。「ホワイン、役に立つということを証明してみなさい。〈天空の犬〉たちのために、そしてあなたのためにも」

たとえシカの肉を盗《ぬす》み食いしたあとに食欲が残っていたとしても、それもいまでは消えうせていた。ラッキーは、マルチが茂《しげ》みの中へ逃《に》げこんで、傷をなめるようすを、どうしても目で追ってしまった。それから、むりやりその場を離《はな》れると、群れの食事に加わるためにみじめな気分でトウィッチのそばに腹ばいになった。

「マルチをかわいそうだなんて思うなよ」トウィッチは軽い調子でいった。「マルチというかオメガだな。あいつは罰《ばつ》を受けるようなことをしたんだ」

いいや、してないんだ――ラッキーは心の中でつぶやいた。

フィアリーとスプリングが自分の分け前を食べおえると、ラッキーはしかたなくのろのろと進みでた。のどを詰《つ》まらせるのではないかと不安だったが、むりにでも二度目の食事を食べなくてはならない。必死で気分の悪さを隠《かく》しながら、自分の分の肉をほおばり、またほおばり、どうにか飲みくだしていった。食べなくては。食べなければ、すでに満腹になっていることを感づかれてしまう……。

あとでこっそり吐《は》くことになるだろう――だがいまは、すでに食べたあとだということを気づかれてはまずい。そばに、落葉が薄く積もっていた。ラッキーはどうにかして、何度かその下に肉をすべりこませた。だが、スイートにみつかってしまうことを恐《おそ》れて、肉のほとんどは飲みこまなくてはならなかった。必死で食べながら肩《かた》で息をし、ひと口食べるたびに意識を集中させた。一匹《ぴき》分の獲物《えもの》を食べおえたあとも、ほっとしたようすをみせてはいけなかった。ラッキーはようやくシカの死体から体をはなした。

もう、シカの肉はみたくもなかった。

スナップとトウィッチ、そしてダートが獲物《えもの》を食べおえると、ホワインの番が回ってきた。ラッキーは目を見張った。これほどうまそうに肉をむさぼる犬はみたことがなかった。それに、ホワインのようなちっぽけなみすぼらしい犬がそれほど大量の肉を腹に詰《つ》めこめるとは思いもしなかった。このずんぐりした犬は、自分たちのしたことをこれっぽっちもやましく感じていないのだ。今夜の獲物《えもの》は十分な量があったはずだった。最初にアルファが口をつけたときにはまだたっぷり残っていた。ところがホワインは、マルチの分をほとんど残さなかった。このずる賢《がしこ》い犬に対するラッキーの怒《いか》りはどんどん強く激しくなっていた。

新しいオメガに同情を寄せる犬がいるとすれば、それは以前のオメガであるはずだ。ホワインは、空腹がどんなものかも、さげすまれ見下される気分がどんなものかも知っているのだ。ホワインはマルチを思いやれたはずだった！　ラッキーは思わず鼻にしわをよせた。自己満足にひたったホワインのいじわるそうな顔は、まだシカの血で汚《よご》れている。だめだ、もうホワインのことを考えるのはよせ――腹が立つだけだ。そして、いまは腹を立てている場合じゃないんだ。

ラッキーは、〈グレイト・ハウル〉がはじまれば気分もましになるだろうと期待していた。だが、群れの犬たちが集まり、そのふしぎな遠吠《とおぼ》えが夜空に響《ひび》きはじめても、ラッキーはどうしてもマルチのほうをみてしまった。新しいオメガは〈グレイト・ハウル〉に加わろうと努めていたが、その吠《ほ》え声は短く弱々しかった。マルチの打ちのめされた体は、群れの絆《きずな》を深める儀式《ぎしき》にも加われないほど弱っていた。その晩のラッキーには、影《かげ》のような犬たちがはねまわる姿はみえなかった。〈グレイト・ハウル〉が与《あた》えてくれるはずの激しいよろこびも感じなかった。

マルチは――ラッキーはどうしてもオメガと呼べなかった――、〈グレイト・ハウル〉が終わりはじめると、いち早く群れの輪をぬけた。ラッキーはほかの犬たちがそれぞれの寝床《ねどこ》に散らばっていくのを待ってから、落葉の下に隠《かく》しておいた肉をこっそり取りにいった。それから、いごこちの悪そうな小さな穴へ向かった。マルチはそこを新しい寝床《ねどこ》にしなくてはならない。小枝や葉が触れあう音をききつけ、マルチははっと顔をあげた。

「なんの用だ？」黒い犬の目は鋭《するど》かった。

「持ってきたんだ――」ラッキーは息を吸った。「きみに、食べ物を。少し残ってたから」

「こんなことは許されてないぞ」マルチは疑わしげにラッキーをにらんだ。

「だれも気づかないよ」ラッキーは、いくつかの肉のかたまりを前足でマルチのほうへ押《お》しやった。「アルファに話したりしない」

そのセリフを口にしたとたん、ラッキーはうしろめたさのあまり背すじが震《ふる》えた。だがマルチは気づいていなかった。「おれがおまえなんかのお恵《めぐ》みを受けとると思うか？」

ラッキーはそういわれても、マルチを責める気にはなれなかった。「きみはあまり食べてなかったじゃないか」

「ああ。あのクソやろうのホワインは、ろくに獲物《えもの》を残さなかった」

「不公平だと思ったよ。今日みたいにきつい一日にはとくに」

「まあな。公平じゃない」マルチはうなり、鼻先を肉のほうへ近づけたが、まだためらっているようだった。「〈街の犬〉、おれをだますつもりじゃないだろうな」

「うん、そんなことはしない」ラッキーはいった――ともかく、今回は。

とうとうマルチはがまんできなくなった。肉を何度か舌でつついていたが、やがて自分のもとへ引きよせ、牙《きば》で引きさきはじめた。ラッキーは、辛《つら》くなって直視できなかった。もういちどそちらへ視線をもどしたとき、マルチはすでに肉の半分ほどを平らげていた。

「礼をいうよ」マルチは少し悲しそうにいった。「なぜオメガなんかに親切にするのか理解できんが。とくにおれは、群れにきたおまえをたいして歓迎《かんげい》しなかったからな」

だから、ぼくはきみを罠《わな》にかけたんだ。ラッキーはごくりとつばを飲んだ。「ただ……いやな気分がしたんだ。ぼくは群れの掟《おきて》に慣れていない。とくに、オメガを作るという掟《おきて》には慣れていないから」

「まあ」マルチはぶっきらぼうにいった。「とにかく、礼をいう」それから、肉のかたまりをほおばった。

ラッキーは、自分が残した獲物《えもの》を食べるマルチをあとに残し、茂《しげ》みのあいだをぬけて猟犬《りょうけん》の寝床《ねどこ》へもどっていった。

〈森の犬〉よ――ラッキーは暗い気分で祈った――どうかマルチに知恵《ちえ》を授《さず》けないでください。どうか、マルチが考えたりしませんように。

どうかマルチが、すべての問題はラッキーが群れに加わったせいで起こったことに気づきませんように。

18
ベラの秘密

猟犬《りょうけん》の穴の中は、暑くせまくるしかった。何度ももぞもぞ動いたり円をえがいてみたりしたあとで、ラッキーは眠《ねむ》るのをあきらめた。緑地にはいだすと、ひんやりした草の上にぐったり腹ばいになる。頭の上には、松の梢《こずえ》がぐるりと集まって星形に区切られた空があり、そこでは真ん丸になった〈月の犬〉がこうこうと照っていた。今夜の月は、木々がその銀色の光を受けて影《かげ》を落とすほど明るい。ラッキーは〈天空の犬〉に感謝した。おかげで、今夜ベラに会いにぬけだすのはむりだ。これだけ明るくてはすぐにみつかってしまう。

緑地のむこう側でなにかが動いた。ラッキーは気を引かれ、好奇心を覚えて両耳をぴんと立てた。この月明かりの中で、一番立派なねぐらの中からはいだしてくる大きい影《かげ》がはっきりとみえた。そのねぐらは床《ゆか》に長い草をしきつめてやわらかくしてあり、入り口の上には平らな岩がつきだして雨風をふせいでいた。

アルファだ。ラッキーは意外に思いながら、オオカミ犬がなにかにせきたてられるようにして緑地をぬけていくのをみていた。アルファの目が、〈月の犬〉をみあげたときにきらりと光った。両目から黄色と青が消え、ふたつとも同じ銀色に染まったようにみえた。ラッキーは驚《おどろ》いて両耳を前にかたむけたまま、アルファが大きな歩幅《ほはば》で森の中へ消えていくのをみおくった。

スイートのほっそりした体が茂《しげ》みのあいだから現れ、けだるそうに伸《の》びをすると、ラッキーのそばまで歩いてきた。

「眠《ねむ》れないの？」スイートはラッキーのとなりに寝《ね》そべって両耳を立てた。目は、アルファが姿を消したあたりに向けられている。

「ああ、眠《ねむ》れないんだ。アルファはどこへいったんだい？」

スイートはとまどったような低いうなり声をあげた。「〈月の犬〉が丸くなると、いつもいなくなるのよ――しばらく〈月の犬〉と自分だけになりたいんですって」スイートはよくわからないわといいたげに首を振《ふ》った。「オオカミの群れにいたころの習慣がいまもぬけないのね。オオカミたちはいつも〈月の犬〉に歌をささげるんだっていってたわ。〈グレイト・ハウル〉よりも特別なんですって。ずっとずっと特別なんですって」スイートは怪《あや》しむように同じ言葉をくりかえした。

ラッキーもスイートと同じくらいオオカミのことはわからなかったが、それでも背骨がうずくのを感じた。〈グレイト・ハウル〉以上に興奮することがあるのだろうか。だが、もしそれがほんとうなら、アルファが〈月の犬〉との儀式《ぎしき》を少し思いだしてみたくなるのもふしぎではない。たとえ、オオカミたちと分かちあうことができないとしても。ラッキーは、またふしぎに思った。アルファはどんな理由でオオカミの仲間のもとを去り、〈野生の犬〉なんかと群れを作ったのだろう。

もちろんラッキーも、その〝犬なんか〟の一匹《ぴき》に誘《さそ》われて、群れの生活に引きこまれそうになったのだが……。

ラッキーはスイートの形のいい頭をみつめた。スイートは鼻をあげ、夜の空気をかいでいる。もしかしたら、アルファのにおいをたどろうとしているのかもしれない。

「スイート」ラッキーはいった。「少しだけぼくと散歩しないかい？」

スイートは振《ふ》りかえって片耳を立て、ラッキーの顔をみつめた。「野営地の外へ出るという意味？」

「そうだ。きみと話をしたいんだ。二匹《ひき》だけで」

スイートは考えこみながらしっぽで地面を打った。「ラッキー、いいことだとは思わないわ。アルファが知ったらなんというかしら」

「きみの話から考えるに、アルファはしばらくもどってこないみたいじゃないか」スイートが迷いをみせたのに気づいて、ラッキーはたたみかけるように続けた。「きみはアルファのいいなりにならなくちゃいけないのかい？」

スイートは顔をこわばらせた。「まさか。でも、なんといったって群れのアルファだし、尊敬もしているの」

「アルファだってまちがいなくきみに敬意を払《はら》ってる」これは、〈街の犬〉らしいずるい言い方だった。「それに、きみのことを信頼《しんらい》してる。ぼくはきみと話さなくちゃいけない。それだけなんだ。まわりにほかの犬がいると話しにくいんだよ」

スイートはため息をついて少し考え、それからしぶしぶうなずいた。「わかったわ。ほんとうに少しだけよ」そういうと、長い足で立ちあがった。「湖にいきましょう。話すならあそこがいいわ」

ラッキーは、スイートが木々のあいだをすりぬけるように歩きはじめると、そのすぐとなりに並んだ。まもなく二匹《ひき》は銀色の線をえがくような湖の岸辺に着き、波が浜の小石にそっと打ちよせるやわらかい音に耳をかたむけた。〈月の犬〉は湖面にきらめく光の道を投げかけていた。そのかがやきに比べると、夜空いっぱいの星さえくすんでみえた。

二匹《ひき》が水辺に立っていると、波がその前足を洗っていった。ラッキーは急に気恥《は》ずかしくなり、かがみこんで前足のあいだのぬれた毛皮をなめながら、そこにはさまっていた草を歯を使って取った。

「話したいことってなんなの？」スイートはたずねたが、ラッキーが思っていたほどせかすような口調ではなかった。スイートは両耳をまっすぐに立てて首をかしげ、月が照らすさざ波をながめていた。

ラッキーは息を吸って、口を開いた。「あれはほんとうに必要だったのかい？　きみとアルファがマルチにしたことは、どうしても必要だったのか？」

スイートはしばらくだまっていたが、ため息をついてすわりこんだ。「ええ。ラッキー、あれはほんとうに必要なことなのよ。群れで暮らしていると、気が進まないことでもしなくちゃならないときがあるの」

「そうなのか？」ラッキーは口ごもった。えらそうな物の言い方はしたくない。それでも、どうしても知りたいことだった。「つまり、あれは気が進まないことだったのかい？」

「もちろんよ」スイートは怒《おこ》っていた。「あんなことが楽しいはずないでしょう？　あれはわたしの義務なの。わたしはアルファのパートナーなんだから、その味方をしなくてはいけないのよ。わたしの役目は、いろいろな場面でアルファに力をかすこと。群れの掟《おきて》が関わってくるような場面では、とくにそうよ。わたしたちが二匹《ひき》でしっかりしていないと、群れはばらばらになってしまうもの」

苦《にが》い嫉妬《しっと》の感情がラッキーの体から潮のように引いていき、小さな希望の種を腹の中に残していった。

「スイート。パートナーといったかい？」

「そうよ？」

「パートナーなんだね。連れ合いではなくて」

スイートの黒い瞳《ひとみ》に、ラッキーには理解しがたい感情が浮《う》かんだ。あまりにも強い視線を浴びて、ラッキーは小さく毛が逆立つのを感じた。

「ええ、そのとおり。わたしはパートナーよ」スイートはとうとういった。

「つまり、厳密にいうと、それは群れの地位のことなんだろう？　階級の中できみが占《し》めている位置であって――」

「そのとおりよ」スイートはぶるっと体を震《ふる》わせ、湖に視線をもどした。

「スイート……」ラッキーは一瞬《いっしゅん》言葉を切り、しっぽでせわしなく地面を打った。「少し前からききたかったんだ。どうしてきみはそんなに昇進《しょうしん》できたんだい？」

スイートはため息をつき、片方の前足で小さな波をぱちゃんと打った。とびちったしぶきが、光の破片のようにきらめいた。「ラッキー、その話はあまりしたくないの。わたしが……その、わたしがあの群れに加わる前には、べつのメス犬がベータの地位についていたのよ。わたしたちは、そうね、そりが合わなかった。その犬はもう生きてはいないわ」

ラッキーの首筋の毛がぞわりと逆立った。気まずい沈黙《ちんもく》をやぶろうと立ちあがり、湖の水をぴちゃぴちゃなめた。群れの掟《おきて》では、パトロールをしているときでなければ、好きなだけ水を飲んでもいいことになっていたはずだ。湖の水は舌とのどをひんやりとうるおした。

「アルファとわたしはひとつのチームよ」スイートが沈黙《ちんもく》をやぶった。「わたしたちは協力し、群れをまとめ、規律を守らせ、強さを保つの。もしかしたら、いつかは連れ合い同士になるのかもしれない——たいていはそうなるのよ。でも、急ぐことはないわ」

ラッキーはむりに水を飲みつづけ、あるひとつの言葉に意識を集中させた。〝急ぐことはないわ〟。

「わたしは、群れの自分の地位が好きなの」スイートはかたくなに話を続けた。「ベータになったことは一度もなかったのよ。なれるとも思わなかった。ベータになると……どういったらいいのかしら。強くなった気がするの。自信がつくのよ。この地位を守りつづけるのは簡単なことではないわ。でも、わたしはそれをやりとげた」

「スイート、わかるよ」ラッキーはゆっくりといった。「ほんとうに、わかるんだ」それでもラッキーは、権力と地位を求めてつねに努力を続け、ほかの犬たちを押《お》しのけつづけることなど、考えただけでめまいがした。スナップの地位を奪《うば》うだけでも大変だったのだ。なぜスイートはこんな緊張《きんちょう》に耐《た》えられるのだろう――来る日も来る日も地位を守るために戦い、自分が優《ゆう》秀《しゅう》だということを証明しなくてはならない。ラッキーはスイートにみられないように、体の震《ふる》えを抑《おさ》えた。

少なくとも、ベラの群れでは全員が平等だ。生きのびるための力はスイートの群れに比べれば弱いかもしれない。それでも、もし群れで暮らさなければならないとしたら、ラッキーはベラのやり方のほうが性《しょう》に合っていた。

「またきみに会えてうれしいよ」ラッキーは口ごもりながらいった。

「わたしもよ」スイートは片耳を立て、問いかけるようにラッキーをみた。

ラッキーは前足で小石をいじりながらいった。「いまから独りだけで散歩にいきたいんだ。いいかな？　アルファにできるんだったら……」

スイートは目をみひらいた。「アルファと同じことが許されているわけじゃないわ」

「散歩くらい群れの害にはならないよ」

「ええ」スイートの声には、よそよそしく冷ややかな調子がもどっていた。「でもスナップに勝ったくらいで、アルファの地位に挑《いど》めるなんて思わないで。アルファへの挑戦《ちょうせん》はまるでわけがちがうわ。フィアリーでさえアルファには勝てないのよ。もし、挑戦《ちょうせん》しようだなんてばかな気を起こせばの話だけど」

ラッキーはスイートの口調にむっとした。「フィアリーにはアルファに挑戦《ちょうせん》するだけの野心がないんだ。それだけだよ」

「フィアリーには掟《おきて》を守るだけの分別があるのよ。あなたも見習ったほうがいいみたいね」スイートは立ちあがるとラッキーにしっぽを向け、野営地があるほうへもどりはじめた。一度だけ足をとめ、肩《かた》ごしにラッキーを振《ふ》りかえった。「マルチがどんな目にあったか忘れないで」

マルチがどんな目にあったか忘れないで。

忘れられるはずがない。

ラッキーは、スイートが森の中に姿を消したあと、ぽっかりと空《あ》いたとなりの地面をしばらくみつめていた。だが、やがて湖に視線をもどした。湖面にはごくおだやかなさざ波が立ち、〈月の犬〉のつけた太い光の道がきらきらとかがやいている。〈月の犬〉がアルファの〈精霊《せいれい》〉なら、ラッキーを裏切ってアルファに引きわたすだろうか。それとも、ラッキーがしようとしていることを理解してくれるだろうか。

ラッキーは夜の闇《やみ》の中で、短く悲しげなかん高い鳴き声をあげた。

マルチがどんな目にあったか忘れないで。

こんなことはいつまでも続けられない。スイートにいわれた最後のひと言で、ようやく決心がついた。マルチにあんな仕打ちをしただけでも十分ひどい――けれど、それを引きあいに出してラッキーを脅《おど》すとは、どういうつもりだろう？　ラッキーは、のどの奥までせり上がってきた哀《あわ》れっぽい声がもれないように、ごくりとつばを飲んだ。泣き言をいうのはやめろ！

ラッキーは、アルファの群れからできるだけ遠ざかりたくてたまらなかった。この大きな罪悪感から逃《に》げてしまいたい。ぼくは、自分の身を守るためにマルチにひどいことをしてしまった。おまけにそれは、卑怯《ひきょう》者のホワインの命令に従ってやったことなのだ。

結局、ベラが知りたいことはなにもかも調べた。これ以上ここに残る理由はない。心の中のべつのラッキーは、自分がこれほど長く群れに残ったのは、ただ残りたかったからだと気づいていた。猟犬《りょうけん》に、地位のある犬になれたからだ。〈グレイト・ハウル〉に加わることができたからだ。だが、またべつのラッキーは、残りたいと思う自分のことを不安に感じていた。群れへの誘惑《ゆうわく》に屈《くっ》してしまったら、自分自身を形作っている残りの部分を失うことになる。

ラッキーは、自分でも気づかないうちに歩きはじめていた。岸に沿って駆《か》け、できるだけ急いでアルファの群れから遠ざかろうとしていた。スイートのことはきっと恋《こい》しくなる。それは否定できない。だが、スイートはアルファのパートナーで、いずれは連れ合いになるだろう。スイートは、自分がだれに忠誠を誓《ちか》ったのか、きっぱりとラッキーに告げた。ほかの犬たちのことも――とくにトウィッチとスナップは――きっと恋《こい》しくなるだろう。ラッキーは、スナップに〈街の犬〉の戦い方を教えると約束したことを思いだして胸が痛くなった。

だが、自分はスナップとも、スイートとも、そしてアルファとも、いっしょにやっていくことはできないのだ。

ラッキー、そうだろう?

まだ、〈月の犬〉は夜空のずっと高いところにいた。ベラはニンゲンのキャンプ場にいるだろう。はやる気持ちがラッキーを急がせ、濃《こ》い影《かげ》におおわれた森の中をとぶように走らせていった。ときおり青白い月明かりに照らされると、不安にかみつかれるような気分になった。ラッキーはポンプのように足を動かした。自分がしようとしていることが、ラッキーを駆《か》りたてていた——自分が着く前にベラがいなくなっていたらどうする？　もうあそこにはこなくなったら？　自分に見切りをつけたら……？

そのとき、ラッキーは心からほっとした。キャンプ場の古い煙《けむり》のにおいがただよってきたのだ。芝生《しばふ》にとびこんでいくと、そこでベラが待っていた。ベラは低くひと声吠《ほ》えると、駆《か》けよってきて、あえいでいるラッキーの顔をなめた。

ベラは首をかしげ、ラッキーが息を整えるまでしんぼう強く待っていた。「ヤップ、もう少しであきらめるところだったわ。帰ろうと思ってたのよ！」

ラッキーはベラに鼻先を押《お》しつけた。「スクイーク、あきらめてもらっちゃ困るよ。まだあきらめるには早い！」

ベラはうれしそうに目をかがやかせていた。「デイジーとサンシャインがあなたに会ったのは何日か前よ。どうしてこられなかったの？」

「ぬけだす口実を使いはたしてしまったんだ」ラッキーはそういってすわりこみ、〈月の犬〉の青白い光の中で、あらためてベラの姿をみなおした。目元には疲《つか》れたようなしわが浮《う》かんでいる。鼻にはすり傷ができ、左の肩《かた》にも小さな切り傷があった。だが、そのケガをべつにすれば元気そうにみえる。自信にあふれているようにさえみえた……そのときラッキーは、ベラのにおいが少し変わっていることに気づいた。ためらいがちに肩《かた》のあたりをかいでみると、すぐに原因がわかった――ほかの動物のにおいだ。悪意のある獣《けもの》のにおいだった。

ラッキーは血が凍《こお》り、さっとベラから体をはなした。「ベラ。なにがあった？」

「だいじょうぶよ」ベラは明るい声でいった。「あなたの教えてくれた道順を守ったら、湖にも狩《か》りのできる場所にもいけたの！　もう少しすれば、みんなもっと元気になるはずよ」

「そうか……よかった。だけど、ぼくがいってるのはそのことじゃない。ケガをしてるじゃないか！」

ベラは、うるさそうに鼻をつんとあげた。「山犬と戦わなくちゃいけなかったのよ。でも、なんとか切りぬけたの！　数もそんなに多くなかったし。わたしたち、たいしたケガもしなかったのよ」

ラッキーは開いた口がふさがらなかった。いつからベラは山犬とよろこんで戦い、そして勝てるようになったのだろう？　自分はそのあいだ、〈野生の群れ〉の中でずるいスパイとしてこそこそ働いていたのだ。野ネズミが草のあいだを逃《に》げていくかさかさという音がした。その音は、二匹《ひき》のあいだに流れた気まずい沈黙《ちんもく》をさらに気まずくするだけだった。

「ラッキー、そっちはどう？」とうとう、ベラが口を開いた。「あれからどんなことがあったの？」

好奇心でいっぱいの明るい声に誘《さそ》われるようにして、気づけばラッキーはこれまでのことをなにもかも話していた。だが、気は進まなかった。毛皮のちりちりするような、強い違和感《いわかん》があったのだ。ベラはなにか隠《かく》している――それなのに、ラッキーには真実を話すよう期待している！

ベラは熱心に耳をかたむけ、ラッキーが話をやめようとするたびに、続きをうながして鋭《するど》く吠《ほ》えた。「デイジーから、大きなジドウシャとの冒険《ぼうけん》のことはきいたの。きくだけで怖《こわ》くなったわ！」

「実物も怖《こわ》かった。それに、あれは冒険《ぼうけん》なんかじゃない」ラッキーはむっとしていった。「ものすごく危険な目にあったんだ。アルファがいなかったら――」

ベラがぴくりと両耳を立てた。ラッキーがアルファのことを話すとき、その声に敬意がにじんでいることに気づいたのだろう。「アルファがどうしたの？」

「いや、なんでもないよ」ラッキーは、自分がアルファに対して抱《いだ》いている複雑な感情のことを話す気にはなれなかった――自分のきょうだいにさえも。「とにかく、ぼくはこういう体験をしてきたんだ。黄色の服を着たニンゲンたちにも会ったよ。きみたちが山犬と戦っているあいだに」

ふいにベラはその目に同情を浮《う》かべ、心配そうに鼻先でラッキーのわき腹をなでた。「ラッキー、ケガをしたの？」

「だいじょうぶだよ」アルファのおかげで――ラッキーは声に出さずにつけ加えた。「だけどベラ、もうこんなことはたくさんだ。もどりたいんだ。みんなでどこか別の場所に移ろう。ジドウシャやニンゲンたちのことだけが理由じゃない――あの群れといっしょにいるのは危険なんだ。オメガが――ホワインのことだよ――いつぼくの秘密をばらしてしまうかわからない。あれで気がすんだとは思えないんだ。〈月の犬〉がもうひとめぐりしたら、きっとホワインはまたオメガにもどる。そうなれば、これまで以上に意地悪く執念《しゅうねん》深くなるはずだ！」

「でも、そんなにすぐじゃないでしょ！」ベラはほがらかな声でいった。「そんなに卑怯《ひきょう》な犬なのに、いまのところ、あなたはうまくあしらってるじゃない。きっとだいじょうぶよ！」

ラッキーはまじまじとベラをみつめた。「そんなことをいってるんじゃない。問題はホワインだけじゃないんだ。群れの犬たちにぼくが裏切り者だと気づかれたら――どうなると思う？

きみは二度ときょうだいには会えないんだぞ。ぼくは〈大地の犬〉といっしょに、土の中でミミズを追いかけることになる！」

ベラは前足に視線を落とした。「でもラッキー、むりよ。もどってくるなんて」

ラッキーは心臓が止まったような気分になった。「どういう意味だい？」

「ああラッキー、永遠にむりだっていってるわけじゃないの。いまだけよ。きっとわかってもらえないわ」

「わかるもんか！」ラッキーは怒《おこ》って吠《ほ》えた。

「きいてちょうだい」ベラはなだめるようにいった。「もう少ししたら、もちろんもどってきてもらえるわ。ひょっとしたら、あと数日でそうなるかもしれないわ！　でも、まだマーサとブルーノの具合がすごく悪いの」

ラッキーは胃が引っくりかえったような気分がした。「まだ？　ベラ、そんなはずはない。いまごろ――」

「ラッキー、心配しないで！」ベラはあわてていった。「あなたには考えごとがどっさりあるんだもの。ちょっと変わった病気なのよ。それだけ――ずっとおなかが痛いみたいなの。食べ物か水にばい菌がくっついていたんだと思うの。それとも、空気が原因かもしれないわ！　それが犬のおなかの中にしのびこんでくるのよ。それだけのことなの。二匹《ひき》ともきっとよくなるわ。それなのに、あなたまでもどってきて病気になったらばかみたいだわ。そうでしょう？」

ラッキーはしばらくベラをみつめていた。吐《は》き気と失望がこみあげ、口がきけないほどだった。一瞬《いっしゅん》、足元がふらつき、倒《たお》れこむのではないかと思った。まだ離《はな》れていろというのか？

「ぼくは……だけど……」ふいに、失望はパニックに変わった。「ぼくはきみと群れのために、命を危険にさらしたんだぞ！　きみの頼《たの》みはみんなきいて、ほかの犬を裏切ることまでした。それなのにきみは、もういちどあの群れにもどれっていうのか？」

ベラは急いでラッキーの言葉をさえぎった。「わたしたちがこんなに弱ってるうちは、まだべつの野営地にいてほしいの。わかるでしょう？　もう少しだけスパイをして、わたしたちのために、あのあたりを見張っていてほしいの。わたしたちが安全に食糧《しょくりょう》や水を得られるように。あなたが……あの群れにいてくれるのが一番なのよ。ラッキー、あなたは元気でいてくれなくちゃ！　みんなあなたのことが必要なんだから！」

ベラは、ぼくが痛がるところをちゃんとねらってついてくる。ラッキーは暗い気分でそう考え、みじめな鳴き声をあげた。

「おねがい、ラッキー。わたしのためだと思って」

なにもかもきみのためだったんだよ、ベラ。

「気が進まない」

「おねがいよ、ラッキー」ベラの黒い瞳《ひとみ》は真剣《しんけん》で厳しかった。

ラッキーは相手の目をみなくていいように、自分の目を閉じた。「じゃあ、あと少しだけ。ほんとうにあと少しだ。その前にきみといっしょにもどって、マーサとブルーノのようすをみてもいいかい？　心配なんだ」

ベラはしっぽを垂れた。「そうしてほしいけど、でも、あなたまで病気をもらってほしくないの」

ラッキーはがっかりしてうなだれ、悲しげにいった。「きみのいうとおりだ。あの二匹《ひき》に、できるだけすぐにもどると伝えてくれ」

「ラッキー、ありがとう」ベラはラッキーの耳に鼻先を押《お》しつけた。「ありがとう」

「ベラ、今夜あの群れにもどることだって危険なんだ。あの中の一匹《ぴき》に——その、まあ、ぼくがいなくなったことが気づかれてしまったかもしれない」ラッキーは、胃がねじれるような気分がした。どんなふうにスイートと別れてきたか、そしてどんなことをいわれたかを思いだしたのだ。

「じゃあ、どうか気をつけてね、ヤップ」ベラは愛情をこめてラッキーをなめた。「ケガをしないでちょうだい。自分のきょうだいが危険な目にあうなんていやよ」

なんだって？　きみのせいで危険な目にあっているんじゃないか！　不安と恐怖《きょうふ》はあいかわらずだった。それでもラッキーは、ベラのいうことが正しいこともわかっていた。自分まで病気になっては元も子もない。それに、このがまんがいつまでも続くわけではない。病気がベラの群れから消えるまでのことだ。もし、その病気がベラの話ほどひどいなら……。

「じゃあ、覚えておいてくれ」ラッキーはため息をついていった。「ホワインはパトロール担当になった。あの犬は弱い。悪知恵《わるぢえ》は働くけど、群れの犬としてはそんなに優秀《ゆうしゅう》じゃないんだ。きみたちが森の中を移動するとき、この弱点は利用できると思う。それから、〈野生の群れ〉は午後遅《おそ》くに狩《か》りをする。森のこっち側の草地には獲物《えもの》がたくさんいるんだ。きみたちがそこで朝早くに狩《か》りをしてマーキングもひかえれば、ぼくたちが森へ狩《か》りに出かけるころにはにおいはきれいに消えているはずだよ」

「ええ、ええ。ラッキー、よくわかったわ」ベラは真剣《しんけん》に耳をかたむけてはいたが、あせるあまり全身をこわばらせていた。「不安なら、もうもどったほうがいいわ。気をつけてね。きっとあなたもわたしたちの群れにもどってこられるわ。もうすぐよ！　ぜったいに、〈月の犬〉

がひとめぐりする前に。ほら、いってちょうだい！」ベラは思いやりをこめてラッキーの鼻をなめ、しっぽを振《ふ》った。

「じゃあ、さよなら」

「さよなら、ラッキー！〈森の犬〉があなたとともにいますように！」

子犬みたいに追いはらうんだな。ラッキーはそう考えながら、〈野生の群れ〉の野営地があるほうへ駆《か》けていった。ぼくにいなくなってほしかったんだ。待ちきれないみたいだった。そう考えると、不安で背筋がぞっとした。

ラッキー、ばかなことを考えるな！　おまえは心配しすぎなんだ！

だがラッキーは、ベラの視線を感じていた。ラッキーの姿がみえなくなるまで見張っているのだ。腹の中は怒《いか》りで燃えるように熱かった。怒《いか》りだけならまだしも、うずくような不安も消えなかった。

ベラはなにかを隠《かく》している。

なにを隠《かく》しているのかまではわからないが、ラッキーには確信があった。なにかが――ものすごく、危険なまでに――おかしかった。

19 侵入者《しんにゅうしゃ》たち

　翌日ラッキーは、地リスの巣穴のあいだの草地をひとつひとつていねいにかいでまわり、切り株があればなめてみることさえした。だがベラや〈囚《とら》われの犬〉のにおいはまったく残っていなかった。幽《ゆう》霊《れい》のように狩《か》りをして、完ぺきに形《けい》跡《せき》を消してみせたのだろうか。それともベラはラッキーの忠告を無視して、この草地には近づきもしなかったのだろうか。

　いまではもう、ベラの考えていることはなにひとつわからない。ラッキーはそう考えて、さざ波のようなさびしさと不安を感じた。

「草食動物にでもなったの？」スナップのほがらかな吠《ほ》え声がきこえ、ラッキーはとびあがった。「ほら、ウサギがいるわよ！」

　今日のスナップは上機《き》嫌《げん》で、元気いっぱいに獲《え》物《もの》を追っていた。ふしぎなことに、その熱意はラッキーにもうつってきた。ラッキーはスナップに向かって、ひと声明るく吠《ほ》えてみせた。

みじめな気分から引っぱりだしてもらえたことが、急にうれしくなってきた。

「何匹《なんびき》かこっちに追いやってみてくれよ。そうすれば、ぼくが草食なんかじゃないってわかる！」

スナップは笑いながらきゃんきゃんと吠《ほ》え、さっと駆《か》けていった。太陽の照りつける草地を横切って、盛りあがった地面のむこうへ姿を消す。少しすると、パニックを起こしたウサギが何匹《なんびき》か、ラッキーのほうへ向かって全速力で走ってきた。ラッキーは大よろこびでひと声吠《ほ》え、ウサギの群れに襲《おそ》いかかっていった。ウサギたちは逃《に》げまどい、それぞれの巣穴へ駆《か》けこもうとしてたがいにもつれあった。そのうち数匹《ひき》は、恐怖《きょうふ》のあまりラッキーを避《さ》けることさえできなかった。一匹《ぴき》のウサギが足のあいだを駆《か》けぬけていったが、ラッキーは引きかえすことはしないでべつの一匹《ぴき》にとびかかった。おびえたウサギを何度も何度も転がし、ようやくその首をくわえることに成功すると、ひとかみでしとめた。

横目でみていると、ほかの猟犬《りょうけん》たちの首尾《しゅび》も上々だった。フィアリーはウサギを一匹《ぴき》くわえて振《ふ》りまわし、スプリングは、太った〈シャープクロウ〉ほどもある大きなウサギをもてあそび、宙に放りあげてはキャッチしていた。

「今日はついてるわね！」スプリングはきゃんきゃん吠《ほ》えながら、とどめを刺《さ》すために、前足でウサギの体を思いきり地面にたたきつけた。

ラッキーは賛成のしるしにひと声吠《ほ》え、つぎの獲物《えもの》に取りかかった。ウサギたちが穴に逃《に》げこんでしまう前にもう一匹捕《ぴきつか》まえておきたかった。狩《か》りの興奮でわれを忘れ、体中を駆《か》けめぐる自分の血の音がきこえていた。そのせいで、危険を知らせる鋭《するど》い吠《ほ》え声にすぐには気づかなかった。

ふと、スナップの激しい吠《ほ》え声に気づいて、ラッキーはようやく顔をあげた。捕《つか》まえようとしていたウサギは急いで穴の中へ逃《に》げこんでいった。スナップはすでに狩《か》りをやめ、一匹《ぴき》の犬をみつめていた。草地のむこうから、苦しげに息を切らしながら猟犬《りょうけん》たちのほうへ駆《か》けてくる。

「ダート？」スナップは吠《ほ》えた。

フィアリーとスプリングも、凍《こお》りついたようになってダートをみつめていた。茶色と白の犬は足をもつれさせながら止まった。

「野営地が！」ダートは息も絶え絶えに吠《ほ》えた。「早くきて！　野営地が襲《おそ》われたの！」

「なんだって？」フィアリーはうなり、声をあげた。「おれの子犬たちが！」

「ダート、だれが？　だれが襲《おそ》ってきたの？」スプリングはダートに駆《か》けよりながら、キイキイ鳴いていた地ネズミを落とした。ネズミは大急ぎで逃《に》げていった。

「〈囚《とら》われの犬〉の群れよ！　まだいたの！　あいつらがわたしたちを攻撃《こうげき》してる！」

うそだ！　ラッキーは声に出さずに叫《さけ》んだ。頭の中が真っ白になっていた。うそだ、ベラ！

なんてことをしてくれたんだ？

「まさか——」スナップがつぶやいた。

「ほんとうなの！　のろまのホワインのすきをついてしのびこんできたのよ！　あんなやつが役に立つはずないってわかってたわ！　あの犬たちは、いまなら猟犬《りょうけん》がいないって知ってたみたいなの。それで、あたしたちを殺しにきたのよ！」ダートはそういうときびすを返し、いまきた道を駆《か》けもどっていった。

猟犬《りょうけん》たちはものもいわずにダートのあとを追い、草地を駆《か》けぬけていった。ラッキーはフィアリーのすぐうしろについた。猛《もう》スピードで走るフィアリーにおくれずについていきながら、心は石になってしまったように重かった。

木々のあいだを走っていくと、小枝が何度も鼻先を打った。だがラッキーにみえているのは、フィアリーの黒いうしろ姿だけだった。力強い足どりで木漏《こ》れ日の中を駆《か》けていく。なにが起こっているのか考える勇気さえなかった。わきを走るほかの仲間たちの姿が、ぼんやりとみえる。仲間たち。罪悪感で胃がきりきり痛む。

ラッキーは森をぬけて緑地にとびこんだ。くらくらする頭を抱《かか》えたまま、地面を引っかくようにして止まる。そのとなりで、フィアリーは侵入《しんにゅう》者たちへの攻撃《こうげき》にそなえて身がまえ、牙《きば》をむいてうなり声をあげた。

野営地の光景をみて、ラッキーは胃が引っくりかえりそうな気分になった。自分の群れが、自分が導き、守り、そのためにスパイにまでなった群れが、立ちむかおうとしていた——

——もうひとつの自分の群れに。ラッキーはそう気づいて動揺《どうよう》した。

ベラが犬たちを率いてきたのはひと目でわかった。しっぽをぴんと立て、首のまわりの毛を逆立て、険しい顔でアルファをにらみつけている。デイジーとサンシャインは震《ふる》えていたが、それでもしっかりと立ち、小さな歯をむき出しにしていた。ミッキーは二匹《ひき》のそばにつき、荒々《あらあら》しい表情に決意を浮《う》かべていた。

そして、ほかにも二匹《ひき》いた。

ブルーノ。そしてマーサだ。

闘犬《とうけん》も、泳ぎの得意なウォーター・ドッグも、毛並みはつややかで健康そのものだった。戦う準備は十分にできているようにみえる。目にも毛皮にも、病気の気配はまったくない。マーサは足を引きずってさえいない。ベラは、ラッキーにうそをついていたのだ。

全員がぼくにうそをついていた！

ラッキーは、ふたつの群れの犬たちが円をえがきながら警戒《けいかい》してにらみあい、うなるのを見守っていた。どちらも、相手がためらいをみせる瞬間《しゅんかん》を待ちかまえている。

体中の毛が一本一本逆立っているのがわかった。皮ふにも筋肉にも、緊張《きんちょう》で震《ふる》えが走っている。それでも、ラッキーにできることはなにもない。動くことさえできない。心はウサギのように激しくぐるぐる回っているが、役に立つ考えはひとつも思いうかばない。このばかげた、そして危険な状況《じょうきょう》の中で、ラッキーになにができるだろう？

自分はどちらの味方をするのだろう？

一瞬《いっしゅん》、怒《いか》りと混乱でめまいがした。なぜベラは自分の計画をラッキーに話さなかったのだろう。ラッキーを信用していなかったのか。それとも、むじゃきな道具として利用したかったのか。いったいなぜ、こんな計画がうまくいくと思ったのだろう？　アルファの群れは、ベラの群れよりはるかに大きく強いのだ。

きょうだいが命がけで戦おうとしているのに、ただそばでみているわけにはいかない。

そんなことができるはずがない。

「出ていきなさい、ニンゲンのペットども！」スイートが吠《ほ》えた。「こんなことをしてただですむと思わないで！」

「おれたちはいきたいところにいく」ブルーノは牙《きば》をむき出してうなった。

「湖にも、狩猟《しゅりょう》場にも自由にいく。それが気にいらないというのなら、かかってこい」

トウィッチが襲《おそ》いかかる振《ふ》りをしたが、ほんものの攻撃《こうげき》をしかける犬はまだ一匹《ぴき》もいなかった。アルファは、黄色と青の目に冷たい殺意を浮《う》かべ、ベラをぴたりとみすえていた。今日殺される犬がいるとしたら、それはベラだろう。

だが、〈大地の犬〉のもとに召《め》される犬は一匹《ぴき》ではないかもしれない。〈太陽の犬〉が眠《ねむ》りにつくまでに、もしかしたらもっと多くの犬が……。

たぶん、いまならみんなを説きふせることができる。

いや、だめだ。その見込《みこ》みはうすい。ああ、〈森の犬〉よ、どうかぼくに力を。どうすればいいのかわからないのです！

あたりにただよう犬のにおいが鋭《するど》く鼻をついた——怒《いか》りと憎《にく》しみと恐怖《きょうふ》のにおいだ。だが、その濃《こ》い犬のにおいに、なにかべつのにおいが混ざっている。ラッキーはそれに気づいて、弱い風のにおいをかいでみた。ほかにはだれも気づいていない。敵を威嚇《いかく》することに気を取られているのだ。緑地全体にうなり声ときゅうきゅういう鳴き声が響《ひび》き、耳が痛くなるほどだった。

それでも、鼻はちゃんときく。

このにおいは知っている。

ラッキーはあせって鼻の穴を広げ、空気を思いきり吸いこんだ。必死になって、いまにも消えそうなにおいを捉《とら》えようとする。このにおいにはなんとなく覚えがある。そのとき、その理由に思いあたった。最後に会ったとき、ベラがこれと同じにおいをただよわせていたのだ――敵意のこもった陰気《いんき》なにおいだったが、あのときも、なんのにおいなのかがわからなかった。

ベラはあのとき、これは自分たちが追いはらった山犬たちのにおいだといっていた。あれもうそだったのだろうか。その犬たちは、ベラに秘密の援軍としてここへ連れてこられたのだろうか？　それとも、ベラに仕返しをしようとしてもどってきたのだろうか。いまも茂《しげ》みのむこうで待ちぶせをしているのだろうか。

力強い吠《ほ》え声があがり、ほかの犬たちの挑《いど》むような低いうなり声がぴたりと止まった。ベラだ。

「アルファ！」ベラは叫《さけ》んだ。「わたしたちは、なわばりの共用を要求するためにきたのよ。あなたたちには食糧《しょくりょう》も、水も、雨風をしのぐ場所もある。それをわたしたちにも分けなさい。拒《こば》むというなら力ずくで奪《うば》いとるわ！」

ラッキーはベラをみつめた。開いた口がふさがらない。気でも触れたのか？　アルファも明らかに同じことを考えていた。「戦いを挑《いど》むつもりなら勝手にしろ」そういうと、絹のようになめらかなうなり声をもらした。おもしろがるような視線をちらりとスイートと交《か》わし、そしてベラに向きなおった。「わたしたちに挑《いど》むほどおまえがおろかなら。だが、こちらが思っているよりも賢《かしこ》いのなら、いますぐここを去れ。そうすれば」アルファは大きな前足をけだるそうになめた。ぬれた長い爪《つめ》がぎらりと光る。「これきりにしてやる」

ラッキーは、そんなに簡単にいくだろうかといぶかしんだ。それでも、心の中ではベラに向かってこう叫《さけ》んでいた。ベラ、いまのうちに逃《に》げろ。まだチャンスがあるうちに逃《に》げろ！

ベラはまばたきもしなければ、たじろぎもしなかった。そのかわり、さらに大きく胸を張った。「アルファ、あなたは大きな思いちがいをしているわ」

はじめて、アルファは心底驚《おどろ》いた顔をした。信じられないといいたげに両耳を前にかたむける。それから、大声で笑いだした。「〈囚《とら》われの犬〉、わたしが思いちがいをしているというのか。このわたしが！」

ベラはなにもいわなかった。さげすみをこめて鼻にしわを寄せる。そして、大きな声で号令をかけた。

茂《しげ》みの中でいくつもの影《かげ》がいっせいに動いた——とがった鼻面が、その口のあいだから光る歯をのぞかせながら、草地のあちこちから現れてきた。ラッキーは胃の中をかき回されるような恐怖《きょうふ》を覚えた。四方八方から、〈野生の群れ〉の犬たちは、白目をのぞかせながら不安げにあたりをみまわした。獣《けもの》たちがずるそうな顔で近づいてくる……。

キツネだ！

ラッキーは信じられない思いでキツネたちをみていた。灰色の毛並み、やせた体、そしてどう猛《もう》な顔つき。一匹《ぴき》が凶暴《きょうぼう》そうな牙《きば》をがちがち鳴らし、尾《お》をまっすぐに立てた。

「さあベラ、きてやったぞ」キツネは、横目でベラをみていった。「やあ、薄汚《うすぎた》ない犬ども」

ラッキーは頭がくらくらし、胃がむかついた。これがベラの毛皮についていた悪臭《あくしゅう》の正体だった。ラッキーが見当もつかなかった獣《けもの》の正体だ。山犬などではなかった。ベラの敵でさえなかった——このキツネたちはベラの仲間なのだ！

「キツネだと！」アルファは激しい怒《いか》りをこめて吠《ほ》えた。「キツネがわたしのなわばりに！」

アルファのまわりの犬たちも、怒《いか》りにまかせてかん高い声で吠《ほ》えはじめた。ラッキーはぞっとしてあとずさった。キツネは、凶暴《きょうぼう》で狡猾《こうかつ》で残忍《ざんにん》な、街の生き物だ。それがなぜここにいる？　あの荒《あ》れはてたニンゲンの町でゴミをあさり、うろつき、ひっそりと獲物《えもの》を殺しているはずじゃないのか？　ベラはいったいどうやって、そしてなぜ、キツネたちをみつけたのだろう。

　街へもどっていったのだろうか？　このために？

　体中の骨に、激しい震《ふる》えが走った。ベラはキツネたちになにを約束したのだろう？

「思いちがいをしているといったでしょう」ベラのうなり声は冷ややかで自信に満ちていた。

「アルファ、もうわたしたちは弱い〈囚《とら》われの犬〉じゃないわ。わたしたちをこの谷間から追いだすなんてむりよ」

　アルファはぴくりとも動かなかった。その顔には、嫌悪《けんお》と厳しさと驚《おどろ》きが浮《う》かんでいた。

「さあ、みんな」ベラは吠《ほ》えた。「かかりなさい！」

20 灰色のキツネたち

「やめろ！」

だが、ラッキーのその声は、耳をつんざくような吠《ほ》え声と金切り声にかき消された。犬たちは激しくぶつかり合いながら戦いはじめた。ベラはスイートに体当たりをして倒《たお》した。だがスイートはすぐに立ちあがり、怒《いか》りのうなり声をあげながらベラの首にかみついた。ミッキーとブルーノはスナップとスプリングにとびかかった。四匹《ひき》はもつれ合いながら草と土の上で転げまわり、相手の体に牙《きば》や爪《つめ》を立てた。痛みと怒《いか》りのかん高い吠《ほ》え声がラッキーの耳につきささった。その目の前で、灰色の霧《きり》のようなキツネの群れがいっせいに〈野生の群れ〉に襲《おそ》いかかり、その耳や目やのどにかみつき、爪《つめ》を立てた。

心臓が激しく脈打ち、胸の中で異常に大きく感じられた。ああ、〈森の犬〉よ！　どうか助けてください。どうすればいいのかわからないのです！　ラッキーは〈囚《とら》われの犬〉が負けるのも殺されるのもみたくなかった。それでも、〈野生の群れ〉の犬たちを攻撃《こうげき》するわけにもいかない。キツネとともに戦うこともできない。この獣《けもの》たちはぜったいに信用できない！

ラッキーは選ぶ苦しみにもだえて全身を震《ふる》わせた。だが、すぐに戦いに加わらなければ、どちらかの群れが負けてしまう。友だちが殺されてしまう。一匹《ぴき》たりとも死んでほしくなかった！　たとえキツネの群れが丸ごと〈大地の犬〉に召《め》されたとしてもかまわない。だが、犬はだめだ。ラッキーが戦い、ともに狩《か》りをした犬たちはだめだ。

キツネたちはどこにいった？

ラッキーは体を低くしてはっていきながら、犬たちが吠《ほ》え声をあげて相手へとびかかり、地面を転げまわって戦うようすに目をこらした。あたりには犬しかいない。たがいに殺しあおうとする犬しかいない。キツネはどこへいったのだろう？

ラッキーははじかれたように体を起こし、さっとみまわした。すると、六つの灰色の影《かげ》が食糧《しょくりょう》置き場のまわりに集まって、獲物《えもの》の残りをあさっているのが目に入った。裏切り者のケダモノめ！　ラッキーはベラに同情さえした。相手をむじゃきに信じるから、こんなことになるのだ。そして、ラッキーはまちがっていた。この獣《けもの》たちは街のキツネなんかではない。それにしてはあまりにも冷酷《れいこく》で、悪賢《がしこ》い。街で残飯あさりをして暮らしているキツネたちは、もっと動きがにぶかった。

ラッキーはうなり、こそ泥《どろ》たちのほうへだっと駆《か》けだした。あのキツネたちには残り物に触れる権利さえない。

走りながら、ラッキーはニンゲンにけられでもしたかのようなショックを受けた。キツネたちはとぼしい残り物に興味をなくし、今度はムーンのねぐらの前に集まりはじめたのだ。ねぐらの入り口をうろつきながら、その目を子犬たちにぴたりとすえて牙《きば》をむき出す。あいつらの目当ては残飯なんかじゃない――ラッキーは激しい怒《いか》りを感じた。獲物《えもの》がほしいんだ。生きた獲物《えもの》が。ムーンの子犬たちをねらっている。

ムーンはねぐらの前で身がまえ、憎《にく》しみで顔をゆがめていた。よだれを垂らしながら牙《きば》をのぞかせ、つぎつぎと襲《おそ》いかかってはかみついてくるキツネたちの相手をしている。

「おやおや、母さん犬はお疲《つか》れな上に独りぼっちか」キツネの一匹《ぴき》がそういうのがきこえた。

「腹ぺこのおれたちと戦えるかな?」

ムーンは授乳のせいで弱っていたが、アルファにも負けないくらい猛々《たけだけ》しくキツネたちと戦っていた。スカームとファズとノーズは母犬のうしろで縮こまっているらしい。ラッキーには、子犬たちのおびえた鳴き声がきこえた。

ラッキーはキツネの群れの真ん中に突進《とっしん》し、敵をけちらしながらあおむけに草の上に投げとばした。だがその奇襲《きしゅう》も、ムーンをほんの一瞬《いっしゅん》助けただけだった。キツネたちはすぐにはねおき、ラッキーめがけてとびかかってきた。

ラッキーは全身に怒《いか》りをみなぎらせ、とびはね、かみつき、挑発《ちょうはつ》し、一匹《ぴき》を投げとばしてはつぎの一匹《ぴき》に備えて身がまえた。この戦いなら、疑いも抱《いだ》かず、忠誠心に引きさかれることもなく没頭《ぼっとう》することができる。ムーンは心からの感謝を浮《う》かべた目でラッキーをみると、新たな希望と力を得てふたたびキツネたちに向きなおった。ねぐらの入り口から離《はな》れないように気をつけながら、せいいっぱい戦う。キツネたちは賢《かしこ》かった。ムーンを苦しめ、かみつきながら、ねぐらから引きはなそうとしていた。

「おいしい子犬をおやつにくれよ！」キツネの一匹《ぴき》が鳴いた。

ラッキーは子犬たちがおびえてきゅうきゅう鳴くのがきこえた。

「まま、おねがい、いかないで！」

「ぼくたちをおいていかないで！」

ムーンは疲《つか》れはてていたが、それでも戦いつづけた。

一匹《ぴき》のキツネがムーンの首にとびかかり、毛皮をくわえてぶら下がった。ラッキーは自分の敵に牙《きば》をむいてうなり、前足で思いきり鼻面をなぐりつけてからムーンのもとへ駆《か》けよった。キツネにかみついて力ずくでムーンから引きはなす。ムーンは痛みにきゃんと声をあげ、転がるようにして地面に倒《たお》れこんだ。その瞬間《しゅんかん》、ラッキーは自分のわき腹に鋭《するど》い牙《きば》が刺《さ》さるのを感じ、振《ふ》りかえりざま思いきり敵にかみついた。

このキツネたちは不死身なのか？　ラッキーはそう考えて絶望的な気分になった。ラッキーに追いはらわれた敵は、草の上に転がったかと思うと、またすぐに向かってきた。とがった口から垂れたよだれと血が、空中で弧《こ》をえがくように舞《ま》う。

キツネたちはあまりにも強く、あっというまに体勢を立てなおしてくる――街で戦ったことのあるどんな獣《けもの》よりも頑丈《がんじょう》で、さらに悪いことには勇敢《ゆうかん》でもあった。街のキツネなら、いまごろとっくに逃《に》げているはずだ。

ラッキーはわき腹にしのびよってきた一匹《ぴき》にかみついた。急に、敵の数が三匹《びき》に増えた。両側から近づいてきた二匹《ひき》が首の毛皮にかみつき、しつこく食らいついたまま、はなそうとしない。ラッキーは温かい血が流れおちるのを感じながら、刺《さ》すような痛みの激しさに意識が遠のいていった。頭がくらくらしていた。キツネたちがその体を地面に引きずりたおそうとする。ラッキーにはどちらが上で、どちらが下なのかもわからなかった。落ちていくような、転がるような気分がする。何度も、何度も——。

頭が岩にぶつかり、そしていきなり、恐《おそ》ろしいことに目の前がみえなくなった。風景がぼやけ、水の中にでもいるようにふわふわと浮《う》かびはじめる。立とうとしたが、足がいうことをきかない。

ムーン！　ムーンが孤立《こりつ》してしまった！

足の爪《つめ》を土に食いこませ、体を引きずるようにして勇敢《ゆうかん》な母犬のもとへ向かう。だが、目の中にまで血が流れこんできた。ムーンはいまも戦いつづけ、向かってくるキツネたちを前足で引っかいては追いはらっている。だが、キツネたちは数が多すぎる。多すぎる……。

ムーンが肩《かた》を守っているすきに、灰色の影《かげ》がそのうしろ足のそばをすりぬけていった。ラッキーは気をつけろと吠《ほ》えようとしたが、その声はあまりにも小さかった——声になってさえいなかった。つぎにみえたのは、ムーンのねぐらからはいだしてきた灰色の獣《けもの》の姿だった。その口には、逃《に》げようともがく白黒まだらの小さな生き物がくわえられている。それは、弱々しく鳴く、おびえきった子犬だった……。

悲鳴がふたつあがり、ラッキーの胸の中でこだました。「あぶない！　ふぁず、あぶない！」

最後の力を振《ふ》りしぼり、ラッキーはふらつく足で立ちあがった。世界がぐるぐると回っているような感じがする。

あれはいったいなんだ？　木のあいだにみえるあれは？

とうとう自分は幻《まぼろし》をみるようになってしまったのだろうか。頭に負った傷が、ラッキーを夢の中へ放りこんだにちがいない。夢の中にいてはムーンを助けることはできない。

ラッキーは目の中の血を払《はら》うように必死でまばたきをした。そのあいだも、足元がふらつく。

いや、あれは森の幽霊《ゆうれい》だ。幻《まぼろし》なんかじゃない。

あそこにいる。森にすむ大きな幽霊《ゆうれい》たち。なめらかな毛並みの、たくましい幽霊《ゆうれい》たち――ぴくりとも動かず、ただこちらをみている。黒と茶色のまだらの〈フィアース・ドッグ〉が二匹《ひき》、石のように静かに、燃えるような目でラッキーたちをみていた。なぜ！　なぜ、ぼくたちを助けてくれない？　なぜ動こうとしない？　一匹《ぴき》が顔をそむけた。もう一匹《ぴき》が前足をあげ、もう少しで陰《かげ》の中から踏《ふ》みだしてきそうにみえた。ラッキーはよろめいて倒《たお》れこみ、もういちどはっと顔をあげた。やめろ、ラッキー。おろかものめ！　犬なんかいない。ただの夢だ。森の中には幽霊《ゆうれい》なんかいない……。

むこうへいけ、幻《まぼろし》の犬たちめ。現実はこっちだ。現実は、たぎる血と、苦しみと、恐怖《きょうふ》のほうだ。ムーンは命がけで子犬たちを守ろうとしている。助けにいかなくてはならない。

ラッキーは、ふらふらと前に進みでた。自分たち二匹《ひき》で、無力な子犬たちを助けなくては。ラッキーとムーンで、六匹《ぴき》の残忍《ざんにん》なキツネたちの相手をしなくては。死なくてはならないなら、〈大地の犬〉に贈《おく》り物を持っていこう――キツネたちを。ラッキーは挑《いど》むように遠吠《とおぼ》えをして駆《か》けだした。

21 勇敢《ゆうかん》なマルチ

リーダーのキツネが牙《きば》をむき出してこちらを向くのをみて、ラッキーは脅《おど》すようなうなり声をあげた。

「簡単にやられると思うなよ。ぼくを倒《たお》すつもりなら、おまえたちもいっしょに……」

ところが最後までいう前に、ラッキーは体当たりを受けて草の中にはねとばされた。驚《おどろ》いてきゃんと吠《ほ》え、ぶるっと頭を振《ふ》る。

キツネの攻撃《こうげき》ではなかった。大きな犬がラッキーを押《お》しのけて突進《とっしん》していったのだ。黒い毛皮に包まれたがっしりした体、そしてよだれを垂らして牙《きば》をむいた口。フィアリーだった！

フィアリーが、倒《たお》れてきた大木のようにキツネたちにとびかかっていく。キツネは悲鳴をあげながら投げとばされ、地面に背中を打ちつけた。フィアリーは敵の毛皮をくわえて振《ふ》りとばし、すぐにつぎの敵に向かっていった。ラッキーは頭に受けた衝撃《しょうげき》のせいでまだぼんやりしていたが、胸には新たな勇気がわいていた。なんとか立ちあがってフィアリーのそばへ駆《か》けよると、いっしょに容赦《ようしゃ》なくキツネたちを攻撃《こうげき》した。立てつづけに大声で吠《ほ》えながら、緑地のむこうで犬同士の戦いを続けている仲間の注意を引こうとした。だが、犬たちはキツネの裏切りにはまったく気づいていなかった。

ラッキーの吠《ほ》え声に気づいたのはたった二匹《ひき》だったが、それでもすぐに駆《か》けつけてきた。黒い耳をぱたぱたさせながら走ってきたマルチと、勇ましく牙《きば》をむいて転がるようにやってきたデイジーだ。

「ムーンを助けろ！」ラッキーは、攻撃《こうげき》にもどる前にもういちど叫《さけ》んだ。そのとき、一匹《ぴき》のキツネがとびかかってきて、鋭《するど》い歯でラッキーのうしろ足にかみついた。

炎《ほのお》に焼かれるような痛みが走る。だが、痛みのおかげで、ようやく頭がはっきりした。ラッキーはうなってキツネにかみつき、思いきり振《ふ》って放りなげた。

目のはしに、べつのキツネが荒々《あらあら》しくデイジーにとびかかるのが映った。爪《つめ》がデイジーの鼻《はな》面《づら》を切りつけ、あとに赤い傷を残した。だが、デイジーは目に強い光を浮《う》かべてすぐに体勢を立てなおし、鋭《するど》く小さな歯でキツネののどに食らいつくと、相手が動くのをやめるまで絶対にはなさなかった。

ラッキーは襲《おそ》いかかってきたべつのキツネをかわして体当たりをし、そのうしろ足に牙《きば》を立てた。

「じゃまだ、のら犬め！」キツネの一匹《ぴき》が金切り声をあげた。顔をあげたラッキーの目に、三匹《びき》のキツネがマルチに襲《おそ》いかかる光景がとびこんできた。黒い犬の姿は、爪《つめ》と牙《きば》を振《ふ》るう毛皮のかたまりの中に埋《う》もれていった。マルチは足で敵を追いはらおうとしたが、役に立たなかった。血のしずくがあたりにとびちる。

「マルチ！　がんばれ！」フィアリーが吠《ほ》えながら、とびかかってきた二匹《ひき》のキツネを大きな前足でなぐりとばした。

ラッキーは息を切らしながらキツネたちから自由になると、そのすきを逃《のが》さず、足をふんばって大声で叫《さけ》んだ。高く、せっぱつまった吠《ほ》え声だった。

「アルファ！　スイート！　ベラ！　助けてくれ！」

やっと、やっとのことで、ラッキーの声は犬たちに届いた。緑地のあちこちで犬たちはあわてて取っ組み合いをやめ、ぶるっと体を震《ふる》わせ、少しのあいだぼう然としていた。全員が同時に、なにが起こったのか気づいたようだった。アルファは怒《いか》りをこめて一度遠吠《とおぼ》えをすると、全力で駆《か》けだした——残りの犬たちがそれに続き、まるでひとつの群れのように、ムーンのねぐらをめざして突進《とっしん》してきた。

ラッキーはうつぶせに倒《たお》れたマルチから三匹《びき》のキツネを引きはがそうと必死になっていたので、騒《さわ》ぎがどのように終わったのかはっきりとはわからなかった。犬たちの猛攻撃《もうこうげき》と、悲鳴をあげながら逃《に》げはじめたキツネの姿だけはおぼろげにみえていた。一匹《ぴき》また一匹《ぴき》と、マルチを襲《おそ》っていたキツネたちが攻撃《こうげき》をあきらめ、急いで防御《ぼうぎょ》の姿勢を取りはじめた。だが、アルファとスイートは〈ライトニング〉さながらのすばやさで駆《か》けまわり、はねるようにとびかかっては、おそろしく的確に相手の急所にかみついた。とうとうキツネたちは足のあいだにしっぽをはさみ、たがいにもつれ合うようにしながら逃《に》げていった。

「逃《に》げろ！」キツネたちは口々に叫《さけ》んだ。「急げ、急げ、急げ！」

終わりは――終わってみると――突然《とつぜん》だった。ラッキーはその場に立ったまま頭を垂れ、舌を出してわき腹を波打たせた。三匹《びき》のやせたキツネの影《かげ》がやぶの中を遠ざかっていくのがみえる。ほかの三匹《びき》の体はぼろぼろになり、掘《ほ》りかえされて血のとびちった土の上に横たわっていた。

気味が悪いほど静まりかえった空気を切りさくように、キツネのアルファの鋭《するど》い叫《さけ》び声がきこえてきた。「これですむと思うな！　おれたちはもどってくるからな。べつの子犬をもらいにもどってくる！」

　そしてキツネはいなくなった。弱い風が吹《ふ》き、キツネの去ったあとの茂《しげ》みをゆらした。

　アルファは顔をゆがめ、だらりとしたキツネの死体をくわえると、わきへ放った。死体はどさりと音を立てて地面に落ちた。そのすぐそばに、マルチが横たわっていた。

　アルファが恐《おそ》ろしい呪《のろ》いを解いたかのように、フィアリーは苦しげに遠吠《とおぼ》えをし、ムーンは悲しみと苦痛にきゅうきゅう鳴いた。うしろのねぐらからおびえた子犬たちがよちよち出てくると、ムーンとフィアリーは守るように二匹《ひき》を囲んだ。ムーンは子犬の小さな頭を夢中でなめた。

　ラッキーは、そのようすをとても直視できなかった。

「デイジー！」しゃがれ声で吠《ほ》える。「だいじょうぶか？」

　デイジーはぶるっと体を震《ふる》わせ、鼻先をやわらかい草にこすりつけた。「ラッキー、あたしはだいじょうぶ。ただのかすり傷よ。はやく、あの黒い犬のことをみてあげて」デイジーは暗い顔でマルチのほうをみた。「すごく具合が悪いみたい」

　ラッキーは〈野生の群れ〉の犬たちといっしょに、足を引きずりながらマルチのいるほうへ近づいていった。マルチの体の下には流れでた血がたまっていた。血は、いまも流れつづけている。

ケガをした足に激痛が走った。だが、ラッキーが数歩歩いて立ちどまったのは、痛みのせいではなかった。もう、マルチのそばへいく必要がなくなったのだ。ずたずたになったわき腹にはすでにハエがたかりはじめている。ただよってきたにおいは、悲しい記憶《きおく》をよみがえらせた。

アルフィーの記憶《きおく》を。

「マルチは〈大地の犬〉のもとへ召《め》された」アルファがうなった。「そっとしておけ」

「いやだ」ラッキーは絶望に打ちひしがれ、つぶやくようにいった。

「そっとしておけといっただろう！　マルチは勇敢《ゆうかん》に戦った。そして死んだ」

ラッキーは、マルチの名を呼ぶアルファの声の調子にはっとして、力なくすわりこんだ。アルファは、オメガとは呼ばずにマルチと呼んだ。死によって、マルチは地位と誇《ほこ》りを取りもどしたのだ。

ラッキーが奪《うば》ったものを、取りもどした。

ラッキーは、みじめな気分が黒い波のようになって自分を飲みこんでいくのを感じた。これまで感じたどんな気分よりもひどい。自分は最低のぺてん師だ。うそつきだ。罪悪感と恥《は》ずかしさがヘビのように心臓と腹にからみつき、内臓を押《お》しつぶそうとした。ねじれるような痛みは、足の傷の痛みよりも強かった。

この痛みは自分のせいだ。群れをこんな目にあわせたのも自分だ。

ラッキーは感情を抑《おさ》えることができなかった――どうしようもなかった。ぐっと天をあおぐと、ラッキーははるかむこうまで響《ひび》くような遠吠《とおぼ》えをした。悲しみと苦痛の遠吠《とおぼ》えだった。

スナップが、はっとしてラッキーを振《ふ》りかえった。だが、すぐにすわりこんで鼻先をあげると、同じように遠吠《とおぼ》えをはじめた。トウィッチが続いて遠吠《とおぼ》えをはじめ、ダートが続き、出しぬけにマーサとブルーノとデイジーが加わった。やがて、そこにいるすべての犬が空に向かって遠吠《とおぼ》えをしはじめた。ともにマルチの死を悼《いた》んだ。

いまのラッキーには、――ラッキーは考えた。森を駆《か》けまわる〈精霊《せいれい》たち〉の姿はみえなかった。見捨てられたんだ――ラッキーは考えた。見捨てられて当然なんだ、と。ラッキーは、声がかすれてそれ以上遠《とお》吠《ぼ》えを続けられなかった。スナップも吠《ほ》えるのをやめ、なぐさめるようにラッキーの耳をなめた。

「あなたのせいじゃないのよ」スナップはいった。

「そうよ」スプリングも、ラッキーのそばに寄りそっていった。「ラッキー、あなたはできるかぎりのことをしたわ」

「あなたはムーンの子犬たちのために戦ったじゃないの」ダートが横から声をかけた。「マルチはそのあなたを助けにきて、そして勇敢《ゆうかん》に死んだのよ」

三匹《びき》がふたたび死者を送る遠吠《とおぼ》えをはじめる横で、ラッキーは声を出すことさえできなかった。悲しみにくれる犬たちに囲まれてすわり、その遠吠《とおぼ》えを胸が引きさかれるような思いできいていた。ホワインがそのようすをじっとみていたが、ラッキーはもう、このずる賢《がしこ》いちっぽけなケダモノのことなどどうでもよかった。

そう、ぼくはできるかぎりのことをした。ラッキーは苦々《にがにが》しい思いで考えた。友だちを裏切り、ベラとキツネたちをここへ引きよせ、マルチを殺した。そして、ファズも。

もしもいま、〈大地の犬〉が自分を飲みこもうとその口を開いたら――ラッキーは恐《おそ》ろしいことを考えていた――よろこんでそこにとびこもう。鳴き声ひとつあげずに。

22 ラッキーの運命

ふたつの群れの犬たちは押《お》しだまったまま、野営地から死体を運びだした。キツネの体は三つとも狩猟《しゅりょう》場へ引きずっていき、カラスたちに片づけさせることにした。マーサは水かきのついた大きな前足を使って死体を押《お》していった。デイジーは鼻をけがしているにもかかわらず、せいいっぱいマーサを手伝っていた。ラッキーはそのようすをみながら、デイジーはよく戦っていたと思った。

あたり一面に恐怖《きょうふ》が満ちていた——ラッキーは、全身に泥《どろ》がまとわりついているような気分がしていた。まだ、するべきことも、いうべきことも残っている。いまはまだ、死者への敬意からだまっているだけだ。アルファの顔も、スイートの顔さえも、みる勇気はない。自分のきょうだいからも目をそらしていた。ラッキーはベラのために〈野生の群れ〉を裏切ったのだ。そして、ベラが自分に話していたことは、なにもかもうそだった。

恐《おそ》ろしい戦いだったが、勝者はいなかった。全員がそのことに気づいていた。腹の中には、死と絶望の感覚が大きな石のように重くのしかかっていた。ラッキーにも、自分がこれ以上は罪悪感に耐《た》えられないことがわかっていた。

〈野生の群れ〉は仲間のなきがらに取りかかった。マルチとファズの体を野営地のはずれまで運んでいくと、花が満開に咲いた茂《しげ》みの陰《かげ》にそっと寝《ね》かせた。

スイートが振《ふ》りかえり、ムーンの首に鼻先を押《お》しつけた。「いまは別れを惜《お》しんでいる時間がないの。あとでちゃんと正式なお見送りをしましょう」

ラッキーは、〈野生の群れ〉がどんなふうに死者に敬意を払《はら》うのか知らなかった。そのことに気づくと、キツネにかまれでもしたかのように胸が痛んだ。自分はこの犬たちと、最後まで一生懸命《けんめい》戦った。それなのに、群れの一員ではない――ほんとうの仲間ではない。いまはまだ。

フィアリーとムーンはしばらく茂《しげ》みのそばにすわっていた。その二匹《ひき》のあいだにはスカームとノーズがすわり、体を震《ふる》わせていた。それから一家は立ちあがり、茂《しげ》みをあとにした。

「さて、問題を片づけよう」アルファが岩の上から吠《ほ》えた。「どちらの群れも、ここへ集まれ」

ラッキーは、ようやく自分の運命が決まるのだと思うと、安堵《あんど》さえ感じた。

中には、待ちわびていたように急いで仲間たちと円を作る犬たちもいた。群れの問題を早く解決したいのだ。だがそれ以外の者たちは——ラッキーやベラのように——重い足どりでその円に加わった。ケガをしている者もいれば、おびえている者もいた。アルファは全員が集まるのを待ってから、相手を不安にさせるような冷たい目で、犬たちをぐるりとみわたした。となりに立ったスイートは、アルファと同じくらいどう猛《もう》で容赦《ようしゃ》なくみえた。

「おまえ」アルファがベラのほうを向いてうなった。「おろかな〈囚《とら》われの犬〉め」

ラッキーは、自分のきょうだいが挑戦《ちょうせん》的な態度をまったく崩《くず》さないのをみて、思わず感心した。ベラは一歩前に踏《ふ》みだすと、顔を誇《ほこ》らしげにあげ、アルファの青と黄色の目をまっすぐにみかえした。

「おまえはわたしの野営地にキツネどもを連れてきた。そして、わたしの群れに死をもたらした。死ぬ前にいいたいことがあるなら、いまのうちにいっておくといい」オオカミ犬は低い声でいった。

ほかの犬たちは落ちつきをなくし、〈囚《とら》われの犬〉たちは抗議《こうぎ》してくんくん声をあげたり、吠《ほ》えたりした。ラッキーは全身の毛を逆立てていた。サンシャインは小さく鳴き、ブルーノは心配そうに額に深いしわを寄せた。ラッキーはこうなることをずっと恐《おそ》れていたのだ——いま、ベラを救えるのはベラ自身しかいない。

「あなたはわたしたちに狩《か》りを禁じ、新鮮《しんせん》な水を飲むことも禁じた」ベラは臆《おく》するようすもみせずにアルファにいった。「ほかにどうすることもできなかったのよ。はじめからあなたが公平にふるまってくれていれば、こんなことにはならなかったのに。それにあなたは、わたしたちの仲間を殺したじゃない！」

アルファは腹の底から怒《いか》りの吠《ほ》え声をあげた。「その件に関しては、おまえたちも復讐《ふくしゅう》を果たしただろう？　それだけの価値があるかどうかは疑問だが」黄色いほうの目に浮《う》かんだ光は燃えあがるように激しかった。「おまえたち〈囚《とら》われの犬〉は、わたしのなわばりに侵入《しんにゅう》した。〈犬の掟《おきて》〉のもとでは、おまえたちにそんな権利はない――絶対に。なわばりをかけて戦おうとしないかぎり、その権利はないのだ。あんなケダモノどもを味方につけることも許されない」

ベラは視線を落とし、静かにいった。「キツネたちは、わたしたちにうそをついたのよ。あの獣《けもの》たちをここへ連れてきたのはわたしのまちがいだった。後悔《こうかい》してるわ」

「もっと後悔《こうかい》する目にあわせてやろう」アルファは鼻にしわをよせた。「わたしがみずから殺してやる」

「そんなのだめ！」サンシャインが吠《ほ》えた。アルファは子犬のほうを向き、射《い》すくめるようににらみつけた。「おねがいだから」サンシャインは頼《たの》みこむようにきゅうきゅう鳴いた。「おねがい。ベラはいい犬よ」

「いいアルファでもあるんだ」ブルーノが横からいい、ラッキーをちらりとみた。いってやれ！　とでもいいたげな視線だった。

だが、ラッキーが口を開く前に、アルファが首を振《ふ》った。「良きアルファは軽はずみなまねをしない。この犬はわたしの群れ同様、おまえたちの身も危険にさらした。おまえたちが一匹《ぴき》も死なずにすんだのは幸運だったからだ。われわれにとっては不運だった。その不運を正すときがきたのだ。〈囚《とら》われの犬〉のベラ、前へ出よ」

「アルファ、待って」ムーンが前に進みでた。二匹《ひき》の子犬は、フィアリーの前足のあいだでしっかりと守られている。「少しだけ発言を許してほしいの」

集まっていた犬たちははっとしてムーンをみたが、中でも驚《おどろ》いたのはアルファだった。アルファは考えこむように口をなめた。「ムーン、ここにいるだれよりも、おまえには発言する権利がある。なんだ？」

ムーンは振《ふ》りかえり、円になった犬たちの顔を一匹《ぴき》ずつ注意深くみつめた。最後にアルファに向きなおり、その目をまっすぐにみつめた。

「わたしは今日、子犬を一匹《ぴき》失ったわ。ここにいる〈囚《とら》われの犬〉たちと、おろかなベラのせいで」ムーンは話をはじめた。

ラッキーの気持ちは沈《しず》んだ。ムーンまでが非難するなら、ベラが助かる見込《みこ》みはない。

「アルファ、わたしにはあなたと同じくらいこの犬たちを憎《にく》む理由がある。いいえ、あなた以上かもしれない」ムーンは片耳をぴくりとうごかし、軽く身ぶるいした。それから気を取りなおし、さっきよりも力強い声で話の続きをはじめた。「でも、ベラのいっていることは真実よ。キツネたちがうそをついていたことは明らかだった――ベラもまさかこんなことになるとは思っていなかったのでしょう。アルファ、あの犬はおろかではあるけれど、悪意はなかったのよ」

アルファはうなずいた。「そうかもしれない。だが、それでも死に値することをしたのだ。だが、おまえにはまだいいたいことがあるようだ。続きを」

「わたしたちのだれもが、おろかなまねをしてきた。そして、だれもがまちがいを犯《おか》してきた。この先も、いくらだっておろかなまねをして、まちがいを犯《おか》すのでしょう。どれだけ世界が変わってしまったか、考えてもみてちょうだい!」ムーンは前足で地面を引っかいた。「いったいだれにわかるかしら? つぎに恐《おそ》ろしいあやまちを犯《おか》すのがだれなのか。わたしたちは協力しあい、ともに生きる必要があるの。ただでさえ〈大地のうなり〉が起こる世界を生きぬくことはむずかしいのに、たがいに争っていたらもっと大変なことになるわ」

アルファはためらいがちにうなずいたが、その声はあいかわらずいかめしかった。「この犬たちは正しいふるまいをしなくてはならない。〈犬の掟《おきて》〉に敬意を払《はら》わなくてはならないだろう」

「まだ、続きがあるわ」ムーンは目を閉じた。「この犬たちはここへキツネを連れてきた――それは事実よ。でも、自分たちがまちがいを犯《おか》したと気づくと、あやまちを正そうと全力をつくした。わたしの子犬たちは三匹《びき》とも殺されていたかもしれない。もし、ラッキーと、かわいそうなマルチがいなかったら……それから、この〈囚《とら》われの犬〉がいなかったら」

ムーンは振《ふ》りかえってデイジーをみつめた。デイジーはびっくりしたように目をみひらいた。かすかに震《ふる》えていたが、そのままじっとしていた。

「このデイジーは、ラッキーの呼びかけに応《こた》えて、わたしの子犬を助けるために駆《か》けつけてくれたわ。そして、あの子たちのために、戦士のように戦ってくれた」ラッキーはムーンの話にいっそう集中した。「そしてほかの犬たちも、ラッキーの声に気づくとデイジーと同じことをした。わたしの考えでは、それがこの犬たちを許す理由になると思うの。わたしには二匹《ひき》の子犬が残された。失っていたかもしれない子犬たちが」

ムーンは前足を投げだすようにして腹ばいになった。疲《つか》れはてて、それ以上は話すことができないようだった。だがフィアリーは、スカームとノーズの小さな頭をなめると、二匹《ひき》をそこに残し、重々しい歩き方でムーンのとなりへ進みでた。

「わたしもムーンと同じ意見だ」フィアリーはうなった。「わたしたちの子犬は死んでしまった。だが、二匹《ひき》は生きのこった。〈囚《とら》われの犬〉はあやまちを犯《おか》したが、最後には正しいことをしたんだ。勇気と誠実さをみせた。アルファ、わたしはそこに敬意を払《はら》いたい」

フィアリーはゆっくりとしっぽを振《ふ》りながらかがみこみ、ムーンの頭を鼻先でなでた。ほかの犬たちは息を飲んでことのなりゆきを見守っていた。アルファはフィアリーとムーンを厳しい目つきでみおろした。だがラッキーは、そのしかめた顔に優《やさ》しさがにじんでいるのをみて、ほんの少しだけ希望を抱《いだ》いた。

「ベータ、おまえの出番だ」アルファはため息をつき、美しい自分のパートナーをみやった。「わたしに助言を」

スイートは思慮《しりょ》深げに耳をかき、その足をしとやかに岩の上に置いた。「〈囚《とら》われの犬〉たちが善戦したことはほんとうよ」スイートは、小さな声でいった。「わたしたちを攻撃《こうげき》するときも、助けるときも」

「おまえならどちらを重視する？」アルファはたずねた。

スイートはのどの奥をぐるぐる鳴らした。「この犬たちは、役に立つ味方にも、厄介《やっかい》な敵にもなりえるということね。アルファ、ひとまず、わたしたちと〈囚《とら》われの犬〉のちがいはわきに置いておきましょう。対立よりも、結びつくことのほうが大事だと思うの。ムーンもいったように、わたしたちはみな同じ犬。そして、この変わってしまった世界の中で生きている。一度目の〈大地のうなり〉が起こったあとでこの群れにきたとき、わたしはここにいれば、〈大地のうなり〉が起こっても安全だと思ったわ。だけど二度目のときには、もう少しで死んでしまうところだった。この先なにが起こるかなんて、いったいだれにわかるかしら？」

「むこうのアルファはどうする？」アルファは敵意をこめた目でベラをみた。

「そうね」スイートは、ベラを刺《さ》すような目でみた。「わたしはムーンとフィアリーの望みどおりにしたい。決める権利はあの二匹《ひき》にあると思うの」

アルファは考えこみながらあごをなめた。とがった白い歯がぎらりと光った。

「いいだろう」とうとう、アルファはいった。「スイートはまたしても筋の通ったことをいってくれた。本能のままに行動してはいけないとわたしに気づかせてくれたのだ。いつもと同じように。それでは、どのように新しい体制を作ればいい？」

スイートはすわり、ベラの群れをじっと観察した。「この群れをわたしたちの群れに迎《むか》えいれてはどうかしら。ただし、全員が階級の一番下の地位につくこと。そして、あなたにだけ従うこと。この条件を受けいれるなら、それが、これからわたしたちがおたがいのために協力していけるという証拠《しょうこ》になるでしょう」

アルファはうなずいた。ベラの群れの犬たちはちらちらと視線を交《か》わした。不安そうだが、目には希望が満ちている。ラッキーは胸を引きさかれるような思いでうつむいた。この犬たちはほんとうに、このほんものの〈野生の群れ〉になじめるだろうか？　階級制に放りこまれたサンシャインの姿を想像するだけで身ぶるいがする。あの子犬は、生きのびるための居場所をみつけようと必死になるだろう。自分はふたつの群れがひとつになることをどう感じているのだろう？

いいことではない――それが答だった。そして、いいことでもある。そのふたつのあいだのさまざまなことを思った。ラッキーはやるせない思いで目を閉じた。

アルファが岩を引っかく音がきこえ、ラッキーはぱっと目を開けた。静かな緑地の中に、きいきいいう音が響《ひび》きわたる。

「よろしい。それでは群れの組織をできる限り組みなおすことにしよう。もし、〈囚《とら》われの犬〉たちがこの群れに加わるつもりなら。おまえたちに分別があるなら、そうするだろう。われわれは、なわばりに侵入《しんにゅう》してきたよそ者たちを許すつもりはない。加わるか、ずっと遠くへ逃《に》げるか、ふたつにひとつだ」

「むこうのアルファはどうしましょう？」スイートがいった。

「オメガにする」アルファは低い声でいった。「ペットのおまえたちに、その意味がわかるか？　群れの雑用係になるということだ。文句をいわずに命令どおりに動き、もし休む時間ができたとしてもオメガのねぐらで眠《ねむ》らねばならない。すき間風の吹《ふ》きぬける湿《しめ》った穴で。マルチのためにも、それが公平というものだろう。〈月の犬〉がひとめぐりしたら、望めば昇格《しょうかく》をかけてほかの犬に戦いを挑《いど》むことができる。それまで生きていられるかはわからんが」

ベラは首の毛を逆立てて立ちあがった。ラッキーは体が震《ふる》えた。ここまできても戦うつもりなのだろうか？　そのまわりで、ベラの群れの犬たちがささやきかわし、きゅうきゅう鳴いた。

「むりして危険なまねをしちゃだめよ」マーサがいった。

ブルーノもうなった。「生きのびられると証明してやれ！」

ラッキーはふいに、みんなのもとにもどりたくてたまらなくなった。むかしのように、みんなを導き、助言をする存在にもどれたらどんなにいいだろう。〈月の犬〉がひとめぐりするあいだオメガになることが、ベラに残された最後の望みだ。ラッキーにはそれがわかっている。ベラにはわかっているだろうか？　だが、口を出すことはできない。そんな勇気はない。

自分はこの群れの一員ではないのだ。表向きにはちがう。生きのびたいのなら……。

この戦いも、これまでに起こったいろいろなことも、すべて自分のせいだった。自分がベラの提案を受けいれてスパイになり、一瞬《いっしゅん》たりともだまされていることを疑わなかったせいだ。さらに悪いことに、ベラにホワインのことを話し、あのパトロール犬ならすきをつけると教えた。猟犬《りょうけん》たちが野営地を離《はな》れる時間まで教えた。自分のしたことは、ベラも、ベラの群れも救わなかった。ラッキーがしたのは、みんなを傷つけることだけだった。それも、最悪の方法で。

ベラと仲間たちが心を決めたら、自分はどうするのだろう？

ひとつになった群れに残るのか？　群れがひとつにならなかったら、ベラのもとにつくのか？　それとも、〈野生の群れ〉の中で新たな居場所をみつけるのか？　あるいは、いままでと同じように自分の運命にしたがい、群れを離《はな》れて独りにもどるのだろうか？

ベラとアルファはまだにらみあっていた。だが、ベラはいま、そわそわとあごをなめている。

いまにも決断を口にしそうだった。

「さあ」アルファがあざけるようにいった。「決めるのはおまえだ。〈囚《とら》われの犬〉のベラよ」

「待ってください」だれかが声をあげた。

ラッキーははっと息を飲んだ。全員が振《ふ》りかえるなか、ラッキーをこの騒《さわ》ぎの中に引きずりこんだみにくい犬が、駆《か》け足で前に進みでた。頭としっぽを高くあげ、鼻のつぶれた顔には気取った意地の悪い表情を浮《う》かべている。

「アルファ、ご決断はお待ちください」ホワインはすわり、顔をラッキーのほうに向けた。

スイートがホワインに向かってかみつくような仕草をした。「ホワイン、じゃまをするなんて何様のつもりなの？　ベラがこちらの提案を拒《こば》めば、おまえはまたオメガにもどるのよ。それを忘れないで」

「ああ、ですが、お伝えしたいことがあるのです」ホワインの大きな笑みを浮《う》かべた口から、舌がだらりとはみ出した。「新しい犬をこの群れに迎《むか》えいれる前に、アルファにはこの事実を知っておいていただかなければ。あの〈街の犬〉をごらんください」

アルファはいらだった顔でラッキーをみやり、またホワインをみた。「あいつがどうした」

ラッキーの胸の中で、心臓が凍《こお》りついた。逃《に》げ場所はどこにもない。隠《かく》れる場所もない。ホワインはラッキーをぴたりとみすえたまま、その歯をなめた。ラッキーは体がすくむのを感じた。いまにも前足を投げだして頭を下げ、かなえられるはずもない命乞《ご》いをしそうになった。

「あの犬はあいつらの仲間です。〈囚《とら》われの犬〉の一味なのです」ホワインは怒《いか》りで頭に血がのぼっているようだった。「あの犬はずっと、あいつらのためにおれたちをスパイしていたのです！」

しん、と静かになった。ラッキーは口の中で舌がふくれあがっているような気がした。氷のような恐怖《きょうふ》で全身の毛が逆立っている。ベラの群れはラッキーをみつめていた。おびえてぼう然とした表情は、ただホワインの言葉を裏づけるばかりだった。〈野生の群れ〉は、一匹《ぴき》またー匹《ぴき》とラッキーのほうを振《ふ》りかえった。その顔には、ショックと、信じられないといいたげな表情が浮《う》かんでいた。

スイートがふいに前にとびだし、ホワインの顔を思いきりなぐりつけた。ホワインは悲鳴をあげたが、うしろに下がることはしなかった。

「うそをおっしゃい！」スイートは怒《いか》りをこめて吠《ほ》えた。「オメガ、あなたはこのうその報《むく》いを受けるでしょう」

「やめてくれ！」ラッキーは叫《さけ》び、スイートとホワインのあいだにとびこんだ。口を開けたまま息を切らしている。恐《おそ》ろしくてたまらなかったが、これ以上、自分の犯《おか》した悪事のせいでほかの犬を苦しめるわけにはいかなかった。たとえそれがホワインだとしても。

「ラッキー？」スイートが驚《おどろ》いたようにいった。

「ほんとうなんだ」ラッキーはうなだれ、ふいにぱっと顔をあげてスイートの目をみつめた。真実を告げるなら、目をそらさないことがスイートに対する礼儀《れいぎ》だ。「ホワインはうそをついていない。いまの話は真実だ」

スイートは目をみひらいた。傷つき、信じまいとしていた。「うそよ！」

「ほんとうなんだ。スイート、悪かった。こんなことになるとは思ってもいなかった。ただ……ぼくはこの群れに加わりたかったんだ」

スイートはなにもいわずにラッキーをみつめた。ラッキーにはその数秒が何日にも思えた。スイートのうしろでは、アルファがぶきみな沈黙《ちんもく》を守っていた。

スイートは首を絞《し》められているような声でいった。「まさか……あなたがそんなこと……」

「ああ、スイート。そんなことを、ぼくはしてしまった。すまないと思ってる」

「でも、いまはわたしたちの仲間よ」スイートは悲しげに吠《ほ》えた。「もし、それが真実だとしても、あなたは……」スイートはそれ以上続けられず、口をつぐんでかたく閉じた。

ラッキーは口を開いた。スイートの目にはさまざまな感情が浮《う》かんでいた——怒《いか》り、悲しみ、恐怖《きょうふ》、裏切り。それから、おねがいだから、わたしの望んでいることをいってちょうだい、と頼《たの》みこむような表情。

ラッキーはさっと振《ふ》りかえってアルファの顔をみた。そして、ベラをみた。円になったほかの犬たちをみた。ホワインの満足げなしわくちゃの顔がみえる。スナップの激しく驚《おどろ》いた顔がみえる。フィアリーの疑うような厳しい顔がみえる。デイジーとサンシャインが震《ふる》えているのがみえる。空気にみなぎる不安のにおいが鼻をつく。毛が逆立ち、血が体中を駆《か》けめぐる。

ラッキー、選ぶときがきた。どちらに忠誠を誓《ちか》うのか、決めるときがきた。

そのとき、大きなオオカミ犬がゆっくりとラッキーに近づいてきた。ラッキーは震《ふる》えながらアルファと向かいあった。

もしかしたら、自分には選択肢《せんたくし》など残っていないのかもしれない。

もしかしたら、死ぬときがきたのかもしれない。

作者

エリン・ハンター

Erin Hunter

ふたりの女性作家、ケイト・ケアリーとチェリス・ボールドリーによるペンネーム。大自然に深い敬意を払いながら、動物たちの行動をもとに想像豊かな物語を生みだしている。おもな作品に「ウォーリアーズ」シリーズ(小峰書店)、「SEEKERS」シリーズ(未邦訳)などがある。

訳者

井上 里

いのうえ さと

1986年生まれ、早稲田大学第一文学部卒。訳書に『オリバーとさまよい島の冒険』(理論社)、『それでも、読書をやめない理由』(柏書房)などがある。

サバイバーズ 2
見えざる敵

2014年9月24日　第1刷発行

作者　エリン・ハンター
訳者　井上 里
編集協力　市河紀子
発行者　小峰紀雄
発行所　株式会社 小峰書店
〒162-0066 東京都新宿区市谷台町4-15
電話 03-3357-3521
FAX 03-3357-1027
http://www.komineshoten.co.jp/
印刷所　株式会社 三秀舎
製本所　小高製本工業株式会社

NDC 933　340P　19cm　ISBN978-4-338-28802-6

丘《おか》
大きなジドウシャ
〈囚《とら》われの犬〉の野営地
〈フィアース・ドッグ〉の基地
毒の川
荒野《こうや》
街へ